D1873765

BASTEI
LÜBBE
TASCHENBUCH

Über die Autorin:

Haja Taddigs wollte ursprünglich Entwicklungshelferin werden, landete aber stattdessen im PR-Bereich. Nach einigen Jahren intensiver Unternehmens- und Verbraucherkommunikation hatte sie so viel Einblick in die Merkwürdigkeiten der menschlichen Seele gewonnen, dass sie beschloss, diese sinnvoll zu verwerten und Autorin zu werden. Seitdem schreibt sie für verschiedene TV-Formate. Zusammen mit ihrem Mann Mathias Taddigs lebt und arbeitet sie in Hamburg.

Haja Taddigs

EINE FRAU, EIN WORT

Roman

BASTEI LÜBBE TASCHENBUCH

BASTEI LÜBBE TASCHENBUCH
Band 16 969

1. Auflage: Mai 2014

Dieser Titel ist auch als Hörbuch und E-Book erschienen

MIX
Papier aus verantwortungsvollen Quellen
FSC® C014496
FSC
www.fsc.org

Originalausgabe

Textredaktion: Jo Weber
Titelillustration: © shutterstock/Rene Jansa
Umschlaggestaltung: Sandra Taufer, München
Satz: Urban SatzKonzept, Düsseldorf
Gesetzt aus der Garamond
Druck und Verarbeitung: GGP Media GmbH, Pößneck
Printed in Germany
ISBN 978-3-404-16969-6

Sie finden uns im Internet unter
www.luebbe.de
Bitte beachten Sie auch: www.lesejury.de

Dieses Buch beruht auf wahren Begebenheiten.
Leider!

1

Alle im Flugzeug glotzen mich an und hassen mich. Wie schnell sich das Blatt wenden kann, denn grade noch haben sie Felix gehasst. Und er ist ja wohl auch der Schuldige hier und nicht ich! Noch immer stehen wir auf dem Flughafen von Palma de Mallorca, obwohl wir schon seit einer Stunde in der Luft sein sollten. Den Gang des Flugzeugs bevölkern nun mein Frischverlobter Felix, eine Stewardess, ein Flugbegleiter, der Pilot und ich, Nina.

Felix hatte sich bis eben noch auf der Toilette verschanzt, dann hat ihn der Pilot mit einem Generalschlüssel herausgeholt. Ich bin mir aber gar nicht mal sicher, ob ich darüber glücklich bin, denn jetzt hat Felix das Durchsagemikro des Fliegers vor dem Mund und erklärt den Passagieren, dass ich ihn den ganzen Urlaub über belogen hätte.

Ich reiße ihm das Ding aus der Hand. »Das stimmt doch gar nicht! Ich wollte es dir sagen, bin nur nicht dazu gekommen«, verteidige ich mich. »Und du hast ja auch die ganze Zeit was vor mir geheim gehalten!«

Plötzlich ist das Mikro weg. Der Flugbegleiter hat es. »Das stimmt. Dass er dir nämlich einen romantischen Heiratsantrag machen wollte, was ja wohl ein klitzekleiner Unterschied ist. Er will mit dir den Rest seines Lebens verbringen, und dabei bist du schon längst verheiratet!«

Der Flugbegleiter hat sich in dieser Talkrunde offensichtlich die Rolle von Britt Hagedorn ausgesucht. Und er findet Britt nicht nur gut, er möchte so sein wie sie – nur nicht so männlich!

Das Problem ist: Britt, Detlev, oder wie immer er heißt, hat recht! Ich hätte Felix schon früher über mein Vorleben informieren müssen, immerhin sind wir seit fünf Jahren zusammen und jetzt seit einem halben Tag verlobt. Das mit dem Heiratsantrag war *seine* Mallorca-Überraschung für mich. *Meine* Überraschung für ihn war zugegebenermaßen weniger schön.

»Ich finde, man sollte immer ehrlich sein«, mischt sich jetzt die Stewardess ein, eine hübsche Blondine Typ Düsseldorf, und erntet dafür Applaus vom Talkshowpublikum in der Economyklasse. »Und man muss sich entscheiden, ob man mit jemandem wirklich zusammen sein möchte oder weiter vor einem ernsten Gespräch davonläuft.«

Ja, ja, ich habe es inzwischen auch verstanden, denke ich. Aber ausnahmsweise war ich gar nicht gemeint.

»Herrgottnochmal, ist ja gut!«, schimpft jetzt nämlich der Pilot. »Sobald ich zu Hause bin, spreche ich mit meiner Frau.«

Er bekommt dafür einen intensiven Kuss von der Stewardess und erstaunte Blicke von allen anderen. Britt/Detlev fängt sich als Erster.

»Sieht ganz so aus, als hätten wir eine Siegerin.« Er hebt den Arm der Stewardess wie nach einem Boxkampf. Mir wird es zu viel.

»Das ist echt wie bei Britt. Fehlt nur noch der Vaterschaftstest! Freiwillige vor!«, sage ich.

Die Stewardess wirft mir einen erschrockenen Blick zu und hält sich den eigentlich flachen Bauch.

»Woher weißt du das?«, fragt sie.

Jetzt schaut der Pilot sie entsetzt an. »Du bist schwanger? Ich dachte, du nimmst die Pille!«

Sauer dampft er in sein Cockpit ab. Die Stewardess verschwindet heulend in der Toilette, die bis vor Kurzem noch Felix als Asyl gedient hat. Ich hoffe, der Abflug verzögert sich noch ein bisschen, denn ich möchte gerne warten, bis sich eventuelle Kamikazegedanken des Piloten verzogen haben, bevor er mit einigen Tonnen Stahl, noch mehr Kerosin und uns an Bord abhebt. Ich habe sowieso Schiss vorm Fliegen – und zwar buchstäblich –, da brauche ich nicht auch noch einen guten Grund dafür.

Britt schaut Felix und mich an. »Und was ist jetzt mit euch?«

Ja, gute Frage.

2

Meine Kollegen im Büro sind sehr lustig. Das glauben sie zumindest. Ihre bahnbrechenden Humorattacken erstrecken sich vom Salz im Zuckertopf neben der Kaffeemaschine bis zum Telefonhörer, der mit Klebeband festgeklebt wird. Und so dachte ich natürlich auch an einen neuen Streich meiner unterqualifizierten und überbezahlten Büronachbarn, als das Telefon klingelte und sich eine weibliche Stimme als Headhunterin vorstellte. Ich wollte sie abwimmeln, sie ließ jedoch nicht locker und bat mich, nach der Arbeit noch einmal Kontakt mit ihr aufzunehmen. Ein kleiner Check im Internet verriet mir, dass diese Véronique Reich keine Erfindung der Abteilung nebenan war, sondern völlig real. Also rief ich sie abends an. Erstaunlicherweise kannte sie sämtliche Eckdaten meiner Ausbildung und meines Berufslebens.

»Woher wissen Sie das alles?«, fragte ich.

»Berufsgeheimnis.«, antwortete sie nur.

»Exakt. Ich hatte gedacht, meine Daten würden unter das Berufsgeheimnis fallen.«

»Mein Berufsgeheimnis ist, dass ich hinter die Berufsgeheimnisse der anderen komme.«

Ich stellte mir ihr Büro jetzt ein bisschen wie eine Geheimdienstzentrale vor. Riesige Aktenschränke mit persönlichen Informationen über alles und jeden. Ein Lager voll mit modernster Abhörelektronik, wie man sie in diversen Stasifilmen gesehen hat. Und Kameras mit riesigen Objektiven, wie sie nicht mal die Paparazzi haben, die auf den Bäumen um Brangelinas Anwesen leben.

»In Ihrem Fall habe ich einfach Ihr Profil im Internet angeklickt«, berichtete Frau Reich.

Ach ja, das hatte ich ja mal eingegeben. Eine Freundin hatte gemeint, man müsse so etwas haben. Eine Art Business-Facebook, also ohne Bilder von Urlauben, lustig frisierten Hunden und ausgelassenen Partys. Dass sie dadurch, mich ganz uneigennützig geworben zu haben, eine kostenlose Premiummitgliedschaft erhielt, kam irgendwie dazu. Also hatte ich das Profil eingerichtet und dort am Anfang hin und wieder meinen Exfreund Gregor ausspioniert. Nachdem er mich darauf hinwies, dass man sehen könne, wer sein Profil besuche, und er sich über mein Interesse an seinem Leben sehr freue, beendete ich beschämt mein Hobbystalking. Inzwischen hatte ich auch längst die Zugangsdaten vergessen. Und jetzt hatte mich also Frau Reich gefunden.

»Schlau, schlau!«, meinte ich, ein wenig enttäuscht, dass die Geheimagententheorie sich so mir nichts, dir nichts in Luft aufgelöst hatte.

Tatsächlich aber, wie sich viel später herausstellte, hatten Frau Reich und ich eine gemeinsame Bekannte, bei der ich mit meinen eigentlich relativ beschränkten Excelfähigkeiten ziemlichen Eindruck hinterlassen hatte.

Frau Schulte-Engel, unser kleinster gemeinsamer Nenner, hatte in unserer Agentur hübsche, eloquente Hostessen für einen Messestand gebucht, den sie betreute. Zum Eröffnungstag war leider ihre Assistentin ausgefallen, die sich um »alles mit Computer« kümmerte. Nun musste sie selber eine Kalkulation in Excel machen und scheiterte kläglich dran. Da ich noch nie sehen mochte, wie jemand leidet, bot ich ihr meine Hilfe an, und nach wenigen Klicks hatte sie die gewünschte Aufstellung. Sie wollte mich zum Dank zum Essen einladen, aber ich schlug aus, weil es nun wirklich keine große Sache gewesen war. Für mich zumindest nicht. Wir tauschten Visitenkarten aus, und während ihre in der Krimskramsschublade landete, hatte meine wohl ihren Weg zu Frau Reich gefunden.

»Und Sie passen genau auf die Anforderungen für eine Stelle, in einer jungen, aber sehr erfolgreichen Unternehmensberatung, die sich auf die Rekrutierung von Fach- und Führungskräften spezialisiert hat. Außerdem bieten sich für Sie exzellente Karrieremöglichkeiten«, fuhr Frau Reich fort.

»Aha«, sagte ich unaufgeregt. »Aber ich bin in meinem Unternehmen eigentlich ganz zufrieden.«

Das war gelogen. Meinen Job fand ich inzwischen so aufregend wie die zwanzigste Wiederholung von »Pretty Woman« zur Hauptsendezeit. Ich hatte schon lange darüber nachgedacht, den Arbeitsplatz zu wechseln, mich aber aus lauter Bequemlichkeit um nichts gekümmert.

»Es geht immer noch ein bisschen besser!«, beharrte Frau Reich. »Vor allem finanziell. Die Firma zahlt nämlich sehr gut.«

Darin unterschied sich das Unternehmen zweifellos von meinem aktuellen Arbeitgeber. Frau Reich hatte ab sofort meine volle Aufmerksamkeit.

3

Bist du dir sicher, dass das nicht das Jahresgehalt war?«, fragte Anja mich ungläubig.

»Im Monat!«, entgegnete ich. »Und ein vierzehntes gibt es noch dazu.«

Ungelegte Eier diskutierte ich nie mit Felix, sondern immer mit meiner Freundin Anja. Die wohnte mittlerweile in München, also hatte ich sie direkt angerufen, als ich zu Hause ankam.

»Die müssen sich da doch verhauen!«, argwöhnte Anja.

»Was soll denn das heißen? Meinst du, ich bin das Geld nicht wert?«, fragte ich trotzig.

Woher sollte Anja auch meinen Marktwert kennen? Sie arbeitete im Vertrieb für eine Modemarke, die sie selber nicht mal trug! Hinter vorgehaltener Hand nannte sie es immer Uschi-Mode. Was es leider genau traf. Nichts gegen Uschis, meine Lieblingstante heißt so. Und sie freut sich immer, wenn ich ihr ein Kleidungsstück schenke, das Anja handverlesen aussortiert hat und meine Mutter nicht haben will.

»Hast du es Felix schon erzählt?«, wollte Anja als Nächstes berechtigterweise wissen.

Felix war immer zufrieden mit dem jeweiligen Zustand und sperrte sich meistens gegen Veränderungen.

»Ach, Anja, du weißt doch, wie er so ist. Ich warte ab, ob ich überhaupt zum Vorstellungsgespräch eingeladen werde, und dann sage ich's ihm.«

Wir fanden beide, dass das die beste Lösung sei.

»Hast du eigentlich schon geschlafen?«, erkundigte ich mich. »Du klingst ziemlich verpennt!«

»Nee, ich war nur die ganze Nacht wach, weil ich so Bauchschmerzen hatte. Tante Rosa steht wohl vor der Tür. Was aber auch langsam Zeit wird, ich hatte schon angefangen, mir Sorgen zu machen. Nur klopft sie diesmal nicht bloß an, sie will die Tür eintreten!«

Anja bekam nie »ihre Tage«. Bei ihr hieß das: Tante Rosa kommt zu Besuch.

»Hey, noch was anderes«, fuhr sie fort, »wir wollen in fünf Wochen nach Mallorca fliegen. Arne hat über einen Kumpel eine schicke Finca zum wirklich fairen Preis vermittelt bekommen. Wie sieht's denn mit euch beiden aus, wollt ihr mitkommen? Ein paar Tage relaxen?«

»Warum nicht! Vorausgesetzt, die Finca ist nicht am Ballermann!«

Anja lachte laut auf. »Nee, da sind keine Fincas! Du warst wirklich noch nie dort?«

»Meine Eltern sind Nordseefans. Also ging's jeden Sommer an den Deich.«

»Ist Mallorca denn für Felix okay?«, fragte Anja.

Nein, war es nicht. Er hasste Mallorca. Ich wusste, dass er vor Jahren mal mit Kumpels da gewesen war, die auch das Hotel ausgesucht hatten. Den Partyansprüchen entsprechend war es sehr günstig, lag nah an der Jubel-Trubel-Heiterkeit-Zone und noch näher an der Einflugschneise des Flughafens. Weil Felix damals mit Antibiotika behandelt worden war, durfte er keinen Tropfen Alkohol trinken, um sich das Ganze wenigstens schönzusaufen. Seit dem Erlebnis hatte er nie wieder einen Fuß auf die Insel gesetzt, obwohl ihm immer alle versicherten, dass Mallorca auch schöne Seiten habe.

»Ich krieg ihn da schon hin«, behauptete ich trotzdem.

Nach unserer letzten gemeinsamen Reise war sowieso ich für die Urlaubsplanung zuständig.

»Seit uns das Zelt in Zandvoort um die Ohren geflogen ist, hält er sich aus so was raus«, lachte ich.

Damals, zu meinem Dreißigsten, hatte ich bloß fliehen und mir nicht die Alter-Feger-Witze anhören wollen. Natürlich hatte ich sie dann später trotzdem auf meiner Mailbox. Und Felix hatte mir etwas ganz Besonderes bieten wollen. Mit ihm wurde es mir nie langweilig. Er kam immer mit irgendwelchen verrückten Ideen und Aktionen um die Ecke. Und sosehr ich ihn sonst für seine kleinen Pläne und sogar für seine Tollpatschigkeiten liebte, wäre ich an diesem Morgen lieber zu Hause geblieben und hätte auch noch recht damit gehabt. Jedenfalls schmiss er mich, obwohl ich ja immerhin Geburtstag hatte, morgens um acht Uhr aus dem Bett, setzte mich mit verbundenen Augen ins Auto und fuhr los. Die Augenbinde durfte ich erst abnehmen, als wir von den Grenzbeamten angehalten wurden, weil sie dachten, ich würde entführt. Bis dahin war ich noch gerührt von der Mühe, die Felix sich mir zuliebe machte. Leider hatte er, romantisch wie er war, auf ein Hotel verzichtet und unser altes Festivalzelt mitgenommen. Genau genommen *mein* altes Zelt, das ich nie hatte selber aufbauen müssen, weil es immer flirtbereite Jungs gab, die das für mich erledigten.

Aber dafür, dass Felix beruflich ganze Reihenhauszeilen in die Landschaft stellte, hatte er erschreckend wenig Ahnung vom Zeltaufbau. Erschwerend kam noch eine Orkanböe dazu, die uns das Zelt quasi aus den Händen riss und meilenweit davontrug. Inklusive zweier Champagnerflaschen, die Felix »zum Beschweren« reingelegt hatte. Uns blieb nichts anderes übrig, als in unserem Auto zu übernachten. Und zur Strafe ließ ich Felix nicht auf die Rückbank!

Ich versicherte Anja, dass es mit dem spontanen Urlaub

schon hinhauen würde. Und sie drückte mir die Daumen, dass es mit dem Vorstellungsgespräch klappte.

Genau, als ich das Gespräch beendet hatte, kam Felix nach Hause. Ich winkte mit dem Handy, zog ihn zu mir und gab ihm zur Begrüßung einen extralangen Ich-erzähl-dir-gleich-was-Kuss.

»Ich habe grade mit Anja telefoniert«, begann ich.

»Ach, die feinen Münchner Herrschaften«, frotzelte Felix. »Wie geht's denen denn? Man kriegt von ihnen ja gar nichts mehr mit.«

Was ein Witz war, denn ich telefonierte fast täglich mit Anja.

»Gut geht's denen. Sie möchten mit uns Urlaub machen. Ich hab zugesagt.«

Ich sah einen Funken Widerstand in Felix' Gesicht aufblitzen, weil er nicht gefragt worden war, aber dann hatte wohl auch er das Bild des wegwehenden Zelts wieder vor Augen.

»Spitze!«, sagte er. »Wohin denn?«

»Mallorca.«

Jetzt entglitten ihm doch ein paar mehr Gesichtszüge. Sein guter Wille kämpfte eindeutig gegen seine Urlaubserinnerungen.

Er bekam nur ein »Aha« raus. Ich tat so, als hätte ich seine Verstimmung nicht bemerkt, und berichtete ihm betont begeistert von der Finca. Dann versprach ich Felix noch, ihm ein paar Bikinis vorzuführen, die ich mitnehmen wollte. Damit war sein Widerstand endgültig gebrochen.

Die Bikinivorführung war erwartungsgemäß kurz: Ich zog mir einen an, er zog ihn mir aus.

Danach kuschelte ich mich im Bett eng an Felix heran. Der Nach-Modenschau-Sex hatte erfolgreich dafür gesorgt, dass das Thema Mallorca auf dem kurzen Dienstweg durchgewinkt wurde; jetzt wollte ich die Situation auch gleich nutzen, um das Berufliche zu klären.

»Kann sein, dass ich die Firma wechsle«, sagte ich.

»Wie kommt's?«, brummte er schon im Halbschlaf. In Sachen Nach-dem-Sex-umdrehen-und-Einschlafen war Felix ein Mustermann. Deshalb fixierte ich ihn sanft auf dem Rücken, indem ich mich noch enger an ihn kuschelte, sodass es ihm unmöglich war, sich umzudrehen. Trotzdem musste ich aufpassen, dass er nicht einschlief.

»Mich hat eine Headhunterin angerufen. Ich würde in einer Unternehmensberatung zur Personalreferentin aufsteigen und hätte mehr Verantwortung und vor allem viel mehr Kohle. Was meinst du, soll ich mich da bewerben?«

Jetzt, wo ich die Fakten ausgesprochen hatte, wurde mir selbst klar, dass ich es auf jeden Fall versuchen sollte. Ich wusste, dass es in meiner Firma keine Aufstiegsmöglichkeiten gab. Zwar war ich nicht unbedingt scharf drauf, die Karriereleiter nach oben zu klettern, aber bei dem Gedanken, die nächsten dreißig Arbeitsjahre im selben Büro zu verbringen, zog sich mir der Magen zusammen! Allerdings stand ich mit meiner Sicht der Dinge ziemlich allein da.

»Klar könntest du dich bewerben, aber warum willst du deinen Job aufs Spiel setzen? Erstens verdienst du ja schon jetzt gut, und so coole Kollegen findest du auch nicht so schnell.«

Felix kannte meine Kollegen nur vom WM-Schauen und Grillen auf der Firmenterrasse und von einer Weihnachtsfeier, zu der man seinen Anhang hatte mitbringen dürfen. Da hatten die Hobbycomedians natürlich nicht genügend Zeit gehabt, um ihm so nachhaltig auf den Geist zu gehen, wie sie es bei mir jeden Tag taten. Zudem hatte ich manchmal das Gefühl, dass Felix einer von ihnen war.

»Ich würde es gerne versuchen«, säuselte ich. »Einfach

mal meinen Marktwert testen. Meinen bei dir kenne ich ja schon.«

Ich rückte noch etwas näher an ihn ran, was eigentlich gar nicht mehr möglich war.

»Wenn ich jetzt Ja sage, darf ich dann ein bisschen schlafen?«, knurrte er.

»Ja.«

»Ja.«

Mission erfüllt! Ich entließ Felix aus meiner Umklammerung und ging direkt zu meinem Notebook, um die Mail mit der Bewerbung, die ich schon während des Telefonats mit Anja fertig gemacht hatte, an Frau Reich zu schicken.

4

Zwei Wochen später wurde ich tatsächlich zum Vorstellungsgespräch eingeladen. Der Termin mit gleich drei Leuten aus der Geschäftsführung lief gut, und wie Frau Reich mir ein paar Tage später verriet, kam ich sofort in die engere Auswahl.

Ich versuchte mit allen Mitteln, die Bewerbungsphase geheim zu halten, denn nur weil meine Kollegen selbst den ganzen Tag damit beschäftigt waren, Privatgespräche zu führen und in der Firmenküche Milch aufzuschäumen, um wahlweise Latte macchiato oder Chai Latte zu trinken, hieß das noch lange nicht, dass sie sich nicht brennend für die Angelegenheiten anderer interessierten. Und mit jedem Anruf weckte Frau Reich in mir immer mehr Lust auf den neuen Job.

Ade, ihr zickigen Hostessen, die ich jahrelang überreden musste, bei der Arbeit keinen Kaugummi mehr zu kauen.

Adios, ihr schmierigen Möchtegern-Manager-Typen, die sich und ihren ebenso notgeilen Kollegen beweisen wollen, dass sie doch noch ein junges Kaugummi kauendes Ding herumkriegen.

Und vor allen Dingen bye-bye, ihr lieben Kollegen, auf dass ich nie wieder »Nina, kannst du mir mal eben bei diesem oder jenem helfen?« hören musste.

Das Beste am neuen Job war, dass sogar die Möglichkeit bestand, nach einer kurzen Anlernphase einen Standort im Ausland mitbetreuen zu dürfen. Ich müsste dazu zwar einige Male ins Ausland reisen, aber die meiste Zeit würden die Verantwortlichen ohnehin nach Deutschland kommen. Ich wurde schon ganz aufgeregt bei dem Gedanken an mehr Internationalität in meinem Jobleben. Bisher habe ich das etwas vermisst. Laut seiner Website unterhielt das Unternehmen Büros in London, Kapstadt und Los Angeles. Wobei Langstreckenflüge mich schon ganz schön nervös machten. Na ja, Kurzstreckenflüge eigentlich auch. In den letzten Jahren war ich mit meiner Flugangst recht gut klargekommen, indem ich nämlich nur noch mit dem Auto und dem Zug verreist war. Ob die Phobie noch da war, würde ich ja noch früh genug herausfinden, wenn ich die goldene Miles-and-More-Vielfliegerkarte hatte. Wichtig war erst einmal, den Job überhaupt zu bekommen, und es sah gar nicht so schlecht für mich aus.

»Das Unternehmen setzt auf neue Köpfe und möchte frischen Wind. Sie werden dort hervorragend hineinpassen«, schmeichelte mir die Reich.

»Wie können Sie sich da so sicher sein?«, fragte ich vorsichtig, »Sie kennen mich doch kaum.«

»Weil Sie die nötigen Qualifikationen haben. Und unter uns gesagt, weil Sie eine Frau sind. Die Firma hat seit einiger Zeit das Problem, viel zu männlich aufzutreten.«

Na, toll, der Zufall, dass ich Nina und nicht Noah Spielmann heiße, verschafft mir einen Job. Ich wusste noch nicht, wie ich das finden sollte. Also hielt ich mich an Frau Reich, die es super fand.

Sie kümmerte es sowieso nicht, ob ich meinen alten Job verlor. Sie war sich erstaunlich sicher, dass ich den neuen bekommen würde. Die Kopfgeldprämie dürfte sich auf jeden Fall gelohnt haben.

Selbst Felix freute sich inzwischen auf meinen möglichen neuen Job und vor allem auf die Option einer Zweitwohnung in einer der aufregendsten Metropolen der Welt. Den Mitarbeitern wurde in jedem Zielgebiet nämlich eine Wohnung zur Verfügung gestellt. Ich glaubte, sogar einen Kapstadt-Reiseführer unterm Bett gesehen zu haben.

Zwei Tage vor unserer Abreise nach Mallorca hatte ich den zweiten Vorstellungstermin bei meinem potenziellen Arbeitgeber. Ich rechnete mit einer großen Gesprächsrunde, in der ich mich gegenüber anderen Bewerbern würde profilieren müssen. Ich hatte mir ein Outfit ausgesucht, mit dem ich eine starke Persönlichkeit ausstrahlte. Na ja, so ungefähr hatte es zumindest in der Frauenzeitschrift gestanden. Der Artikel stammte von einer Psychologin, und die musste sich ja damit auskennen. Auch ein fester Händedruck sei wichtig und signalisiere Offenheit und Selbstbewusstsein, selbst wenn man grade die Hosen ziemlich voll habe. Kein Problem für mich, bereits mit zwölf hatte ich meinen Vater beim Armdrücken besiegt.

Also schlüpfte ich in einen taillierten Hosenanzug in Taubenblau. Den Tipp mit der Farbe gab mir Frau Reich, die mich nach meiner Garderobe ausfragte und zu dem Schluss kam, dass meine bisherigen Businessoutfits meinen Typ nicht unterstreichen würden. Bedeutend besser als die dunkelgrauen und braunen Hosenanzüge, die ich bereits besaß, würde Taubenblau meine dunkelbraunen Haare betonen. Die Auswahl eines blauen Anzugs ist gar nicht so leicht, wenn man nicht mit einer Busfahrerin verwechselt werden will. Für die Bluse hatte ich weniger tief in die Tasche gegriffen, denn davon sah man genau genommen ohnehin fast nur den Kragen. Außerdem quetschte ich mich zur Feier des Tages in ein paar dunkelgraue Pumps, die ich ebenfalls extra gekauft hatte. Damit war ich nun keine niedliche eins fünfundsechzig mehr groß, sondern respektable eins dreiundsiebzig. Nachdem ich auf dem Bürgersteig in einen alten Kaugummi getreten war, sogar eins Komma sieben drei fünf!

Das Outfit stellte mich als toughe Powerfrau dar, und gleichzeitig bot es die Möglichkeit, durch das Öffnen oder Schließen eines Knopfes etwas mehr oder etwas weniger sexy aufzutreten. Auf dem Weg zum Termin öffnete ich den Knopf x-mal und schloss ihn genauso oft auch wieder. Schließlich hing er nur noch an einem dünnen Faden und verabschiedete sich genau in dem Moment, als ich mich entschieden hatte, ihn geschlossen zu lassen. Mist! Qualität hatte offenbar tatsächlich ihren Preis.

Normalerweise konnte ich mich in solchen Situationen voll auf Felix verlassen, der meine Missgeschicke durch eine seiner Chaosaktionen dann noch völlig in den Schatten stellte. Aber in diesem Fall war ich nun mal allein unterwegs, und das nun leider ziemlich aufreizend.

Als ich in Köln-Mülheim denselben Konferenzraum wie schon beim ersten Mal betrat, erwartete mich eine Überraschung. Es saß dort nämlich nicht die vermutete Menschenmenge, sondern nur der etwa 35-jährige Personalchef, der beim ersten Mal gar nicht dabei gewesen war.

»Herzlich willkommen, Frau Spielmann, mein Name ist Mario Renner. Ich bin hier bei NT Research Personal Consultings der Human Resources Director«, begrüßte er mich. Mit unnötigen Anglizismen im Berufsleben habe ich mich abgefunden, mit schlechter englischer Aussprache noch nicht, denn er wollte es wohl besonders gut machen und sprach sämtliche S wie Th aus. Im Normalfall hätte ich gedacht, dass er lispelt, aber auf Deutsch klang er ganz normal. Zum Glück ging's dann auch auf Deutsch weiter. »Wir sind heute nur zu zweit!«

Aha, es würde also keinen Kampf gegen Konkurrenten geben. Nach einem viel zu festen Händedruck, bei dem der Personalchef leicht zusammenzuckte, nahm ich Platz. Sein Blick blieb den entscheidenden Bruchteil einer Sekunde zu lange an meinem Dekolleté hängen. Er merkte es selbst, und auch, dass ich es bemerkt hatte, ordnete die Papiere, die auf dem Tisch lagen, und schaute mich an. Dieses Mal ins Gesicht.

»Sie haben bei unserem Team einen sehr guten Eindruck hinterlassen, deshalb freue ich mich, Ihnen sagen zu dürfen, dass wir uns für Sie entschieden haben.«

»Echt jetzt? Ähm, super! Danke … ähm … sehr«, antwortete ich wenig eloquent, denn ich war völlig überrumpelt. Ich hatte mit allem gerechnet, nur nicht mit einer sofortigen Zusage.

»Frau Reich hatte Ihnen ja die Dossiers zugeschickt. Haben Sie sich alles durchgelesen?«, fragte mich der Kerl gnadenlos, als ich noch damit beschäftigt war, das grade Gehörte zu verarbeiten und meinen Handschmeichler, den mir Felix heute früh als Glücksbringer geschenkt hatte, unauffällig in der Blazertasche verschwinden zu lassen.

Frau Reich hatte mir in der Tat am Vortag unter anderem einen Vertragsentwurf geschickt, allerdings während meiner Arbeitszeit. Ich hatte die Mail nur mal kurz überflogen und dann dummerweise vergessen, sie von meinem Büro-Account, den Frau Reich dreist zur Kommunikation nutzte, auf meine private E-Mail-Adresse weiterzuleiten. Mein Plan, nach Feierabend einfach noch mal in die Agentur zu gehen, war von Felix unterwandert worden, der ins Kino eingeladen hatte.

Für einen Moment war ich wirklich kurz beleidigt, weil er das getan hatte.

»Natürlich«, log ich.

»Fantastisch! Haben Sie dazu noch irgendwelche Fragen?«

»Ähm … nein, nein, das wird ja schon in Ordnung sein. Sie sind ja Profis«, meinte ich.

»Alles klar, dann müssen Sie nur noch hier unterschreiben.«

Er schob mir tatsächlich einen Arbeitsvertrag hin. Ich überlegte, was ich tun sollte.

»Macht es Ihnen etwas aus, wenn ich ihn mitnehme und zu Hause noch mal in aller Ruhe durchgehe? Ich fliege übermorgen in den Urlaub, würde Ihnen den Vertrag aber vorher noch zukommen lassen.« Ich fand mich ganz schön souverän.

»Ich versteh nicht ganz, Frau Spielmann«, erklärte mir der Personalheini entrüstet. »Sind Sie mit den Vertragsklauseln nicht einverstanden oder wie ist Ihre plötzliche Zurückhaltung zu verstehen?«

Er sah seinen Vertragsentwurf wohl als großes Meisterwerk an. Das war er ja vielleicht auch, ich hatte es halt nur noch nicht geschafft, ihn zu lesen. Es war wohl als rhetorische Frage gedacht, denn er ließ mir grade noch Zeit zum Luft holen, aber nicht mehr für eine Antwort.

»Wenn es Ihnen um den Bonus geht, da gibt es sicherlich noch Verhandlungsspielraum, allerdings können wir keine weitere Woche warten. Sehen Sie, es gibt eine Reihe Mitbewerber, die sofort unterschreiben würden, da können wir auf Ihre Bedenken keine Rücksicht nehmen. Zumal Sie den Entwurf auch bereits vorliegen hatten.«

Das Plädoyer war somit beendet. Und der Mann war echt gut! Er hatte genau den richtigen Nerv bei mir getroffen: Ich wusste tatsächlich noch nicht, ob ich unterschreiben sollte, wollte aber definitiv nicht, dass ein anderer den Job bekam.

So ging es mir auch beim Shoppen. Merkte ich in der Boutique, dass eine andere Kundin auf genau das Teil scharf war, das ich grade anprobieren wollte, war es so gut wie gekauft, auch wenn ich mir sonst unsicher gewesen wäre. Das erklärt einige Fehlkäufe in meinem Kleiderschrank.

Um mir jetzt keine Blöße zu geben, blieb mir wohl nichts anderes übrig, als zu unterschreiben, auch wenn ich ein wirklich beschissenes Gefühl hatte, weil ich unvorbereitet war und es nicht zugeben wollte. Ich konnte es überhaupt nicht leiden, so gedrängt zu werden.

Ich beugte mich also vor und bemerkte, dass ich mir dabei

jede Menge Blöße gab. Ich verbog mich so, dass mein Gegenüber mir nicht mehr bis zum Bauchnabel schauen konnte, was allerdings auch verhinderte, dass mir auch nur noch ein Blick in den Vertrag gelang. Ich unterschrieb praktisch blind. Dann setzte ich mich schnell wieder grade hin.

»Herzlich willkommen im Unternehmen!«, sagte der Personalchef nun fröhlich.

»Vielen Dank«, antwortete ich, meinte es aber nicht so. Das war jetzt doch ein bisschen schnell gegangen.

»Sie werden eng mit Herrn Dr. Bayer, dem neuen Partner unseres Recruitings, zusammenarbeiten. Sie möchten Herrn Dr. Bayer sicherlich so schnell wie möglich kennenlernen. Ich hätte Sie beide auch gerne bekannt gemacht, nur leider bereitet er grade ein Firmen-Incentive vor. Wann, sagten Sie, sind Sie im Urlaub? Übermorgen schon?«

Wieder ließ er mir nur Zeit, einmal halb zu nicken.

»Dann sehen Sie sich eben nach dem Urlaub. Wo geht es denn eigentlich hin?«

Mir war es ein wenig peinlich zuzugeben, dass wir nach Mallorca flogen. Finca hin oder her, das gängigste Klischee waren ja immer noch die saufenden und grölenden Massen im 17. Bundesland.

»Freunde von uns haben eine Finca auf Mallorca gemietet«, antwortete ich in der Hoffnung, dass er nun in mir keine Partymaus sah. Schließlich saß ich mit halb geöffneter Bluse vor ihm.

»Ach, das ist ja ein Zufall«, plapperte er sichtlich erfreut weiter. »Unser Incentive nächste Woche findet auch dort statt. Wo genau sind Sie denn da?«

Weder wusste ich den Ort, noch ob ich es jetzt gut fand, dass die Insel offenbar von zukünftigen Kollegen nur so wimmeln würde.

»Die Planung ist zwar topsecret, aber wenn ich dem Dr. Bayer stecke, dass Sie auch auf der Insel sind, wird er es sich nicht nehmen lassen, Sie kennenlernen zu wollen. Besuchen Sie uns doch einfach und bringen Sie Ihren Göttergatten gleich mit.«

Entsetzt starrte ich ihn an. Meinen Göttergatten? Woher wusste er …? Und dann erinnerte ich mich. Bei der Bewerbung hatte ich einen Fragebogen ausfüllen müssen, in dem auch nach dem Familienstand gefragt worden war. Das hatte ich ordnungsgemäß mit verheiratet beantwortet, womit ich aber leider nicht Felix meinte.

»Ähm … ja klar«, sagte ich. Ich ärgerte mich in Grund und Boden, dass ich das Thema noch nicht aus der Welt geschafft hatte. Mein brasilianischer »Ehemann« war irgendwo auf der Welt mit seinem deutschen Pass unterwegs, den ich ihm besorgt hatte, und der Mann, den ich liebte und mit dem ich den Rest meines Lebens verbringen wollte, wusste nicht, dass ich verheiratet war.

Was eigentlich ein Akt der Nächstenliebe hatte sein sollen, war zu einem einzigen Chaos geworden. Dass ich mich dabei sogar strafbar machte, war mir vorher nicht so klar gewesen.

Gleich nach dem Abi hatte ich in Köln ein heiß begehrtes WG-Zimmer ergattert. Meine Mitbewohnerin Anita und ich bildeten ein prima Team. Ich war die Organisierte und kümmerte mich um einen Haushaltsplan, sie hingegen organisierte uns Gästelistenplätze auf Partys. Immer mit am Start war auch Anitas Freund Ed, ein Brasilianer. Aus dem niederrheinischen Landei, das ich vorher war, wurde rasch eine Partyqueen.

Anita studierte Regionalwissenschaften Lateinamerika und kannte sich vor allem mit den männlichen Bewohnern dieses Erdteils besonders gut aus. Und die wiederum kannten sich auch bestens in unserer WG aus, da sie auch gerne hin und wieder als Übernachtungsmöglichkeit für in Deutschland gestrandete und orientierungslose Latinos diente. Wir hatten kein Problem damit. Die Jungs hielten sich an unsere Regeln, pinkelten im Sitzen und aßen meine Kinder Pinguis nicht weg. Doch mein naives Mutter-Teresa-Gen trieb mich knietief in die Bredouille.

Ed konnte sein Visum nicht mehr verlängern. Er war als Capoeira-Tänzer nach Deutschland gekommen und hatte eigens dafür ein Arbeitsvisum erhalten. Nach einer Verletzung blieb zunächst der Erwerb aus und dann die Aufträge, und ohne Aufträge keine Arbeitserlaubnis, und ohne Arbeitserlaubnis raus aus Deutschland.

Also beschloss Anita Eduardo zu heiraten. Natürlich nicht nur aus Liebe, sondern damit er eine Aufenthaltserlaubnis bekommt und endlich einen anderen Job ausüben konnte, als uns den ganzen Tag mit Reis und schwarzen Bohnen mit Speck zu bekochen. Als Ed seine Papiere endlich zusammen hatte und sie sich beim Standesamt anmelden konnten, verschwand Anita plötzlich. Sie schrieb uns eine E-Mail, dass sie die Liebe ihres Lebens kennengelernt habe und ihm jetzt nach Neuseeland folgen werde. Und so wurde ich aus pragmatischen Gründen Eds Ehefrau. Erst im Nachhinein hatte ich mich schlaugemacht und erfahren, dass es hochgradig illegal war, was wir getan hatten. Also beschlossen wir, keinem etwas davon zu sagen. Meine Beziehung zu Ed blieb rein platonisch und nach einer Weile zog er zu seiner hypereifersüchtigen brasilianischen Freundin, die mich mit ihren nächtlichen Kontrollanrufen beinahe in den Wahnsinn trieb. Irgendwann brach unser Kontakt dann ab und wir verloren uns aus den Augen. Dass ich mit einer solchen Scheinehe hätte richtig Kohle machen können, erfuhr ich erst viel später. Und nun wurde es höchste Zeit, in meinem Leben aufzuräumen.

»Also, wir sehen uns auf Malle!«, holte mich mein neuer Personalchef ins Hier und Jetzt zurück.

5

Als ich zur Tür raus war, musste ich mich erst mal setzen. So fühlte sich das also an, wenn man Karriere machte. Ich hatte grade einen hochinteressanten Job mit einem Supergehalt, Aufstiegsmöglichkeiten und sogar Auslandsaufenthalten an Land gezogen! Trotzdem fühlte ich mich einfach nur fertig. Die Nummer hatte mich ein bisschen überrollt. Vor allem öffnete sich in mir die Büchse der Pandora, die ich jahrelang sicher verschlossen gehalten hatte. Mir war nun klar, dass ich für meine Zukunft in meiner Vergangenheit aufräumen musste. Und ich musste meine Gegenwart darüber informieren.

»Ich glaub's selbst noch nicht«, berichtete ich Felix am Handy. »Das war kein zweites Vorstellungsgespräch, das war ein Termin zur Vertragsunterzeichnung!«

»Was? Krass!«, antwortete er. »Herzlichen Glückwunsch! Mit dem Gehalt, das die versprochen hatten?«

»Nein ...«, begann ich und wurde schon von Felix unterbrochen.

»Ach schade, doch wieder leere Versprechungen.«

»... ich bekomme mehr«, fuhr ich fort. »Ich habe gut verhandelt.«

Dass ich deshalb noch mehr bekam, weil ich lediglich gezögert hatte, den Vertrag zu unterschreiben, musste ich ihm ja nicht verraten. Auch nach all unseren gemeinsamen Jahren versuchte ich noch immer, ihn zu beeindrucken.

»Knaller! Dann kündige ich meinen Job, bleibe zu Hause und spiele auf deine Kosten Playstation«, verkündete er.

»Faulpelz!«, lachte ich. »Aber gute Idee, dann kannst du auch schön unsere Bude auf Vordermann bringen. Und du kochst natürlich. Nein, besser, du machst erst einen Kochkurs, und dann kochst du.«

»Ja, okay, schon verstanden«, maulte er im Spaß, »ich behalte meinen Job. Ähm ... apropos: Hast du deinen alten überhaupt schon gekündigt?«

»Nein«, gestand ich. »Ich wusste ja nicht, dass es alles so schnell geht.«

»Mensch, dann bist du ja mit zwei Firmen auf einmal verheiratet. Bigamie ist in Deutschland doch verboten.«

Oh Mann, dieses Ehethema tauchte heute auch echt überall auf! Ich beschloss, die Sache mal mit einem Scherzgeständnis anzutesten:

»Dir hat es doch bisher auch nichts ausgemacht, dass ich verheiratet bin.«

»Nein«, antwortete Felix lachend, »aber nur, weil wir deinen reichen alten Mann im Keller eingesperrt haben und in Saus und Braus von seinen Rentenschecks leben!«

Damit war das Thema auch schon wieder durch. Aber wenn es mal hart auf hart käme, konnte ich nun guten Gewissens sagen, ich hätte ihm schon mal davon erzählt.

Wir verabschiedeten uns, denn inzwischen war ich bei meiner Agentur in der Kölner Innenstadt angekommen. Ich hatte mir nur einen halben Tag freigenommen. Den ersten verdutzten Gesichtern begegnete ich noch vor der Eingangstür.

»Hey, was hast du dich denn so rausgeputzt? Hattest du ein Vorstellungsgespräch?«, fragte mich meine Kollegin Carola, die auf dem Weg zur Mittagspause war.

»Wie kommst du denn darauf? Darf man sich nicht mal mehr hübsch anziehen?«, konterte ich, ohne ihre Frage zu beantworten. Sie hatte mich mit einem Blick durchschaut. Wie machte sie das nur?

Ich bat meinen Chef in den Konferenzraum, um ihn über die Neuigkeiten in Kenntnis zu setzen. Dabei fiel mir ein, dass ich bei dem ganzen Galopp zwar Felix, aber Anja noch nicht informiert hatte. Also zückte ich mein Handy.

Hab den Job, aber … Weiter kam ich nicht mit dem Tippen, denn nach einem knappen Klopfen flog die Tür auf. Ich drückte schnell auf Versenden und versteckte das Handy unter meinem Bein.

»Kindchen, was hast du denn?«, fragte mich mein Chef pseudobesorgt. »Bist du schwanger?«

Die Annahme war in seinen Augen nicht ganz unberechtigt, denn Schwangerschaften verbreiteten sich unter meinen Kolleginnen inzwischen schneller als ein Magen-Darm-Virus. Und das bei einer Unisextoilette für alle.

»Nein. Nein!«, wiegelte ich ab.

»Da bin ich ja beruhigt. Mit dem Heiopei solltest du dir das auch gut überlegen.«

Die Abneigung meines Chefs betraf nicht Felix persönlich, sondern alle männlichen Freunde meiner Kolleginnen. Ich denke, er markierte auf diese Weise irgendwie sein Revier.

»Ich bin dir so dankbar für alles, was ich hier lernen durfte«, begann ich meine Rede etwas sentimentaler, als ich wollte.

»Ach, ein paar Dinge kann ich dir noch beibringen. Zum Beispiel, dass man während eines Gesprächs sein Handy besser ausschaltet.«

Er spielte darauf an, dass das Handy unter meinem Hintern nun im Sekundentakt mit kleinen Vibrationen eine SMS nach der anderen ankündigte.

»Ich hoffe, es ist ein Handy«, legte er nach.

Ich überhörte den Kommentar einfach, zog das Handy hervor, warf es in meine Handtasche und tat so, als wäre nichts gewesen. Dann fuhr ich mit meiner Rede fort.

»Aber ich will mehr, und wir wissen beide, dass diese Firma mir nicht mehr geben kann.«

Er machte große Augen und setzte zu einer Antwort an, aber so weit ließ ich es nicht kommen.

»Ich suche neue Herausforderungen, etwas, woran ich über mich hinauswachsen kann. Ich weiß, dass ich das kann, und deshalb bitte ich dich um Auflösung meines Vertrags. Ich habe vorhin schon bei meinem neuen Arbeitgeber unterschrieben.«

»Kindchen, warum hast du denn nichts gesagt? Wir hätten schon noch etwas für dich gefunden. Und wo hast du unterschrieben?«

Ich nannte ihm meine neue Firma und glaubte, in seinem Blick Betroffenheit zu erkennen. Schon hatte ich wieder ein schlechtes Gewissen.

Gleich nach dem Gespräch rief ich Anja an, die mir inzwischen mindestens zehn SMS geschickt hatte.

»Ich hab den Job, aber ich muss mich jetzt mal dringend um Ed kümmern. Ich will nicht, dass mein Familienstand die Runde macht und Felix davon erfährt, bevor ich es ihm erklären konnte.«

Anja war die Einzige in meinem aktuellen Verwandten- und Bekanntenkreis, die wusste, dass ich verheiratet war.

»Früher oder später musst du es Felix ja sowieso erzählen. Mach das doch auf Mallorca bei 'ner schönen Flasche Wein am Strand bei Sonnenuntergang«, schlug Anja vor.

Das war der perfekte Plan. Vor allem, weil es bedeutete, dass ich noch ein paar Tage Zeit hatte, bevor ich Felix die ganze Wahrheit offenbaren musste.

6

Die Nacht vor unserer Abreise nach Mallorca war eine Aneinanderreihung von finstersten Albträumen! Meine Flugangst, die ich in den hintersten Ecken meines Unterbewusstseins sicher verstaut geglaubt hatte, meldete sich pünktlich vor Reisebeginn zurück zum Dienst, quälte mich die ganze Nacht und ließ mich kaum schlafen. Ständig stellte ich mir jede mögliche Art zu sterben vor. Dann war ich wieder wach, starrte in die Dunkelheit und grübelte. Wenn das Flugzeug in der Luft auseinanderbrach, dann würde es sicherlich ziemlich kalt, bevor man dann irgendwann unten zerschellte. *Ich muss eine Jacke mitnehmen*, dachte ich mir, *damit ich die letzten Sekunden meines Lebens nicht mit Frieren beschäftigt bin, sondern mit meinem Leben abschließen kann! Wenn es wie ein Film vor meinem geistigen Auge vorbeizieht, will ich es gemütlich haben, im Kino ärgere ich mich ja auch jedes Mal, wenn die Klimaanlage zu kalt eingestellt ist.* Also kletterte ich aus dem Bett und machte mir einen Zettel: Parka mitnehmen!

Einen Vorteil hatte meine Flugangst immerhin. Wenn man nämlich dem Tod so in die Augen schaut, rückt das schlechte Gewissen Felix gegenüber in den Hintergrund. Ich wollte nicht mehr drüber nachdenken. Also schnappte ich mir meinen uralten Discman und eine CD von den *Drei Fragezeichen*, setzte mir die Kopfhörer auf und war schon nach wenigen Minuten in den tiefsten Träumen. Es war die einzig wirksame Einschlafhilfe.

Natürlich lachte Felix mich vor der Abreise aus, weil ich darauf bestand, meinen Winterparka mitzunehmen.

»Dir kann es doch wirklich egal sein, was ich mitnehme, solange ich meinen Kram selber schleppe«, sagte ich ein wenig zickiger als beabsichtigt.

»Es ist Sommer auf Mallorca, verstehst du? Sommer! Da ist es warm, die Menschen ziehen sich Socken und Sandalen und T-Shirts an, auf denen steht, dass Bier diesen Bauch geformt hat. Aber doch keinen Daunenmantel! Fehlen nur noch deine Fellstiefel«, alberte er.

Ich war ihm echt dankbar, denn genau die hätte ich glatt vergessen! Und Felix würde auf meine wasserdichten Klamotten in diesem Urlaub noch mächtig neidisch sein. Aber davon ahnten wir beide nichts, als wir mit unseren Koffern in den Flughafen rollten.

Dann standen wir auch schon in der Warteschlange am Ticketschalter und warteten auf unseren Check-in. Wie eine Schafherde auf dem Weg zur Schlachtbank standen wir mit anderen Hunderten an, um in unser Verderben zu stürzen. Ich wollte noch nicht sterben. Vor allem aber nicht mit der doofen Blondine, die etwas weiter vor uns stand und Felix angrinste.

»Felix!«, flötete sie. Offensichtlich kannte sie ihn. »Das ist ja 'ne Überraschung! Was machst du denn hier? Fliegst du auch nach Malle?«

Meine Flugangst war schlagartig verschwunden. Diese Sorte Tussis hatte ich ja so was von gefressen. Die nach »Malle« zum »Aperölchen«-Trinken fliegen und dann von wildfremden Männern einen »Bussi aufs Bauchi« wollen.

Felix bestätigte das Reiseziel.

Ich stieg ins Gespräch ein und erfuhr, dass die Blondine bloß eine alte Bekannte von Felix war, mit der er studiert hatte. Als das geklärt war, meldete sich mein Bauch wieder. Er krampfte gradezu. Also lieber noch mal auf die Toilette. Dort stand das Blondchen vorm Spiegel und hübschte sich auf. Auch das noch! Meinen nervösen Magen hatte ich schon immer behandeln lassen wollen, und nun verfluchte ich mich, dass ich nicht rechtzeitig Tabletten genommen hatte. Wenn die in der Werbung schon vor einem simplen Ballonflug eine nahmen, wie viel brauchte man denn vor einer Reise mit einem Flugzeug? Es half alles nichts. Ich verschwand in einer Kabine und versuchte, alle verdächtigen Geräusche mit der Klospülung zu übertönen. Dann wartete ich so lange, bis ich glaubte, dass die Luft, na ja, »rein« war und sich keiner mehr in der Toilette aufhielt. Am Waschbecken begriff ich, dass meine Bemühungen fehlgeschlagen waren, weil dort eine Packung Durchfallmittel der akuten Sorte lag.

Oh Gott, wie peinlich, aber trotzdem danke!

Felix fand ich im Duty-free-Shop. Von meinem Drama auf dem Klo hatte er nichts mitbekommen, und es war ergreifend zu sehen, womit er sich die letzten Minuten beschäftigt hatte.

»Kannst du dir vorstellen, dass jemand für eine Toblerone sechs Euro fünfzig bezahlt? Und hier, schau mal, was ich noch entdeckt habe. M&Ms für zwölf Euro? Sind die mit Goldnüssen gefüllt? Wer hat eigentlich das Gerücht in die Welt gesetzt, dass Duty-free billiger ist?«, redete er sich warm.

Ich hingegen wusste, dass mir ein Stück Schokolade grade richtig gut tun würde.

»Schaaatz, ich will Schokolade, viel Schokolade. Mir geht's ganz mies. Holst du mir was? Bitte!«, bettelte ich. Er sah mich an und realisierte, dass ich es ernst meinte. Es war ihm im Bruchteil einer Sekunde egal, was die Schokolade kostete. Er hätte auch das Zehnfache bezahlt. Er wollte einfach, dass es mir gut ging. Mein Herz machte einen Riesensatz. Felix war mein Mann, egal, was die Papiere des Standesamts behaupteten.

7

Schon bevor wir in den Flieger stiegen, hatte ich drei Viertel der Riesentafel aufgegessen. Als Felix mir auch noch anbot, im Flughafencafé eine völlig überteuerte Banane zu kaufen, war mir klar, dass er wusste, was sich in meinem Bauch abspielte. Dass er auf so ein ekliges Problem nicht mit Abscheu, sondern mit noch mehr Zuwendung reagierte, ließ es mir gleich etwas besser gehen. Dann wurde der Flug aufgerufen.

Blondi saß natürlich in einer der vorderen Reihen und zwinkerte mir zu, während wir ganz nach hinten durchgehen mussten. Meinte sie etwa mich? Wobei ich das schwer hoffen wollte, denn wenn sie Felix so offensiv anzwinkerte, dann ... Weiter kam ich nicht, denn sie fragte: »Und, hat's schon gewirkt?«

Ach du Heimatland, ausgerechnet sie hatte mir also die Durchfalltabletten dagelassen.

Gut, dass ich die nie wieder sehen muss, dachte ich.

»Ja, danke, guten Flug!«, antwortete ich knapp.

Wir saßen tatsächlich in der letzten Reihe. Felix erklärte mir, dass das die absoluten Arschkartenplätze seien, weil der Vordermann seinen Sitz nach hinten stellen konnte, wenn er ein Nickerchen machte, wir dagegen hatten diese Möglichkeit nicht, denn gleich hinter unseren Sitzen befanden sich die Toiletten, was ich eigentlich gut fand.

Ich saß kerzengrade in meinem Sitz und bekam kaum Luft, weil ich den Gurt bis zum Anschlag festgezurrt hatte. Um sicherzugehen, dass er sich nicht öffnete, krallte ich mich daran fest.

»Sag mal, hast du Angst vorm Fliegen?«, fragte mich Felix,

leider wenig besorgt, sondern eher in der Hoffnung, mich damit aufziehen zu können.

»Ich? Nein. Na ja. Ein bisschen«, stotterte ich. Jetzt war die Katze aus dem Sack. Gedanklich zählte ich bis drei. Und schon kam der erste Witz über meine Flugangst.

»Nina, jedes Ding kann fliegen, die meisten allerdings nur von oben nach unten. Das Besondere am Flugzeug ...«

Bevor Felix zur Pointe seines Witzes kam, schaltete ich ab und sehnte mich nach dem Bordservice mit einem alkoholischen Tranquilizer. Daraus wurde nur leider nichts, denn dank der zahlreich anwesenden Kegelclubs, die sich gegenseitig irgendwas von Gut Holz zuprosteten, und männlichen wie auch weiblichen Junggesellengruppen war die Bordbar schnell ausverkauft. Was für ein Elend!

Insgesamt verlief der Flug aber ganz okay. Nur hin und wieder schaukelte die Maschine etwas. Ich war heilfroh, meinen Durchfall los zu sein, denn der Gang zur Toilette war dank des alkoholgeschwängerten Balzverhaltens der Mitglieder mindestens zweier Clubs versperrt. Allen voran der Bowlingclub »Alle Neune« aus Wißkirchen. Jedes der neun Mitglieder trug das gleiche schwarze T-Shirt, auf dem eine schwarze Billardkugel mit Zahlen von eins bis neun abgebildet war.

»Bowlingclub Alle Neune!«, amüsierte sich Felix. »Lustiger Name.«

»Wieso? Den Namen habe ich schon hundertmal gehört«, meinte ich.

»Bei Kegelclubs«, erwiderte Felix. »Da ist eine Neun ja auch super. Beim Bowlen gibt es aber zehn Kegel, nicht neun. Ich hoffe, die wissen das.«

Ja, das könnte von dem Bowlingclub als Gag gemeint sein, musste aber nicht, wenn man sich die Jungs so ansah. Die Nummer eins war Olli und eindeutig der Chef der Runde.

Dunkelblonde Haare, eins irgendwas-achtzig groß, helle Augen. Eigentlich gar nicht so übel, wenn er nicht nach einigen Bieren 'ne knallrote Birne hätte!

Den Rest der Bowlingtruppe schaute ich mir nicht genauer an, denn Olli dominierte. Er redete, nein, brüllte mit heiserer Stimme ohne Punkt, Komma und Verstand auf den zweiten Club ein – die Miezen von »Germany's Next Topfwife«. Es waren etwa sechs Mädels im Alter von Mitte dreißig bis Mitte fünfzig, wobei die Brautfreundinnen schwarze T-Shirts trugen, wo unter dem Slogan ein fett gedrucktes HEIDI stand.

Felix kommentierte das mit einem strengen »Davon träumen die aber«.

Die Braut hatte das gleiche T-Shirt-Modell an, allerdings in Pink mit der Aufschrift KANDIDATIN. Dazu trug sie eine bescheuerte pinkfarbene Krone auf dem Kopf. Ihre Haare versteckte sie unter einer knallblauen Bobperücke. Ich hätte mich auch getarnt, wenn ich so einen Mist machen müsste. Fast hätte sie mir leidgetan, wenn sie sich nicht durch den Flieger geknutscht hätte, um Partygeld zu sammeln. Ein Kuss, ein Euro. Küssen für Geld, bei Prostituierten bekam man alles außer Küssen. Ich überlegte, ob sie jetzt schlimmer als eine Prostituierte war. Sie zog mit ihrem lärmenden Gefolge zu den vorderen Sitzreihen. Einen Verlust musste die Truppe aber beklagen, denn eine der zahlreichen Heidis hing schon an Olli dran, und der Kuss war nach Partygeldmaßstäben mindestens zwanzig Euro wert. Felix und ich starrten uns entsetzt an. Wir waren keine dreißig Minuten in der Luft und die knutschten schon. Wenn sie in dem Tempo weitermachten, würden wir uns die obligatorische Mr-Bean-Folge im Bordvideo mit rhythmisch klopfenden Geräuschen von der Wand hinter uns anschauen müssen, wo sich nämlich die einzige Toilette dieses Gangs befand.

Unter dem Vorwand, mal eben auf die Toilette zu müssen, trennte Felix die Neuliebenden und entdeckte auf Ollis T-Shirt »zufällig« den Namen des Bowlingclubs.

»Mensch, was für ein cooler Name für einen Bowlingverein!«, sagte Felix scheinheilig.

»Ja, krass, oder? Die Kegeltruppe unserer Väter hieß so, und wir haben den Namen dann einfach übernommen«, erklärte Olli. Der war gar nicht so hohl wie vermutet.

Fortan war die hässliche Heidi für ihn Luft, und er fasste für Felix die letzte Bowlingsaison zusammen. Ich wurde miteinbezogen, denn das Highlight seiner Bowlingbahn war das Laser-Disco-Bowling, und zwar jeden Freitag.

»Das muss man erlebt haben! Gänsehautgefühl pur!«, versprach er uns. »Ihr müsst unbedingt mal vorbeikommen.«

»Ganz bestimmt!«, logen wir gleichzeitig.

Na klar, wir konnten uns nichts Schöneres vorstellen, als fünfzig Kilometer von Köln nach Wißkirchen zu einer Bowlingbahn zu fahren, wo man ganz abgefahren und crazy im Dunkeln auf neonfarbene Kegel werfen, schieben oder stoßen konnte.

Felix setzte sich wieder neben mich und nahm meine Hand.

»Wir landen gleich«, flüsterte er mir zu. »Du hast ja gar keine Panik bekommen.«

Jetzt fiel es mir auch auf. Ein Fortschritt für mich. Brauchte ich nur die passende Ablenkung? Dann also nur noch Flüge nach Mallorca! Die restliche Zeit versuchten wir uns von den netten Eiflern und Heidis lärmender Resterampe abzuschotten, um mich auf die Landung vorzubereiten.

»Meinst du, Sex im Flugzeug macht Spaß?«, fragte ich Felix etwas unvermittelt, aber mir ging die Situation nicht aus dem Kopf.

»Nee, ganz bestimmt nicht«, blockte Felix.

»Wie kannst du dir da so sicher sein?« Ich schaute ihn von der Seite an und bemerkte seinen Unschuldsblick, den er auch aufsetzte, wenn mir das von ihm entsorgte Leergut aus dem Vorratsschrank entgegenkam.

»Hast du etwa?« Ich war empört. »Mit wem?«

»Zu beidem kein Kommentar«, wimmelte er mich ab.

Ich wäre hartnäckiger geblieben, hätte sich nicht der Pilot mit einer Durchsage gemeldet, dass es auf Mallorca regnete, wir aber wohl problemlos landen könnten.

Die meisten Mitreisenden interessierte die Durchsage wenig, aber ich merkte, wie die Panik sich von meiner Körpermitte gleichmäßig ausbreitete.

Unnötigerweise warnte Felix mich vor, dass es vielleicht etwas ruckeln werde, und er behielt recht, wie die Abdrücke meiner Fingernägel in seinem Oberschenkel bezeugten.

8

Hätte ich die Augen aufbehalten, hätte ich die Wasserfontäne gesehen, die bei der Landung hochgeschossen kam. So durfte ich es mir innerhalb weniger Minuten etwa fünfzehn Mal von Felix beschreiben lassen. Ich war einfach nur erleichtert, wieder festen Boden mit Steinen, Erde und meinetwegen auch einigem Wasser unter meinen Füßen zu haben.

Während wir zum Gepäckband hetzten, schlenderte Blondi, also Claudia, mit ihrer Designerlederreisetasche zum Ausgang. Scheinbar mangelte es ihr weder an Durchfallmitteln noch am nötigen Kleingeld für die Tasche. Ein bisschen Neid konnte ich mir nicht verkneifen, denn ihre Tasche hätte ich furchtbar gerne gehabt. Um sie mir selbst zu kaufen, war ich jedoch viel zu geizig, daran würde auch mein zukünftiges Gehalt nichts ändern.

Ein kleiner dunkelhäutiger Junge mit einer blonden Lockenmähne riss mich aus meinen Taschenträumen. Er sorgte in der Wartehalle für Stimmung, indem er mithilfe eines Gepäckwagens sämtliche Prospektständer umnietete. Es gab ein wahnsinniges Geschepper, das noch lange nachhallte. »Speedo!«, brüllte seine Mutter quer durch Halle.

Wahnsinn, die hatte ihr Kind tatsächlich nach einer Badehose benannt. Da waren die Namen von Promikindern plötzlich gar nicht mehr so schlimm. Eigentlich hätte ich »Speedo« Franzi von Almsick zugetraut. Deren Sohn Don Hugo hat es aber auch nicht viel besser erwischt.

Bemerkenswerter als Speedos Name war allerdings die Stimme seiner Mutter, die eher danach klang, als würde sie ihre

Kinder »Marlboro« oder »Jack Daniels« nennen. Wenn sie Speedo mit dieser Stimme Gutenachtgeschichten vorlas, konnte er eigentlich nur von Darth Vader träumen.

Auch wenn der Klang der Stimme bei kleinen Kindern und furchtsamen Frauen womöglich Angst und blankes Entsetzen hervorrief, mich machte die Stimme ganz nostalgisch. Sie erinnerte mich an »Machtina«, die Frau, die in einem Sportcenter arbeitete und Felix und mich verkuppelt hat. Ich blickte zu Felix. Er sah mich auch an, und ich wusste, dass er das Gleiche dachte. Mir wurde wohlig ums Herz. Das war ganz eindeutig mein Freund! Er formte lautlos etwas mit den Lippen: *E.T.* Na ja, man muss nicht immer das Gleiche denken.

Wir schnappten uns unser Gepäck, was so ziemlich als letztes auf dem Gepäckband befördert wurde. Wahrscheinlich hatten die Typen, die das Flugzeug entluden, noch geschnick-schnack-schnuckt, wer von ihnen Felix' uralte Tasche anfassen musste. Aus irgendeinem nicht erklärbaren Grund hing er an diesem durchlöcherten Sack, der sich gerne Reisetasche nennen wollte.

Anja und Arne waren bereits einige Stunden vor uns gelandet, deshalb hatte Felix mit ihnen einen Treffpunkt in Palmas Innenstadt abgemacht. Wir rannten also im strömenden Regen zum Bus. Wahrscheinlich hatte Gott das Wetter entsandt, nachdem er sich den Vereinssündenpfuhl in unserer Maschine angesehen hatte.

Wir erreichten ziemlich schnell Palma. Zu unserer Rechten erhob sich die sandsteinfarbene Kathedrale, das Wahrzeichen der Stadt. Ich hätte gerne meinen Reiseführer rausgekramt, um mehr über dieses faszinierende Bauwerk zu erfahren, aber leider lag das Buch in Felix' durchnässter Reisetasche, und die mochte ich nicht anfassen.

Wie er da im Bus saß mit seiner löchrigen Sporttasche auf

dem Schoß und den zerzausten Haaren, aus denen es unablässig tropfte, stellte ich fest, wie sehr ich Felix liebte. Er war manchmal ein Chaot, keine Frage, aber er war ein liebenswerter und treuherziger Chaot, und er war *mein* Chaot. Ich fand, dass das ganz schön viel wert ist. Heutzutage, würde Omi hinzufügen. Ich würde einfach den richtigen Moment abpassen, um ihm meine verzwickte Situation mit Ed zu beichten. Jetzt war es offenbar aber erst mal an ihm, mich zu überraschen, denn er gab mir einen Kuss und sagte:

»Wir sind da.«

9

Arnes leichtem Hang zur Angeberei verdankten wir die Wahl unseres »Autos«. Es war ein riesiger unhandlicher Geländewagen, Typ Monstertruck. Allerdings war es ein empfindliches Monster, das es anscheinend nicht vertrug, wenn man sich mit seiner vom Regen durchnässten Hose auf die Ledersitze setzte. Deshalb verbannte Arne uns in den Laderaum, in dem sich zwei ungepolsterte Sitzreihen befanden. Zum Reinklettern brauchte ich Felix' Hilfe, denn der Einstieg war gefühlte drei Meter hoch. Endlich konnte die Fahrt losgehen. Dank eines in Spanisch voreingestellten Navis machten wir eine ungeplante Rundfahrt durch Palma. Mir gefiel die Stadt. Sie war nicht besonders groß, aber urban, maritim und pittoresk zugleich. Es gab diese typischen beigen Hochhäuser, aber auch wunderschöne Prachtbauten und eine für spanische Küstenstädte unverzichtbare Promenadenstraße, die vom Hafen in die Innenstadt führte.

Und dann entdeckte ich ein Schild an einem riesigen Gebäude.

»Ein Corte!«, rief ich erfreut.

Gemeint war eine Filiale von El Corte Inglés. Corte ist die spanische Antwort auf Kaufhof und hat eine hervorragende Lebensmittelabteilung. Die Kette kannte ich von meinen Urlauben in Lloret de Mar, wo ich als Teenager mehrmals die Ferien mit meiner Clique verbrachte hatte. Immer per Busreise.

»Was haltet ihr von einem Zwischenstopp?«, fragte ich. »Dann können wir schon mal unsere Vorräte auffüllen.«

Arne winkte großspurig ab: »Es ist für alles gesorgt.«

Sprach's und fuhr in Richtung Autobahn. Da Arne ein ähnlicher Planungschaot wie Felix war, wäre es mir lieber gewesen, wenn Anja es mir versichert hätte. Die hatte jedoch schon die Kapuze ihres Pullis über den Kopf gezogen und lehnte mit dem Kopf am Fenster. Offensichtlich war sie innerhalb weniger Minuten eingeschlafen.

Eins musste man Anja lassen, sie konnte wirklich immer und überall schlafen. Sie hatte es tatsächlich schon mal fertiggebracht, auf einem Konzert von Deichkind einzuschlafen. Man muss vielleicht dazu erwähnen, dass es an Karneval in Köln war und wir schon einige Stunden zusammen als Tom und Jerry unterwegs waren.

Bis Arne in Anjas Leben auftauchte, waren wir unzertrennlich gewesen. Als die beiden dann zusammenkamen, hörten plötzlich unsere gemeinsamen Urlaube auf, und als ich Felix kennenlernte, besuchte ich Anja auch nicht mehr jeden Abend, um mit ihr gemeinsam zu kochen oder fernzusehen. Vor meiner Beziehung mit Felix war ich wie ein Möbelstück in Anjas und Arnes Wohnung gewesen. Ich denke, dass Arne insgeheim Felix ein Leben lang dankbar sein wird, weil er mich aus der Wohnung rausgeholt hat.

Nun hatte Anja sich auf dem Beifahrersitz zusammengerollt und war eingenickt. Irgendwie kam sie mir so verändert vor, so zurückhaltend. Wir telefonierten zwar fast täglich, aber jetzt hatte ich den Eindruck, wir müssten erst mal miteinander warm werden, weil wir bisher kaum ein Wort gewechselt hatten.

Die Anreise zur Finca wollte kein Ende nehmen. Kilometerlang fuhren wir an höchstens einen Meter hohen Natursteinmauern entlang. Der Straßenzustand wechselte vom besten Belag auf der Autobahn über eine üble Schlaglochpiste hin zu rutschiger Schlammrodelbahn. Spätestens jetzt wäre ich meinen Mageninhalt losgeworden, wenn ich ihn nicht schon längst in der Flughafentoilette in Köln versenkt hätte. Munter und ausgeschlafen navigierte Anja ihren Arne das letzte Stück anhand einer SMS, in der die Wegbeschreibung zu unserer Finca stand. Wegen des laut prasselnden Regens und des Motorengeräuschs schnappte ich nur vereinzelte Worte auf. Eins davon war Bauernhof. Komischerweise knurrte genau in der Sekunde mein Magen wie ein schlecht gelaunter Hofhund, und ich merkte, dass ich richtig Kohldampf hatte. Und das bedeutete auch bei mir immer schlechte Laune. In wenigen Momenten würde ich mich in eine keifende Furie verwandeln, und ich konnte es nicht verhindern, denn schuld daran war nur der Hunger. Dem blöden Spruch »Einsicht ist der erste Schritt zur Besserung« konnte ich noch nie was abgewinnen, in den Zeiten qualvollen Hungerns erst recht nicht. Das Einzige, was ich tun konnte, war, Felix zu warnen.

»Ich hab Hunger!«, brüllte ich gegen den Lärm des Autos und des Regens an.

»Und mir tut der Arsch weh«, antwortete Felix.

»Ach ja, meinst du, meinem geht's besser? Kannst du dir vorstellen, was meiner heute schon alles durchmachen musste?« Oje, die hungrige Zicke ging schon mit mir durch.

Felix murmelte irgendwas vor sich hin, und ich zwang mich, nicht genau hinzuhören, weil ich wirklich keinen Streit vom Zaun brechen wollte.

Gleich sind wir da, gleich gibt's was zu essen, versuchte ich mich zu beruhigen. Ich schloss die Augen und atmete tief ein. *OMMMMMMM!* Ich war alles andere als eine entspannte Yogatante. Vielleicht war das der Grund, weshalb mir Felix zum letzten Geburtstag eine Zehnerkarte fürs Yogastudio um die Ecke geschenkt hatte. Er war generell der Meinung, ich müsse mal runterkommen. Immerhin war ich einmal dort gewesen, aber als von uns erwartet wurde, das Mantra nachzusingen, bin ich aufgestanden und gegangen, weil ich Angst hatte, mir vor Lachen in die extra dafür gekauften Fairtradeleggings zu machen.

Es war auch jetzt ein eher stummes Om, weil ich mir dabei immer so furchtbar dämlich vorkam. Aber als ich die Augen öffnete, waren wir endlich da.

10

Wir hatten tatsächlich das Anwesen, auf dem unsere Finca stand, erreicht. Vom Tor führte ein schmaler Schotterweg zum Gebäude, das Felix treffend Ziegenstall nannte, denn so sah unsere Finca auch ein wenig aus. Heraus kam aber keine Ziege, sondern ein arroganter Mittvierziger, mit dem ich allerdings genauso wenig gerechnet hatte.

»Soll ich euch die Taschen abnehmen?«, fragte der Fremde, der sich bemühte, schnell wieder ins Trockene zu kommen, weil der Regen sein schickes Leinenhemd schon ganz durchnässt hatte.

»Sind Sie der Vermieter?«, fragte Felix.

»Das ist Stefan, ein Freund von uns aus München«, erklärte Arne. »Er hat die Finca besorgt und ist auch diese Woche mit uns hier.«

Das hatte Arne, im Gegensatz zu den technischen Details des Landrover Defender, bisher irgendwie nicht erwähnenswert gefunden. So viel dazu, wie Männer ticken.

»Ach so, ich dachte, wir sind zu viert. Sind wir zu fünft?«, fragte ich wenig amüsiert.

Anja konnte mir das leider nicht bestätigen.

»Zu siebt«, erklärte sie. »Stefans Frau und sein Sohn Lenny sind auch da.«

Wir hatten also eine größere Urlaubs-WG als angenommen. Damit hätte ich problemlos leben können. Fehlte nur noch der Golden Retriever. Auch den hätte ich gerne in Kauf genommen. Aber die Mitbewohnerin, die uns so harmlos als »Stefans

Frau« angekündigt worden war, entpuppte sich als eine Person, mit der ich weder gerechnet hatte, noch rechnen wollte. Es war keine Geringere als Blondi, ich meine Claudia, die am Flughafen Felix so angehimmelt hatte. Fairerweise musste ich gestehen, dass ihre Durchfalltabletten mir den Tag gerettet hatten.

»Vielen Dank noch mal«, sagte ich und gab ihr die Packung mit den restlichen Tabletten zurück.

»Gern geschehen«, meinte sie.

»Ihr kennt euch?«, fragte Stefan.

»Flüchtig«, antwortete ich und meinte eigentlich »flüchtend«. Irgendwas störte mich an Claudia. Aber für die nächste Woche war ja jeder Fluchtversuch zwecklos, schließlich waren wir gemeinsam in einem Ziegenstall untergebracht.

»Wir haben uns am Flughafen kennengelernt. Aber Felix kennt sie.«

»Vom Studium«, fügte der schnell hinzu.

Dann wandte sie sich an Felix, zeigte auf seine olle Reisetasche und fragte: »Was, das Ding hast du immer noch? Das ist doch bestimmt schon acht Jahre alt.«

»Du glaubst nicht, wie oft die schon auf dem Sperrmüll lag und wie von Zauberhand wieder in unseren Keller geräumt wurde«, antwortete ich. »Er scheint an dem Ding zu hängen.«

»Ach, ist doch bloß 'ne doofe Tasche«, wiegelte Felix ab. »Aber warum bist du schon hier?«

»Ich hatte nur Handgepäck.« Ach ja, stimmt, die tolle Ledertasche von Louis Vuitton. »Es war grade trocken, und ich bin direkt ins Taxi gestiegen«, erklärte sie.

Na klasse. Es reichte nicht, dass sie eine tollere Tasche hatte und sich mit ihrer Reiseapotheke besser vorbereitete als ich, nein, sie kannte meinen Freund auch schon länger und stellte sich mit ihrer Anfahrt cleverer an. Hätten Felix und Arne etwas geschickter geplant, wären wir ebenfalls längst hier gewesen, denn der Umweg über Palma war reichlich überflüssig.

Grrrr!, war das Einzige, was ich grade denken konnte, und mein Magen sprach es sogar aus. Er machte sich mit einem lauten Grummeln bemerkbar.

Vor dem Essen wollte ich mir aber noch etwas Trockenes anziehen.

»Wie teilen wir denn die Zimmer auf?«, fragte ich in die Runde.

Es wäre schön gewesen, wenn man da noch hätte mitreden dürfen. Aber Stefan hatte bereits Fakten geschaffen. Felix und ich erhielten einen Raum im Erdgeschoss, während alle anderen ihre Zimmer in der oberen Etage hatten. Dort hatte auch Klein Lenny sein eigenes Zimmer. *Muss nicht unbedingt ein Nachteil sein, alleine unten zu schlafen*, dachte ich mir. War es dann aber doch, stellte ich fest, als wir den Lichtschalter in unserem Zimmer fanden.

11

Unser Zimmer war bis fast unter die Decke gefliest, und das nicht ohne Grund, denn im selben Raum befanden sich auch noch eine Waschmaschine, eine Toilette und eine Dusche, ohne eine Abtrennung selbstverständlich. Unsere Kammer war ganz offensichtlich das ehemalige Bad, und so muffig wie ein altes Badezimmer roch es auch. So etwas Abgefahrenes hatte ich noch nicht gesehen. Während ich die Zimmersituation noch eher lustig fand, kriegte sich Felix vor Wut kaum noch ein.

»Is' ja 'n Hammer!«, schnaubte er und warf seine Tasche auf das schwarze Metallbett, das sich sofort mit einem lauten Quietschen beschwerte.

»Der reinste Luxus. So ein Schlafklo hat noch nicht mal Bill Gates.« Mein Versuch, ihn aufzumuntern, klang halbherziger, als ich wollte, denn mir wurde schon jetzt klar, dass bei jedem Geschäft, ob groß oder klein, der andere das Zimmer verlassen musste. Das konnte ja was werden. Ich schaute zur Tür und bemerkte noch Schlimmeres: Es gab keinen Schlüssel! Der eine musste also nicht nur aus dem Zimmer raus, wenn der andere sein Geschäft verrichtete, nein, er musste auch noch Schmiere stehen!

»Ich würde gern mal Lennys Suite sehen«, meckerte Felix weiter.

Da ich uns diesen Urlaub aber eingebrockt hatte, blieb mir nichts anderes übrig, als alles positiv zu sehen. Mit meinen eventuell nicht so begeisternden News wollte ich ihn dann erst in den nächsten Tagen überraschen.

Ich schnappte mir seine durchweichte Reisetasche, die im nassen Zustand ganz schön schwer war, und stellte sie auf den hellgrünen Stuhl neben dem Bett. Das Letzte, was wir heute noch brauchen konnten, war ein nasses Bett.

»Wir haben zwei Möglichkeiten. Ausrasten oder auspacken«, waren Felix' deutliche Worte.

Wir entschieden uns fürs Auspacken. In Felix' Fall bedeutete das leider, keine trockene Kleidung. Im Gegenteil. Eine Shampooflasche hatte sich im Gepäck auch noch geöffnet, und er hatte in seiner Tasche eine mobile Schaumparty veranstaltet. Im Scherz bot ich ihm an, etwas von meinen Klamotten zu nehmen, und er nahm natürlich an. Ich ließ ihn mit meinem Koffer allein.

Alle außer Lenny hatten sich an den Esstisch gesetzt, auf dem leider nichts zu Futtern zu sehen war. Ich nahm ebenfalls Platz und kündigte Felix' Modenschau an.

»Felix kümmert sich um das heutige Animationsprogramm und führt uns gleich den angesagtesten Modetrend dieses Sommers vor«, moderierte ich.

Kaum ausgesprochen bereute ich es schon, dass ich Felix im wörtlichen Sinne an meine Wäsche gelassen hatte. Was Arne und Anja anging, war es mir egal. Vor den beiden war mir nichts zu peinlich. Stefan jedoch schüttelte nur den Kopf und guckte mich geringschätzig an.

»Man kriegt die Leute aus dem Pauschalurlaub, aber niemals kriegt man den Pauschalurlaub aus den Leuten«, kommentierte Stefan meine Ansage, vielleicht aber auch Felix' Auftritt. So oder so ein Affront. Ich war so perplex, dass mir keine passende Antwort einfiel. Anja und Arne guckten peinlich berührt an mir vorbei, und die einzige Reaktion auf den blöden Spruch kam ausgerechnet von Claudia. Die stieß ihrem Mann mit dem Ellbogen in die Rippen.

»Kannst du dein Snobgehabe bitte sein lassen? Wir haben schließlich Urlaub.«

Claudia war betont lässig gestylt. Alles passte zueinander, und ich machte mir ernsthafte Sorgen, womit Felix gleich meinen Kleidungsstil blamieren würde. Claudia trug zwei übereinandergezogene Tops in Weiß und Beige und eine ebenfalls beigefarbene Leinenhose, die nur knapp auf der Hüfte saß und sich fast schon in Richtung Pobacken verabschieden wollte, als sie kurz aufstand, um aus dem Fenster zu schauen.

»Jemanden, der hier für gute Laune sorgt, können wir bei dem Wetter wirklich gebrauchen«, sagte sie, und wie auf Kommando erschien Felix.

12

Felix sah zum Wegschmeißen komisch aus. Untenrum trug er meinen olivgrünen Pareo, den ich mir extra mitgenommen hatte, weil man ihn wahlweise als Rock oder als Schal tragen konnte. Ich hatte mal eine Statistik gelesen, dass man ohnehin nur dreißig Prozent der Kleidung trägt, die man mit in den Urlaub nimmt. Mit der Doppelfunktion des Pareo minimierte ich das Risiko, dass dieses Teil ungetragen im Koffer blieb. Für das Oberteil, das Felix ausgesucht hatte, schämte ich mich jedoch in Grund und Boden.

»Aus allen Klamotten, die ich mitgebracht habe, suchst du dir ausgerechnet meinen Doris-Day-Gedächtnis-Pyjama aus!«, schimpfte ich.

Zwar liebte ich meinen plüschig weichen Oilily-Schlafanzug in Hellblau mit rosa Blümchen heiß und innig, aber jetzt grade war er mir peinlich. Was für manche der Teddybär war, war für mich dieser Pyjama. Der musste auf jede Reise mit, aber unter keinen Umständen sollte er vorgeführt werden.

»Den Rest wollte ich nicht kaputt machen«, antwortete Felix, »aber der Wickelrock ist super, total gemütlich!«

Zum Glück ging Felix auf Arnes Angebot ein, sich von ihm ein vernünftiges Männershirt auszuleihen.

»Der Felix, immer für ein Späßchen zu haben«, kicherte Claudia, als Felix mit Arne nach oben verschwand.

Tss, was wusste diese olle Kuh schon über meinen Felix! Aber sie hatte schon recht: Er konnte wirklich keinen blöden Scherz auslassen. Und da war er mit Arne in allerbester Gesellschaft.

Anja und ich hatten vor einigen Jahren die Wortspielkasse eingeführt und für jedes schlechte Wortspiel einen Euro kassiert. Doofe Verschwörungstheorien, Arnes Spezialgebiet, schlugen mit fünf Euro zu Buche. Das war zwar ganz schön viel, aber wir hatten auch wirklich was zu ertragen mit Beavis und Butthead.

Was aus dem Wortspielsparschwein geworden ist? Anja und ich hatten uns einen fürstlichen Champagnerbrunch auf Schloss Lerbach gegönnt und denken noch heute daran zurück, wie wir als ausgehungerte Wölfe erst das Büffet plünderten und mit angemessener Grundlage uns einen Champagner nach dem anderen hinter die Binde kippten.

»Was grinst du so?«, wollte Anja von mir wissen.

»Nur ein Wort: Lerbach!«, sagte ich. Anjas Miene erhellte sich.

»Mmh, was haben wir reingehauen! Wenn ich daran denke, wird mir schlecht.«

Was hatte die denn plötzlich? Na gut, damals war uns am Ende tatsächlich beiden schlecht geworden. Aber seitdem hatte uns die Erinnerung eigentlich immer nur Hunger gemacht. Ich fühlte mich ein bisschen verraten.

Genau in diesem Moment ging oben die Alarmanlage namens Lenny los. Wow, der hatte ein Organ!

»Maaamaaa!«, brüllte er.

Claudia stürzte panisch die Treppe hoch, gefolgt von Stefan und Anja. Ich konnte nicht sagen, dass mich besonders interessierte, was Lenny aus seinen Träumen gerissen hatte, aber da die Unterhaltungsalternativen hier unten eher gering waren, folgte ich dem Rest nach oben.

Dort keifte Claudia in Gluckenmanier mit einem verstörten Lenny auf dem Arm Felix und Arne an und faselte was von einem bleibenden Lärmtrauma, für das Felix wohl verantwortlich war.

»Na ja, durch ein bisschen Krach wird das Kind wohl kaum traumatisiert. Schon eher, weil Felix einen Rock anhat«, konterte ich.

Das hatte Lenny bisher noch gar nicht bemerkt. Aber mein Hinweis funktionierte bestens als Ablenkungsmanöver, denn ab diesem Moment quälte Lenny Felix mit Fragen zum Rock.

»Hast du Kleid an?«, fragte er. »Warum?«

»Meine Hose war nass«, antwortete Felix.

»Hast du Pipi gemacht?«, war Lennys naheliegender Schluss.

Der Kleine hatte echten Unterhaltungswert! Jetzt erst mal hatte er aber Hunger – genau wie wir alle. Also gingen wir runter, um ein fürstliches Festmahl zu uns zu nehmen.

Zu unserer Überraschung und unserem Ärger hatte der ach so tolle Stefan aber vergessen einzukaufen. Der Vollständigkeit halber muss ich hinzufügen, dass er vergessen hatte, *Essen* einzukaufen. Was er nicht vergessen hatte, war Flüssignahrung in Form von unglaublich schlechtem Rotwein.

Wir schauten nach draußen, wo es immer noch schüttete. Eine Fahrt zum nächstgelegenen Supermarkt wäre nur möglich gewesen, wenn uns Noah persönlich mit seiner Arche abgeholt hätte.

Das hatten wir nun also davon, eine Unterkunft am Arsch der Heide zu wählen. Unsere topausgestattete Küche mit Gasherd und Hochbaubackofen blieb heute Abend jedenfalls kalt.

Anja, die am meisten gejammert hatte, bekam immerhin noch einen von Lennys streng abgezählten eingeschweißten Kinder-Biotellern ab. Dem Rest von uns stand die rationierte Vielfalt von Flugzeugessensresten und Süßkram zur Verfügung. Auch wenn Lennys Matschessen nicht besonders appetitlich aussaß, so hoffte ich, dass er seine »Muschelnudeln in Bolognesesoße« nicht schaffen würde und ich mir den Rest unter den Nagel reißen konnte. Stattdessen saute Lenny sich und den Esstisch mit dem kostbaren Essen ein. Von dem kaum vorhandenen Rest konnte ich auch nur träumen, denn Claudia kam mir wieder einmal zuvor. Sie wischte mit ihrem Finger nach und nach den Teller aus und nuckelte bei jedem Mal eine Ewigkeit an ihrem Zeigefinger. Was die Essmanieren betraf, fiel bei denen der Apfel wirklich nicht weit vom Stamm.

Der Laune war nach unten hin kaum noch zu toppen, als bei Felix spontanes Tourette einsetzte, weil ihm ein Weinglas umgekippt war.

»Verfickte Scheiße!«, fluchte Felix und hatte dabei wohl vergessen, dass wir einen zwar kleinen, aber dafür besonders aufmerksamen Mitbewohner hatten. Umgehend mischte sich Lenny ein.

»Was?«

Stefan hielt ihm instinktiv die Ohren zu. Vielleicht rechnete er damit, dass noch von irgendwo ein Echo kam. Da wir allerdings nicht in einer Berghütte, sondern auf mallorquinischem Flachland hausten, fand ich die Aktion etwas übertrieben.

Felix versuchte es auszubügeln, indem er behauptete, »der dicke Meister« gesagt zu haben, was ihm Lenny aber nicht so recht abnahm. Bei Stefan und Claudia war Felix jedenfalls endgültig unten durch.

Ich beobachtete unterdessen Anja, die ihren Wein in die Spüle kippte, das Glas ausspülte und es mit Wasser füllte. Sie war selbst in der Not wählerisch. Andererseits hatte sie schon recht, der Wein war ein ziemlicher Château Migraine. Ich hoffte, dass Claudia nicht nur Tabletten gegen Durchfall, sondern auch gegen Kater dabeihatte.

Nicht nur wegen seiner Ausdrucksweise hatte Felix keinen leichten Stand. Claudia kannte ihn noch als Architekturstudenten und ging ganz schön hart mit ihm ins Gericht, dass er nun nur als Bauleiter auf Baustellen seine Brötchen verdiente.

»Wolltest du nicht Architekt werden?«, fragte Claudia.

»Wollte ich. Aber ich bin dann im Praktikum bei der Firma hängen geblieben«, erklärte Felix.

Das stimmte nur zur Hälfte. Was er dabei irgendwie zu erwähnen vergaß, war, dass er sich damit auch vor dem Thema seiner Diplomarbeit gedrückt hatte. Er hatte einfach den Weg des geringsten Widerstands und damit die Festanstellung gewählt. In seiner Diplomarbeit ging es nämlich um »Die optimale Gestaltung und Nutzung von Justizvollzugsanstalten«. An sich ja kein schlechtes Werk, und er hätte sich damit bestimmt ein Alleinstellungsmerkmal auf dem Gebiet geschaffen. Allerdings hatte er nach dem ersten Knast, den er zu Recherchezwecken aufgesucht hatte, Schiss gekriegt, und so kam ihm das Jobangebot ziemlich gelegen. Als wir uns kennenlernten, war er schon bei der Baufirma, aber ich hatte die Unterlagen zu seiner Abschlussarbeit zufällig beim Aufräumen gefunden. Es ging mich ja eigentlich nichts an, ich war aber zu neugierig, um mit dem Stöbern aufzuhören.

Felix, dem das Thema unangenehm wurde, versuchte mit meinem Karrieresprung davon abzulenken, aber er hatte keine Chance, denn dank des großspurigen Stefan wurde ich bei dem Jobthema bestens übergangen.

»Ich bin Chef von Hempelmann & Partner in München.«

Oh, bitte keine Steilvorlage für Felix.

»Ich hoffe, du bist der Partner!«, witzelte er, und ich ahnte Böses.

»Nein, ich bin der Hempelmann.«

Unauffällig schielte ich zu Felix, der wiederum Arne anstierte und versuchte, nicht zu lachen. Stefan bemerkte nichts.

»Ich habe eine Werbeagentur. Wir haben zum Beispiel Kampagnen für Elektromärkte gemacht«, fuhr er stolz fort.

»Hauptsache nicht die Billig-ist-geil-Sprüche, das war das

Allerletzte!«, meinte Felix, der mit schlafwandlerischer Sicherheit das nächste Fettnäpfchen ansteuerte. Denn leider waren genau diese Slogans, die jeder aus Funk und TV kannte, von Stefans Agentur. Damit hatte er eine Menge Kohle gemacht, und Geld stinkt ja bekanntermaßen nicht. Entweder war Stefan gar nicht so elitär, wie er sich gerne gab, oder er hielt alle außerhalb seines erlesenen Kreises für Volldeppen, die nur auf Schlagwörter wie »billig« und »geil« reagierten. Bei einem schien es jedenfalls zu klappen.

»Was is' ›geil‹?«, fragte Lenny.

Wow, der pickte sich auch nur die Edelrosinen aus unseren Gesprächen.

»Geil heißt, dass etwas sehr gut ist«, erklärte ihm Claudia und bedankte sich mit böser Miene bei Felix. Das war doch mal bemerkenswert: Obwohl »geil« den Lebensunterhalt der Familie Hempelmann zu sichern schien, distanzierte sich Claudia ganz eindeutig davon. Das Wort war also schlecht für Lenny, aber gut genug für den Rest der Nation.

Überhaupt wurde Lenny bestens von den bösen Dingen der Welt abgeschirmt, so auch von seinen saufenden Eltern. Die tranken den Wein nämlich heimlich aus blickdichten Kaffeebechern. Kaum war Claudia mit Lenny nach oben verschwunden, um ihn ins Bett zu bringen, füllte Stefan den Fusel in Weingläser um. Das sah wenigstens besser aus. Vom Geschmack her hätte er ihn allerdings passenderweise in alte Essigflaschen kippen müssen.

»Wir versuchen, Lenny gute Vorbilder zu sein«, erklärte Stefan.

Ja, Lügen und Verheimlichen ist da doch schon mal ein super Anfang, dachte ich.

Als Claudia wieder da war, kam das Gespräch aufs Wetter. Bis auf Felix und mich hatten sich alle auf Regen eingestellt.

»Mir wäre lieber, er hätte wie versprochen vor der Reise mal den Wetterbericht gelesen«, beschwerte ich mich.

»So sind sie halt«, meinte Claudia. »Ein Exfreund von mir sagte mal: ›Wenn ich meine Klamotten raussuche, schaue ich nicht aus dem Fenster, sondern auf den Kalender.‹ Männer!«

Da waren die Männer wohl alle gleich.

»Der Satz könnte echt von Felix sein«, sagte ich.

Felix sah unangenehm ertappt aus. Aber was konnte ich dafür, wenn er nun mal so war. Immerhin schien es ja mehr von dieser Sorte zu geben. Das machte es für ihn doch schon etwas besser. Aber Claudia hatte es mit ihrem Exfreund wohl schlimmer erwischt.

»Der Typ war sowieso nicht ganz dicht«, sagte sie. »Da hat ein Tick den nächsten gejagt.« So langsam wurde mir Claudia sympathischer.

»Na ja, das müssen wir nicht vertiefen, jetzt, wo der arme Mann sich gar nicht verteidigen kann«, sprang Felix für den Unbekannten in die Bresche.

Das sah ich ganz anders. Ich finde das Thema Exfreunde grundsätzlich immer interessant. Und wenn die Leute nicht dabei sind, tut man ihnen auch nicht weh, wenn man über sie herzieht. Also nahmen Claudia und ich es wieder auf. Mich nervte allerdings, dass sich Felix weiterhin an unserem Gespräch beteiligen wollte. Normalerweise schaltete sich sein Hirn bei solchen Gesprächen ab, und er bequatschte mit Arne, welche sinnlosen Gratisapps man herunterladen sollte und welches Unternehmen dahintersteckte, wobei sie dann wieder in irgendwelche kruden Verschwörungstheorien abdrifteten.

»Felix hat 'ne Ex mal Snoopy genannt«, erzählte ich und goss mir ein neues Glas Wein ein, denn mein Mund war schon ganz trocken vom Reden. »Ich weiß nicht, ob sie so lange Ohren hatte wie ein Beagle oder braune und weiße Haare auf dem Rücken.«

Ich machte mit den Fingern Wolfskrallen nach und stellte mir für einen Moment bildlich vor, Felix wäre mit einem Werwolf zusammen gewesen. Hatte es bei Twilight nicht auch weibliche gegeben? Also Werwölfinnen? Oh Mann, der Wein zeigte zusammen mit dem wenigen Essen seine Wirkung.

»Wie hieß die eigentlich wirklich?«, fragte ich. »Du hast echt immer nur von Snoopy erzählt.«

Claudia hatte inzwischen wohl auch einen im Tee, sie klang jedenfalls fast schon beleidigt, als sie sagte: »Vielleicht hatte sie auch einfach nur ein süßes Snoopy-T-Shirt an, als sich die beiden kennengelernt haben.«

»Ach Quatsch, welche Frau hat denn ein Snoopy-T-Shirt, und wo lernt man die kennen? Auf Pyjamapartys?«, meinte Anja.

»Claudia hat auch so eins«, sagte jetzt Stefan. »Uralt, aber das will sie trotzdem nicht wegwerfen.«

Felix sah mich triumphierend an.

»Siehste, das ist ganz normal«, erklärte er.

Na ja, vielleicht für einen Mann, der mit einem Wickelrock dasaß.

»Ich find's trotzdem komisch«, beharrte ich. »Aber nach allem, was Felix erzählt hat, war die Alte sowieso nicht ganz dicht.«

»Ach? Was erzählt er denn so über seine gute alte Snoopy?«, fragte Claudia.

Herrgott, die war jetzt aber echt angefixt. War das eine Allianz unter Snoopy-Shirt-Besitzerinnen? Aber das konnte sie haben. Felix hatte mir zwar, ehrlich gesagt, nicht viel über seine Ex erzählt, aber ich hatte mir einiges zusammengereimt. Und für einen unterhaltsamen Abend würde ich mir mit meinem Rotweinschädel jetzt spontan ein paar Handlungsstränge aus alten Desperate-Housewives-Folgen ausleihen. Die anderen waren ja auch nicht nüchterner!

»Eine Menge!«, behauptete ich. »Die muss ein Psycho gewesen sein.«

Claudia lachte schrill, was noch Sekunden, nachdem sie den Mund wieder geschlossen hatte, in meinem Kopf nachhallte. So witzig war das nun auch wieder nicht.

Ich wollte grade loslegen, da hatte Felix offensichtlich keine Lust mehr und zerrte mich vom Tisch weg. Ich beschwerte mich. Was wollte der eigentlich? Seit wann beendet Felix eine Party? Normalerweise war immer ich diejenige, die ihn nach Hause zwang.

»Nein, nein, erst muss ich noch von Gregor erzählen, wo wir doch beim Thema T-Shirts und Exfreunde sind. Könnt ihr euch vorstellen, dass der eine Schablone hatte, um seine T-Shirts zu falten? Ist das nicht abgefahren?!«

Stefan sah aus, als wollte er grade »Ist doch ganz normal« sagen, aber auch dazu kam es nicht.

»Wir gehen jetzt ins Bett«, bestimmte Felix für uns beide.

Er hatte nicht unrecht, denn ich merkte, wie warm mir wurde und ich ein Kribbeln in den Nebenhöhlen bekam. Für mich ein untrügliches Zeichen, dass nun Schluss war. Was den Alkohol anbetraf, sogar schon kurz nach Schluss.

In unserer gekachelten Luxussuite machte ich mich direkt über Felix her. Um meinen Pareo nicht komplett zu knüllen, schickte ich Felix los, um den Rock an die Leine zu hängen, die auch noch quer durch unser Toiletten-Dusch-Wäsche-Schlaf-Zimmer gespannt war. Danach hatten wir tatsächlich großartigen Sex. Allerdings nur in meinen Träumen, denn als er Sekunden später zurückkam, war ich längst ins Alkoholkoma gefallen.

13

Es dauerte eine Weile, bis ich begriff, dass die Stimmen vor unserer Tür nicht zu meinem Traum gehörten, sondern real waren. Schlimmer noch, sie hatten mich geweckt. Und um ganz sicherzugehen, dass auch tatsächlich alle wach waren, knallte eine Metallschüssel erst an unsere Tür und anschließend auf den gefliesten Boden. Nein, ich träumte nicht von der MB-Spiele-Werbung, sondern Lenny protestierte lautstark vor unserer Tür, weil er seine Schokokrispies haben wollte.

Ich setzte mich auf und schaute zu Felix. Der war auch von Lärm wach geworden und gähnte vor sich hin. »Menschenskinder, wir haben Urlaub. Wenigstens hier möchte ich mal ausschlafen«, murmelte Felix müde.

Ich nahm mein Handy von dem Stuhl, den ich als Nachttisch zweckentfremdet hatte, und sah aufs Display.

»Schon halb zehn. Lass uns aufstehen. Vielleicht haben wir Glück und die Sonne scheint.«

Das tat sie tatsächlich. Garantiert sogar! Aber leider in einem anderen Teil der Welt – auf Mallorca regnete es weiterhin. Wir schlossen die Holzfensterläden lieber wieder und gingen zu den anderen Mitgestrandeten, die ebenfalls schon wach waren und am Esstisch saßen, der seinem Namen nur in der zweiten Silbe gerecht wurde. Es gab nämlich weiterhin nichts zu essen.

»Arne holt uns was vom Bäcker«, begrüßte uns Anja, die unseren Blick auf die leere Tischplatte bemerkt hatte.

»Super«, freute ich mich. »Wie lange ist er schon weg?«

Ich hoffte, lange genug, um in zehn Sekunden mit duftenden Brötchen und Croissants in der Tür zu stehen.

»Anderthalb Stunden«, antwortete Anja und verzog das Gesicht.

Das war in der Tat zu lange und ließ eine voraussichtliche Ankunftszeit von in zehn Sekunden bis nie mehr zu.

»Habt ihr ihn mal angerufen?«, fragte Felix.

»Sein Handy liegt ausgeschaltet oben im Zimmer«, erwiderte Anja. »Der alte Bausparer hat eine panische Angst vor Roaminggebühren.«

»Wir können also einfach nur warten, bis er wiederkommt«, bemerkte Claudia leicht frustriert.

Die sah heute auch nicht mehr so frisch aus wie gestern Abend. Sie hatte schon geduscht und ihre feuchten Haare zu einem kleinen Zopf gebunden. Die Frisur legte ihre bemerkenswerten Segelohren frei. Ich war irgendwie zufrieden, dass Miss Perfekt auch nur eine normale Frau mit Makeln war.

Arne hatte sich tatsächlich vor Stunden in die Sintflut gewagt, um Frühstück zu organisieren. Irgendwie machte ihn diese Aktion für mich zum Helden. Es machte ihn sogar ein klitzeklein wenig sexy. Ich fing an, mich um meinen Geisteszustand zu sorgen. Ich musste ganz dringend was essen. Arne und sexy in einem Satz unterzubringen, das war schon 'ne Leistung. Wenn er lacht, sich ärgert, lügt oder hustet, eigentlich bei fast allem, wird er so rot wie seine Haare. Die sind aber zum Glück inzwischen kurz. Als Anja sich in Arne verliebte, lag seine Haarlänge zwischen Ich-wäre-so-gern-ein-Surfer und Wacken?-Klar-ich-bin-dabei! Beides passt inhaltlich schon nicht zusammen, wie sollte es also als Frisur Sinn machen? Der jetzt kurze Haarschnitt war hingegen richtig cool, an den Seiten kurz und oben etwas länger und gerne auch mal verwuschelt. Jedenfalls war Arne mein Held des Morgens, vor allem, nachdem von den beiden anwesenden Männern der Vorschlag kam, die Zeit mit Scrabble zu überbrücken.

Scrabble ist bestimmt ein ganz großartiges Spiel – aber nicht für mich. Mir ist noch nie ein Wort eingefallen, das länger war als vier Buchstaben.

Claudia hatte grade das Wort MIGRÄNE gelegt und satte fünfzehn Punkte kassiert. So weit, so gut, aber dann kam Felix und machte daraus HÜHNERMIGRÄNE.

»Hühnermigräne gibt es nicht«, bemängelte Anja.

»Klar gibt's die«, hielt Felix dagegen. »Frag mal den Hahn. Der darf auch nicht immer ran. Achtundzwanzig Punkte für mich.«

»Nix da«, entgegnete Anja.

Ich war die Diskussion leid.

»Wenn die Regierungen wirklich am Frieden in der Welt interessiert wären, dann würde es ein Gesetz geben, dass Scrabble nur noch zusammen mit der neuesten Dudenausgabe verkauft werden darf.«

Das würde das Scrabbeln vor allem mit Anja deutlich vereinfachen, die jedes Spiel mit ihren endlosen Diskussionen unnötig in die Länge zog. Aber Felix bekam seine Punkte, dann war ich an der Reihe. Es musste mein Glückstag sein, denn ich konnte endlich ein Wort mit *sechs* Buchstaben legen. Das war meine absolute Premiere. Also legte ich SCHEIN auf das Spielbrett. Ich war stolz. Aber mein Triumph währte nur wenige Sekunden, denn Stefan, der nach mir an der Reihe war, legte noch EHE an.

Da lag es nun schwarz auf weiß in dicken Großbuchstaben vor mir: SCHEINEHE. Anja und ich musterten uns einen Augenblick, während Stefan jubelnd über seine herausragende Leistung seine Punkte notierte. Mein Problem holte mich überall ein, und es war sehr belastend, darüber nicht mit Felix sprechen zu können. Ich hatte es zum Anfang unserer Beziehung vor Felix zurückgehalten, weil ich nicht sicher war, wie lange wir zusammenbleiben würden. Als mir klar wurde, dass es etwas Ernstes mit uns war, wollte ich ihn nicht mit dieser Sache belasten. Oder anders ausgedrückt: Ich hatte Schiss, dass er sich verplappert. Tja, und dann war irgendwie der Beichtzug abgefahren, und wenn man mich vor einigen Tagen nicht darauf angesprochen hätte, würde das Thema weiter so vor sich hinbrodeln. Ich war mir sicher, dass Felix nicht glauben würde, dass da nichts mit Ed gewesen war und auch nie sein würde.

Nun war Anja an der Reihe, und da sie erfahrungsgemäß immer etwas länger brauchte, durchsuchte ich die alte, interessant aussehende Kommode nach etwas Brauchbarem, um die Langeweile erträglicher zu machen. Ich hatte zwar ein Lieblingsspiel auf Felix' Handy, hatte aber feststellen müssen, dass es nur funktionierte, wenn man eine Internetverbindung hatte. Laut Beschreibung hatten wir sogar WLAN in der Bude, davon war aber nichts zu merken. Stefan, der sich ja um alles gekümmert hatte, erklärte wie selbstverständlich, dass es am Wetter läge. Bei schlechtem Wetter funktioniert das WLAN nicht. Die halb gare Erklärung kaufte er sich selber immerhin ab. Jedenfalls hatten wir hier und jetzt weder WLAN noch Satellitenempfang, der eine Ablenkung mit dem Fernseher zugelassen hätte.

Die Kommode roch beim Aufziehen der Schublade nach feuchtem Holz und Mottenkugeln. Ein wenig erinnerte der Geruch auch an unser neues Domizil, das Schlafklo.

Die systematische Schrankdurchsuchung förderte einen alten, vergilbten Reiseführer Mallorcas auf Deutsch zutage, außerdem einige niederländische Zeitschriften und eine ganze Buchreihe aus den 1970er-Jahren, in der es um ein Früchtchen namens April und das zarte Erwachen ihrer Neugier auf die Männerwelt ging.

Ich las mir den Klappentext durch und befand meine Langeweile für noch nicht so gravierend, um mich auf April und ihre amourösen Abenteuer einzulassen, deren Höhepunkt vermutlich ein Zungenkuss mit geschlossenen Augen war.

»Aber ganz klar ist Quarknase ein Wort«, holte Anja mich in die doppelrahmstufengeschwängerte Gegenwart zurück.

Anscheinend wollte Stefan ihr das Wort nicht durchgehen lassen, aber Anja blieb dran.

»Eine Quarknase ist ein Zipfel, der beim Einfüllen des Quarks in die Dose nach oben stehen bleibt.«

Anjas Bereitschaft, ein Wort zu akzeptieren, stieg deutlich, wenn es darum ging, dass sie selbst dafür Punkte bekam.

Ich fand, der Begriff Quarknase hätte schon allein deshalb verboten werden müssen, weil er sich um etwas zu essen drehte, egal, ob es das wirklich gab oder nicht. Außerdem lag die Scheinehe vor mir und starrte mich förmlich an. Gestern hatte sich nicht die Gelegenheit geboten.

Trotz der Steine im Magen ließ sich der Hunger irgendwann nicht mehr ignorieren, und damit war ich nicht allein.

»Ich habe Hunger«, sagte Anja.

Ich fragte mich auch schon, wo Arne eigentlich blieb. Hoffentlich war ihm nichts zugestoßen.

»Na, dann iss doch ein Ei«, schlug Felix vor und hielt sich ein E und ein I von den Spielsteinen vor den Mund. Während alle anderen noch hungerten, hatte er offensichtlich schon einen Clown gefrühstückt. Und er hatte ein dankbares Publikum.

»Lecker!«, schmatzte Lenny und kaute auf etwas rum, was wir nicht erkennen konnten. In seiner Hand hielt er das Z und versuchte, weitere Buchstaben vom Tisch zu nehmen. Der kleine Fuzzi hatte doch tatsächlich Felix nachgeahmt und sich einen Spielstein in den Mund gesteckt.

»Ach du Sch...okopudding!«, stammelte Claudia erziehungspolitisch korrekt. »Hast du ein Steinchen gegessen?«

Von Lenny kam statt einer Antwort lediglich ein breites Grinsen, was seine Mutter nur noch panischer machte. Sie redete ununterbrochen auf ihn ein. Es ging immer im Wechsel: »Mach mal den Mund auf!«, und: »Hast du das Steinchen verschluckt?«

Ich spendierte Felix meinen berühmten Na-suuuper!-Blick. Auch Stefan war es anzusehen, dass er ihn für diese Situation verantwortlich machte.

Felix' Reaktion auf unsere vorwurfsvollen Mienen war ein geistesabwesendes Grinsen.

»Hör auf zu grinsen!«, fauchte Claudia Felix an. »Überleg dir lieber, was wir jetzt machen sollen. Wenn Lenny so einen Stein verschluckt hat, kann er sterben!«

»Ach Quatsch«, versuchte ich zu beruhigen. »Von so was stirbt er noch nicht ... oder?«

Ich dachte darüber nach, Lenny in die stabile Seitenlage zu bringen, aber er sah eigentlich ganz glücklich und zufrieden und damit alles andere als bewusstlos aus. Auch Mund-zu-Mund-Beatmung war also kein Thema.

»Wir könnten ihn ja an den Füßen hochhalten und schütteln«, schlug ich vor.

Ich hatte gleichzeitig irgendwie das Bild im Kopf, was da alles rauskommen könnte – von dem Scrabblestein über seine Schokokrispies bis hin zu Spielzeugautos.

»Aber wir wissen ja noch gar nicht, ob er tatsächlich einen Stein verschluckt hat«, warf Anja ein. Wie konnte die bloß so ruhig bleiben?

Felix hatte zur Ausnahme mal eine wirklich brauchbare Idee: »Wir zählen die Steine, die noch da sind. Dann sehen wir, ob einer fehlt.«

Während Lenny weiterhin keine Anstalten machte, sich unwohl zu fühlen, gingen wir alle Steine durch. Und tatsächlich – das Y fehlte. Ich bückte mich, um zu schauen, ob es nicht vielleicht nur unter dem Tisch lag. Als ich mich wieder aufrichtete, kam Arne zur Tür rein.

Von null auf hundert war er bei mir sexy geworden, und genauso schnell war er es auch nicht mehr. Denn abgesehen davon, dass er pitschnass war, seine Frisur nun ganz verboten aussah und seine Brille beschlug, als er die Finca betrat, hatte er nichts zu essen dabei.

»Ich hab die Bäckerei gefunden! Aber die hatte zu«, gestand er.

Anja brachte ihn auf den neusten Stand: »Lenny hat das Y verschluckt. Wir müssen es irgendwie zum Krankenhaus schaffen!«

»Wie, Ypsilon verschluckt? Was redest du da eigentlich?«, fragte Arne.

Stimmt, das musste nicht nur für jemanden, der grade aus der Regenhölle kam, ziemlich bescheuert klingen.

»Das Y vom Scrabble fehlt!«, brüllte Stefan nun ungehalten, als wäre Arne schwerhörig.

»Weiß ich doch«, antwortete Arne ruhig. »Das ist mir letztes Jahr Weihnachten abgefackelt, als es zu nah am Adventskranz lag.«

Tausende kleiner Y-Spielsteinchen fielen uns vom Herzen und sowohl Anja als auch Claudia Arne um den Hals. Ich verzichtete und nahm Lenny in den Arm, denn um den ging es ja eigentlich. Er umarmte mich und strahlte. Lenny war wirklich ein süßes Kind, was ich bei diesen Eltern nicht so ganz verstehen konnte. Er wünschte sich nach dem Schrecken mit dem schnellen Ende wieder eine Portion seiner heiß geliebten »Sokokripsies«.

Ich setzte mich zu Lenny an den Tisch und naschte ein paar trockene Schokoflocken, die für uns sonst tabu waren, weil sie dem Kind gehörten.

»Gar nicht mal so übel, dein Zeug«, sagte ich zu Lenny, denn es schmeckte nach viel zu süßem Puffreis. Das perfekte Topping für meinen PMS-Filmabend-Eisbecher. Dann nahm ich die Packung unter die Lupe und suchte nach den Inhaltsstoffen.

Okay, Reis war am meisten drin, das war zu erwarten, aber dann kam gleich Zucker und danach die Schokolade, die wiederum auch Zucker enthielt. Ein wirklich bekömmliches und gesundes Frühstück für ein Kleinkind.

Claudia bemerkte meinen kritischen Blick und setzte sich zu uns.

»Stefan hat sie ihm gekauft«, erklärte sie, als müsse sie sich bei mir entschuldigen. »Er weiß, dass ich so etwas total furchtbar finde, aber weil er einige Tage mit Lenny alleine verbringen musste, hat er es sich einfach gemacht und ihm diesen Kram gekauft, der ernährungsphysiologisch betrachtet so viel Nährwert wie die Pappschachtel drum rum hat, aber Männer halt.«

Aha. Claudia wollte mich anscheinend zu ihrer Verbündeten machen. Ich ging erst mal darauf ein.

»Na ja«, stellte ich fest, »bekömmlicher als Ypsilons sind die doch allemal.«

Ich nahm mir aber vor, sie im Auge zu behalten.

14

Juhu, unser erster Ausflug! Zwar immer noch bei strömendem Regen, und es ging auch nur zum nächsten Einkaufszentrum, aber so kamen wir wenigstens mal raus. Ich hatte schon erste Anzeichen von Lagerkoller.

Da uns die Arschkarte ohnehin schon anhing, durften Felix und ich wieder im Fond des Geländewagens Platz nehmen. In der Reihe vor uns saßen Mutter, Vater und Kind Hempelmann. Auf dem Beifahrersitz machte es sich Anja wieder gemütlich, indem sie sich die Kapuze über den Kopf zog und mit dem Kopf an die Fensterscheibe gelehnt einschlief. Da Arne das Monster auf vier Rädern bereits einigermaßen gebändigt hatte, setzte er sich hinters Steuer. Es war bemerkenswert, wie schnell und selbstverständlich die Rollen und Aufgaben verteilt waren. Arne war unser Fahrer und allseits bereit, sich um das Wohl der Gruppe zu kümmern.

Anja hatte diesen Urlaub offenbar ganz dringend nötig, denn wenn sie nicht schlief, war sie müde.

Felix war der Spaßvogel und unfreiwillige Prügelknabe unserer Gruppe.

Claudia übernahm die Rolle, die Anja von Berufs wegen hätte zustehen müssen: Sie war die Fashionqueen. Aber nicht nur das. Sie hatte zu allem eine Meinung, mischte sich immer ein, kümmerte sich mal mehr und mal weniger liebevoll um Lenny. Mit ihrer Dauerpräsenz war Claudia die Heidi Klum unserer Finca.

Stefan war optisch das genaue Gegenteil von seiner Frau.

Während sie immer ein Lächeln aufsetzte, guckte er generell etwas mürrisch. Er war einer von der Sorte, die immer die Stirn kraus zogen und anderen das Gefühl geben, fehl am Platz zu sein. Besonders Felix hatte diesen Blick für sich reserviert, schien ihn aber gar nicht zu bemerken. Von Stefans Geringschätzung waren nur Lenny und Claudia ausgenommen. Die beiden schaute er immer mit glasigen Augen an, als würde er jeden Moment losflennen.

Nachdem wir wieder festen – damit meine ich geteerten – Boden unter dem Auto hatten, ging die Fahrt auch wesentlich schneller als auf der Schotter-und-Schlammpiste unserer Finca. In weniger als einer halben Stunde erreichten wir Campos.

Dort bemerkte ich an einer Straßenecke den trostlosesten Tanzsaal aller Zeiten. Das eingeschossige graue Flachdachgebäude bestand nur aus dem Erdgeschoss und hatte vergitterte Fenster. Hätte nicht »Music Bar« drangestanden, wäre das Ding auch problemlos als Gefängnis durchgegangen. Das war wohl auch den Betreibern aufgefallen, deshalb hatten sie immerhin ein ernst schauendes, tanzendes Paar auf die schmutzigen Außenwände malen lassen. Jeder Tanztee im Altersheim war eine Megasause gegen diesen Laden. In dem Moment fiel mir auch eine Halle in Köln ein, in der die meisten türkischen Hochzeiten stattfanden. Die sah genau genommen auch nicht anders aus. Vielleicht hatten Südländer generell eine andere Einstellung zu Ambiente als wir.

Der Verdacht schien sich zu bestätigen, als Arne am größten Eroscenter, das ich in meinem bisherigen Leben gesehen hatte, vorbeifuhr. »Eroski« hieß das Ding, war riesengroß und klang für mich nach einer russischen Sexshopkette. Wahrscheinlich war es so riesig, weil von dort die aufgegeilten Menschenmassen in Arenal und sonst wo mit Gummipuppen, Kondomen und Go-Go-Tanzkostümen beliefert wurden. Und das

Schlimmste war: Arne fuhr nicht dran vorbei, sondern direkt auf den Parkplatz!

»Wieso hält er denn jetzt vor einem Sexshop?«, flüsterte ich Felix zu.

Der zuckte nur die Schultern und stieg wie der Rest ebenfalls aus dem Wagen aus. Selbst Claudia und Stefan machten sich mitsamt Lenny auf den Weg zum Eingang des fensterlosen knallroten Betonklotzes.

Ich schnappte mir Arne und zog ihn an seinem Ellbogen zu mir.

»Arne, was soll das?«, fragte ich. »Wir wollten doch einkaufen gehen.«

Er guckte mich verdutzt an und zeigte mit beiden Handflächen in Magiermanier auf die Schiebetür, die sich öffnete.

Ich war immer noch entsetzt. »Ich meinte aber Essen und keine Pornos, Dildos und den ganzen Schweinkram, den es hier gibt.«

»Au ja, Schwein. Ich könnte auch einen ganzen Iberico-Schinken verdrücken«, sagte Anja im Vorbeigehen.

Ich zögerte am Eingang und blickte Hilfe suchend um mich, denn ich wollte nicht sehen, was es gleich zu sehen gab. Nicht, dass ich frigide wäre, aber jetzt war ich einfach wirklich hungrig, und da war mir Sexkram einfach zu viel. Claudia legte ihre Hand auf meine Schulter und schob mich rein. Dabei machte sie seltsame Grunzgeräusche, weil sie sich das Lachen verkniff.

»Tsss«, machte Claudia. »Nina, Eroski ist doch kein Sexshop«, korrigierte sie mich. Dass sie sich mit Müh und Not »du Dummerchen« verkniff, sah ich ihr genau an.

»Eroski ist eine der größten Supermarktketten in Spanien.« Claudia setzte wieder ihr blödes Gewinnerlächeln auf.

Wie oft wollte mich die olle Kuh eigentlich noch übertrumpfen? Und was war überhaupt mit mir los? Ich war wirklich kurz davor, eine ätzende Meckertante zu werden. Stattdessen sollte ich einfach dankbar sein, dass sich überhaupt jemand die Mühe machte, mich aufzuklären. Ich schob die Schuld auf meine fast vierundzwanzigstündige Mangelernährung, riss mich zusammen und lachte zurück.

»Mensch, da muss man auch erst einmal drauf kommen. Jetzt kann ich mir den lang ersehnten Candy-BH wieder nicht kaufen«, witzelte ich.

»Jetzt musst du mir mal auf die Sprünge helfen. Was ist denn ein Candy-BH?«, fragte mich Claudia mit großen Augen. Kaum zu glauben, dass man der Frau noch etwas beibringen konnte, auch wenn es zugegebenermaßen kein Thema war, bei dem ich besonders gut Bescheid wusste.

»Kennst du diese Zuckerperlen, die man als Kind in Armbanduhrform hatte? Na, die gibt es als BH zum Abknabbern. Also sozusagen ein essbarer BH«, erklärte ich.

Irgendwie kam ich mir bei der Beschreibung gar nicht mehr überlegen vor. Claudia war auch nicht besonders begeistert, also widmeten wir unsere Aufmerksamkeit voll und ganz dem Supermarkt.

»Willkommen in der Zivilisation«, sagte ich zu Felix, der sich in der Backabteilung des Supermarktes grade etwas aussuchte. Dort wurde den ganzen Tag über frisch gebacken. Wir entschieden uns für Empanadas de atun, mit Thunfisch gefüllte Teigtaschen. Wir bezahlten den Snack und verputzten ihn gleich an Ort und Stelle, bevor uns wieder etwas oder jemand dazwischenkommen konnte. Die Teigtaschen waren so köstlich, dass ich mich fragte, warum man jemals wieder selber kochen sollte, wenn es so etwas für 1,99 im Doppelpack gab. Die Antwort lieferte mir die Frischfischtheke. Ein Füllhorn von Fischen in allen Formen, Größen und Farben auf Eis gelegt warteten auf ein neues Zuhause. Beim Anblick der Gambas lief mir das Wasser im Mund zusammen. Es sah alles so frisch aus, dass ich mich zurückhalten musste, nicht von jedem Fisch einen mitzunehmen.

Erst mal aber genoss ich es, mit Felix einen Moment alleine zu haben, auch wenn es nicht grade die schönste Umgebung war zwischen Schweinefüßen und ganzen Schinken. Wir spazierten weiter und versuchten, den anderen so gut es ging auszuweichen.

»Weißt du, was fehlt, um unser Glück perfekt zu machen?«, sagte Felix ganz unvermittelt.

Ich hoffte, dass es nichts mit Hochzeit oder Kindern zu tun hatte, denn solange ich Ed nicht gefunden hatte und geschieden war, hatte ich panische Angst vor einem Antrag oder dem Wunsch, eine Familie zu gründen.

Irgendwie paradox. Da lebt man fünf Jahre Seite an Seite, teilt sich das Bett und manchmal auch die Pizza, was bei meinem Futterneid nicht grade selbstverständlich ist, und der entscheidende Schritt, den sich irgendwie alle Frauen wünschen, löste in mir blankes Entsetzen aus. Ich hatte generell nichts gegen Hochzeiten. Im Gegenteil. Wenn ich nicht schon verheiratet wäre, würde ich mich wie ein Kullerkeks über einen Antrag von Felix freuen. Aber verheiratet, wie ich war, war ich froh, dass er auch ohne Trauschein und ohne Kind mit mir glücklich war.

Wie zum Beweis stellte Lenny am anderen Ende des Gangs alle zum Verkauf stehenden Plastikstühle hintereinander auf, um Eisenbahn zu spielen, und sorgte so für Chaos in den engen Durchgängen.

Felix' Auffassung vom perfekten Glück überraschte mich dann aber doch etwas:

»Dieser Tischgrill!«

Felix hielt mir ein riesiges Paket unter die Nase. Ich war

erleichtert, dass er kein Kind wollte und sich sein Wunsch für neununddreißig Euro erfüllen ließ.

Felix hatte vor, das gute Stück nach dem Urlaub mit nach Hause zu nehmen. Da der Aufschlag für Übergepäck den Neupreis für diesen Billiggrill deutlich überstieg, war ich mir da aber noch nicht so sicher.

Wir schoben unseren Einkaufswagen weiter und entdeckten Anja und Arne eng umschlugen in der Windelabteilung. Die Mindestanforderungen für romantische Umgebungen waren anscheinend nicht nur bei uns ganz schön runtergeschraubt worden.

Ich nahm mir vor, Felix in den nächsten Tagen einen unvergesslichen Urlaub zu bereiten, der deutlich machen würde, dass wir beide zusammengehörten und wir jedes Problem überwinden würden, bevor er überhaupt wusste, dass er ein Problem hatte.

Unsere zusammengewürfelte Reisegruppe kaufte so viel Essen ein, dass man denken musste, wir hätten nicht nur einen hungrigen Abend in der Finca verbracht, sondern wären wochenlang durch eine Wüste geirrt. Wir hatten Glück. Extra für uns wurde eine Kasse geöffnet. Weniger Glück hatten wir allerdings mit Spaniens lahmster Kassiererin. Magda, so stand es zumindest auf ihrem Namensschild, begrüßte uns zunächst recht freundlich und tauschte sich dann mit ihrer Kollegin Maria José aus. Was zunächst mit einem müden »Hola!« begann, setzte sich in einem Gespräch fort, das so klang, als hätte man zwei Nähmaschinen aufeinander losgelassen.

»Ganz schön unprofessionell, sich vor dem Kunden so zu zoffen«, meinte Stefan.

»Die streiten sich gar nicht«, übersetzte uns Claudia, und mir wurde in diesem Moment klar, dass sie fließend Spanisch sprechen musste. »Die unterhalten sich nur darüber, was sie ihrer

Kollegin Maria Ana zur Hochzeit schenken wollen. Das Seidennachthemd hat das Rennen nicht gemacht. Im Moment ist eine Überdecke ganz hoch im Kurs.«

»Wer braucht denn heutzutage noch eine Überdecke?«, fragte sich Anja laut. Da hatte sie recht. Selbst meine Oma besaß keine Überdecke mehr. Mit meiner Uroma war die letzte Überdecke unserer Familie ausgestorben. Den eigentlichen Nutzen, außer peinlich gemusterte Bettwäsche zu verstecken, hatte ich ohnehin nie verstanden.

»Is' ja voll Old School«, mischte sich nun auch noch Arne ein, obwohl ich mir nicht sicher war, dass er wirklich wusste, was eine Überdecke war.

Claudia, Schlaumeierin aus Schlauhausen, klärte uns auf.

»In Spanien nimmt man zum Zudecken generell immer nur ein leichtes Laken, und darüber wird die Überdecke gelegt.«

Das stimmte. Bei meinen wenigen Urlauben in Spanien hatte ich nie eine gemütliche Decke wie bei uns zu Hause in Deutschland gehabt, sondern hatte mich immer unter ein Laken zwängen müssen, das an den Seiten unter die Matratze gestopft war und mich fatal an eine Zwangsjacke erinnerte. Wie hatten die Leute bloß unter diesen Decken Sex? Na ja, irgendwie schafften sie es, sich zu reproduzieren und die lahmsten Kassiererinnen der Welt zu zeugen.

»Also ich würde mich über das Seidennachthemd eher freuen«, war Anjas Fazit aus dem Gespräch von Maria José und Magda, unserer Kassiererin, die sich inzwischen immerhin an der Kasse mit einer Zahlenkombination, die wir alle sehen konnten, anmeldete.

Multitasking haben wohl nur unsere Aldi-Kassiererinnen in Deutschland drauf, die ohne Weiteres einen Small Talk mit Kunden halten können, gleichzeitig abkassieren und noch einen Umtausch erledigen.

In Spanien hingegen hat alles seine Zeit. Wir ja auch, denn wir hatten schließlich Urlaub, und daher unterdrückte ich das erste Kribbeln, als Magda immer noch keinen Artikel über den Scanner gezogen hatte. Stattdessen verließ sie die Kasse, um für einen Kunden an Maria Josés Kasse eine Wassermelone abzuwiegen. Zum Wohle der Urlaubs-WG boten wir den anderen an, dass sie nicht mit uns warten müssten. In der Passage am Supermarkt befanden sich weitere Läden, in denen man die Zeit totschlagen konnte. Sie nahmen dankend an und verzogen sich schnell. Zurück blieben nur Felix und ich. Inzwischen warteten wir schon bestimmt sieben Minuten, und Magda fing endlich mit ihrer Arbeit an.

»Und worüber würdest du dich mehr freuen? Überdecke oder Nachthemd?«, fragte mich Felix und legte seinen Arm um mich.

»Ehrlich gestanden über nichts von beidem«, antwortete ich und zwinkerte ihm zu.

»Ah, ich wusste gar nicht, dass eine Nudistin in dir steckt«, stieg Felix auf meinen Dirty Talk für Anfänger ein und vergrub seinen Kopf an meinem Hals.

»Ich kann Ihnen den Stand von Es Trenc nur empfehlen, wenn Sie gerne textilfrei baden gehen«, meldete sich eine ältere Dame hinter uns und zerstörte damit einen der wenigen halbwegs »intimen« Momente, die wir auf der Insel haben sollten.

Ich schätzte die Frau auf um die sechzig. Sie war ganz dünn, tiefengebräunt und ziemlich faltig im Gesicht. Mist, also hatten die Hautärzte tatsächlich recht, was zu viel Sonne anging. Mit den Falten schien sie kein Problem zu haben. Allerdings hatten meine Augen mit dem Muster ihres Kleids ganz deutliche Probleme. Der hellgelb-lila gebatikte Kaftan war wohl das Kleidungsstück für schlechtes Wetter. Das Kleid sah aus wie eine verwaschene Rauchergardine. Die Garderobe für das gute Wetter am Strand verbot ich meinem Kopfkino.

»Stimmt's, Hans-Günter?«, säuselte sie und drehte sich um. Hans-Günter war genau das Gegenteil von der liebenswerten Hippie-Oma.

»Erstens ist das Wetter beschissen, und zweitens stehen alle FKK-Strände auch im Reiseführer. Außerdem kommen die doch bloß zum Glotzen«, schimpfte der alte Furzknoten, der von Kopf bis Fuß in Funktionskleidung gehüllt war. Ich erwartete schon fast, dass er uns mit seinem Survivalmesser bedrohen würde, sollten wir es jemals wagen, unseren Fuß auf seinen Strandabschnitt zu setzen. Aber anscheinend kamen da ja schon scharenweise Leute hin, um genau ihn nackt zu sehen.

Geschockt wandten wir uns wieder Magda zu, die es nach minutenlanger konzentrierter Arbeit geschafft hatte, unsere Einkäufe zu scannen und uns nun stolz den Endpreis präsentierte. Wir ließen mal fünfe grade sein und investierten noch in drei Plastiktüten zu einem Cent. Dann machten wir uns mit unserer Beute auf den Weg.

15

Unsere Freunde und deren Freunde, die wir noch nicht zu unseren Freunden zählen wollten, marschierten ohne Umwege in einen Kinderladen gleich neben dem Supermarkt. Felix steckte den Kopf durch die Tür, woraufhin Claudia ihm signalisierte, dass es bei ihnen noch etwas dauern würde. Wir setzten uns in die gegenüberliegende Tapasbar und bestellten zwei Bier, die hier Cañas hießen. Dazu gönnten wir uns jeweils eine kleine Portion Oliven und Serrano-Schinken, die die trostlose Atmosphäre der Einkaufspassage mehr als rettete. Von unserem Platz aus konnten wir den Rest der Truppe bestens beobachten. Arne und Stefan unterhielten sich, wobei Arne, nachdem er uns entdeckt hatte, immer wieder verstohlen zu uns rüberschaute. Wir wussten, dass er ein kühles Bier grundsätzlich allem anderen vorzog, und so prosteten wir ihm immer zu, wenn er einen Blick in unsere Richtung riskierte. Claudia schien sich für einen Kindersitz zu interessieren und ließ sich, soweit wir es – zum Glück ohne Ton – mitverfolgen konnten, mehrere Modelle zeigen. Anja stand gedankenverloren hinter ihr. Irgendwie war sie schon seltsam geworden. Seit unserer Ankunft auf Mallorca ging sie mir aus dem Weg.

»Findest du nicht auch, dass Anja sich merkwürdig verhält?«, fragte ich Felix, der damit beschäftigt war, Arne mit einem Stück Schinken zu locken. »Ich hab das Gefühl, dass sie mich meidet. Oder kommt mir das nur so vor?«

»Nö, wieso? Die ist doch so wie immer«, antwortete Felix

und wandte sich nun der Bedienung zu. »Signor, alles noch einmal bitte. Und noch ein Bier.«

Na, vielen Dank für das Gespräch, dachte ich mir, nachdem Felix seine Bestellung in fließendem Deutsch aufgab und meinen Gesprächsansatz völlig ignorierte.

»Sag mal, wir sind hier in Spanien, da kannst du doch nicht einfach davon ausgehen, dass dich hier jeder versteht«, meckerte ich.

»Das mag vielleicht auf dem Festland stimmen, aber hier auf Malle versteht ihn wirklich jeder«, antwortete Arne, der nun dazukam und sich erwartungsgemäß über das Bier hermachte, als wäre es das erste nach einem Entzug. Dann bestellte er uns allen ungefragt noch ein Bier, selbstverständlich auf Deutsch.

»Ich finde das ganz schön unhöflich«, beschwerte ich mich weiter. »Wer sind wir denn, dass wir erwarten, dass die Mallorquiner uns in jedem Fall verstehen?« Das Thema war mir wirklich wichtig.

Der Kellner, der grad die Getränke an den Tisch brachte und mein Plädoyer mitverfolgt hatte, lächelte mir zu. Das zufriedene Gefühl einer Bestätigung machte sich in mir breit, wenn auch nur für einen sehr kurzen Moment.

»So, die Herrschaften, hier sind die drei Bier«, sagte er in akzentfreiem Deutsch, dann sah er mich an.

»Im Prinzip haben Sie recht, man sollte wenigstens versuchen, in der Landessprache zu bestellen. Allerdings spreche ich in etwa genauso wenig Spanisch wie Sie.«

Es stellte sich heraus, dass Andreas der Miteigentümer der Tapasbar war. Mit seinem Freund Pedro, einem Halbspanier, hatte Andreas vor einigen Jahren in Deutschland die Hühner gesattelt, um sich auf den Balearen selbstständig zu machen. Beide waren zwar nicht vom Fach, aber hatten »Bock« auf eine eigene Bar. Und sie hatten seinerzeit ein Kamerateam dabei.

»Daher kenne ich dich!«, rutschte es mir raus, und Felix nickte zustimmend.

Hin und wieder hatten wir uns die Auswanderersendungen angesehen. Da aber die meisten Folgen darauf hinausliefen, dass die deutschen Auswanderer als beratungsresistente Vollpfosten dargestellt wurden, denen offensichtlich vom Sender verboten wurde, sich über das Land, in dem sie den Rest ihres Lebens verbringen wollten, zu informieren oder gar die Sprache zu lernen, schalteten wir inzwischen nicht mehr ein.

»Am Anfang kamen viele zum Gucken vorbei«, erzählte Kellner und Halbfernsehstar Andreas. »Einige fragten sogar nach einem Deutschenrabatt. Jetzt pendelt es sich so langsam ein, aber leicht haben wir es hier auch nicht.«

Das klang beinahe entschuldigend, während er den Teller mit der Rechnung auf den Tisch stellte. Aus schlechtem Gewissen bestellten wir noch weitere kleine Tapas.

»Ich würde hier ja eingehen«, flüsterte Arne, als Andreas sich entfernte.

Wir nickten stumm. Ich stellte mir das Auswandern auch abenteuerlicher vor, als Bier und Schinkenstreifen – wenn auch sehr köstlichen Schinken – in einer tageslichtfreien Einkaufspassage zu servieren. Schinken, den Anja, die unterdessen mit Claudia, Stefan und Lenny dazustieß, allerdings nicht anrühren wollte.

»Den mag ich nicht, der ist mir zu salzig«, sagte sie und schob den Teller weit von sich weg. Stattdessen nahm sie sich aus dem Brotkörbchen eine Scheibe von dem ungesalzenen Brot, das wir ignoriert hatten, und knabberte daran rum.

»Aber du hast ihn doch noch gar nicht probiert, wie kannst du dann wissen, dass er dir zu salzig ist?«, hakte ich nach.

Kaum, dass die Worte aus meinem Mund kamen, hörte ich die Stimme meiner Mutter, von der ich jahrelang nichts anderes hörte. Zum Glück sagte Anja nicht »Ja, Mama!«, sondern einfach nichts.

Dank Lenny und vor allem seines Vaters musste man sich aber um Reste keine Sorgen machen. Eigentlich hätte ich erwartet, dass Stefan noch den Teller, auf dem der Serrano lag, mitverspeiste.

Die Fahrt zurück zur Finca verlief schweigend. Alle waren mehr oder weniger gesättigt. Arne konnte trotz oder wegen zwei Bier unser Schlachtschiff inzwischen gut durch Regen und Schlamm navigieren. Und irgendwie schienen sich auch unsere Gesäßmuskeln so allmählich an die harte Rückbank und den holprigen Weg zu gewöhnen.

16

Manche Menschen nerven einen, und man kann gar nicht genau sagen, woran es liegt. Das ist zwar nicht fair dem Nervenden gegenüber, denn so hat er keine Chance, etwas an sich zu ändern, aber man kann das nicht immer steuern.

Bei Claudia war es einfacher. An ihr nervte mich einfach alles. Zum Beispiel jetzt grade, dass sie das ganze Gemüse, das ich für den Salat klein schnitt, aufmampfte.

»Sind die Gurkenstücke nicht zu groß für den Salat?«, fragte sie und schob sich dabei eine Hand voll davon in den Mund.

»Wie gut, dass du alle Beweisstücke vernichtest«, antwortete ich mit einem Lächeln, das als keines gemeint war. Sie hatte darauf bestanden, dass für Lenny die Gurken geschält sein müssen, was ohne Schälmesser, das offensichtlich nicht zur Küchenausstattung mallorquinischer Ferienfincas gehörte, deutlich länger dauerte.

»Bei Rohkost muss ich immer naschen«, lachte sie mich an und schob sich noch ein Gürkchen in den Mund.

Anja, die mit uns in der Küche stand und eine Marinade für die Gambas zubereitete, drehte sich zu mir um.

»Und hast du dir schon überlegt, wie und wann du es ihm sagst?«, fragte sie mich.

Claudia schaute mir verstohlen auf den Bauch und widmete sich wieder dem Salatdressing. Ich nahm daraufhin demonstrativ einen großen Schluck von dem Weißwein, den wir uns zum Kochen genehmigten. Die Flasche, die wir uns mitgenommen hatten, war schon fast leer, dabei hatte ich erst ein Glas gehabt. Die beiden mussten einen Durst haben.

»Nö, ich bin noch nicht dazu gekommen. Immer wenn ich denke, jetzt könntest du es ihm sagen, dann macht er den Moment kaputt. Du weißt ja, wie er ist.«

Mit meiner Antwort brachte ich Claudia zum Kichern. Anja und ich sahen uns verdutzt an, konnten das Gespräch aber nicht weiter vertiefen, weil Arne erschien, der sich um das Fleisch kümmern wollte, das heute für die Einweihung des neuen Tischgrills noch geschnitten werden musste. Das war für Arne selbstverständlich Männersache.

Das Ambiente beim Abendessen hätte schöner nicht sein können. Überall hatten Stefan und Felix Kerzen aufgestellt, die den dunklen Raum in ein warmes Licht tauchten. Und wie wir so am Tischgrill saßen, kam gleich Lagerfeuerstimmung auf.

Die Harmonie nahm allerdings ein schnelles Ende, als Claudia es tatsächlich schaffte, mithilfe eines Babyphons die komplette Stromversorgung der Finca lahmzulegen. Immerhin waren unsere Steaks bis dahin wenigstens kurz gegrillt worden, deshalb konnten wir sie, zur Freude der Jungs, ziemlich blutig essen. Außerdem hatten wir diesmal ja noch Brot und Salat.

»Der ist lecker, euer Salat. Habt ihr gut gemacht, Mädels«, lobte Felix, und wenn er einen Salat lobte, dann musste er ihm wirklich geschmeckt haben, denn Salat empfand Felix nur als bunte Ablenkung vom Wesentlichen, dem Fleisch.

»Danke«, antwortete ausgerechnet Claudia, die nun wirklich kaum etwas mit der Entstehung zu tun gehabt hatte. »Es könnten zwar mehr Gurken drin sein, aber mit den frischen Tomaten ist er ausgesprochen delikat. Das Rezept für das Dressing kann ich Nina geben, auch wenn ich es eigentlich nicht so gerne rausrücke.«

Sie strahlte Felix an, als wäre das eine fantastische Idee. Ich nahm einen großen Schluck vom Weißwein. Zu gerne hätte ich Claudia stattdessen die Salatschüssel über den Kopf gestülpt. Ich hatte sie bei der Zubereitung der Salatsoße beobachtet. Ihre aromatische Geheimzutat war nichts anderes als Instantbrühe. Nicht grade die große Kochkunst, aber Felix schien es zu schmecken. Offenbar waren Geschmacksverstärker voll sein Ding.

Als seine Eltern uns mal besuchten, wollte ich einen guten Eindruck machen und ein ganz aufwendiges Drei-Gänge-Menü kochen, anstatt mit ihnen wie jedes Mal ins Brauhaus zu gehen, was sie irgendwie erwarteten, wenn sie zu uns nach Köln kamen. Da sie uns in der Spargelsaison beehrten, suchte ich nach ausgefallenen Menüs. Carola aus dem Büro gab mir einige erprobte und idiotensichere Rezepte mit. Ich entschied mich für Spargelcappuccino mit Lachsmousse, was nichts anderes war als eine aufgeschäumte Spargelsuppe mit Lachsnocken. Der Hauptgang war ein Kalbsrücken mit Kräuter-Nuss-Kruste, dazu gab es grünen und weißen Spargel und als Nachtisch ein Erdbeertiramisu. Die Hauptspeise und das Erdbeertiramisu mussten sogar am Abend vorher vorbereitet werden. Dank Carolas Rezepten und Tipps wurde das Abendessen auch beinah ein Volltreffer.

»Also Nina, ich wusste ja gar nicht, dass du so gut kochen kannst«, lobte mich Felix' Vater. »Alle Achtung!«

Ich lächelte verlegen zu Felix rüber, der sich nun genötigt fühlte nachzulegen.

»Schatz, also das wünsche ich mir ab jetzt immer. Vor allem die Hollandaise. Die kannst du die nächsten drei Wochen zu allem kochen. Die würde ich sogar zu Cornflakes essen, so Hammer ist die!«, schmatzte er.

Na großartig, in meinem ganzen Menü war die Sauce hollandaise das einzige Fertigprodukt, das ich verwendet hatte.

Vielleicht hätte ich mich getraut, selbst eine zu machen, aber ich hatte die gar nicht eingeplant. Felix hatte mir erst eine Stunde vor Eintreffen seiner Eltern erklärt, dass ein Spargelessen ohne die Buttersoße in seiner Familie ein totales No-Go sei. Also stürmte ich die sehr gut sortierte Soßenabteilung unseres Supermarkts und kaufte das teuerste Tetrapak Sauce hollandaise.

»Wie hast du die bloß hingekriegt?«, stimmte Felix' Mutter zu. »Ich hab es einige Male versucht, aber bei mir gerinnt sie immer. Seitdem schwöre ich auf die aus der Tüte. Aber kein Vergleich mit deiner selbst gemachten.«

Und wie ich die selbst gemacht hatte! 1,99 auf den Ladentisch gelegt, Tetrapak aufgeschnitten, Schüssel in die Mikrowelle, fertig! Und den Rest kochte ich seit vierundzwanzig Stunden!!! Kein Wort zum Fleisch, was perfekt gegart war. Keine Anerkennung für die besonders schaumige Suppe oder die grätenfreien Lachsklößchen. Wenigstens fand mein Erdbeertiramisu noch ein wenig Beachtung, sonst hätte ich alle drei in hohem Bogen rausgeworfen. Danach habe ich Felix' Eltern nie wieder zum Essen eingeladen. Aber das Brauhaus, das wir mit ihnen weiterhin besuchten, verwendete anscheinend das gleiche gelingsichere Soßenrezept wie ich.

Mir jedenfalls war jetzt der Appetit auf »Claudias Salat« vergangen, also blieb mir nicht viel mehr als Brot und Aioli, und die hatte es knoblauchmäßig in sich.

Felix unterhielt die Runde mit seiner ersten Mallorca-Erfahrung: »Das war echt übel, gleich nach dem Abi mit ein paar Kumpels in einem billigen Hotel in Ca'n Pastilla direkt in der Einflugschneise des Flughafens«, erzählte er der Runde.

Anja schaute mich erstaunt an. Da Felix von seinem Urlaub erzählte, als sei er im Krieg gewesen, wunderte sie sich, dass ich ihn tatsächlich hatte überreden können mitzukommen.

Wie hast du das gemacht?, fragte sie stumm. Ich konnte es von ihren Lippen ablesen.

Ich fasste unauffällig an meine Brüste und schob sie in Position.

Männer!, grinste Anja und lachte erneut lautlos.

Felix erzählte unterdessen weiter. Ich kannte die Story bereits und war gespannt, ob die anderen ähnliche Erlebnisse von Mallorca zu berichten hatten. Dann fiel mir die Frau wieder ein, die wir bei unserer Ankunft beobachtet hatten.

»Wir haben am Flughafen auch eine ziemlich krasse Frau gesehen«, setzte ich an. Ich überlegte kurz, wie man die Mutter beschreiben konnte, aber Felix kam mir zuvor.

»Die hatte eine Stimme wie E.T.!«, polterte er drauflos.

Gnadenlos beschrieb er Anja und Arne, wie Speedos Mama auf dem Flughafen ihren kalten Entzug am Kofferband durchlitten hatte. Ich spürte förmlich, wie die beiden Neu-Nichtraucher trotzdem nach einer Zigarette lechzten. Aber dann kam Felix schon auf den Junior zu sprechen.

»Der hatte den bescheuertsten Namen ever, der hieß nämlich Speedo! Es reicht ja schon, dass irgendwelche Leute in Hollywood ihre Kinder nach Städten oder dem Lieblingsessen benennen – aber nach einer Badehose? Wer macht denn so was?«

Ich musste Felix' Talent für Peinlichkeiten nun schon seit Jahren aushalten, aber mit *dem* Fettnäpfchen hätte selbst ich jetzt nicht gerechnet. Denn Stefan antwortete prompt.

»Meine Schwester!«

Alle außer Claudia starrten ihn ungläubig an. Wir hofften auf einen Witz. Aber Stefan hatte sich in den letzten Stunden nicht grade als Scherzkeks etabliert.

»Meine Schwester Simone hat ihr Kind Speedo genannt«, wiederholte er.

»Wir wussten gar nicht, dass sie auch auf Mallorca ist«,

blitzte Claudia Felix kühl an. »Aber das hast du uns jetzt ja sehr nett erzählt.«

Ach du Scheiße!

Als ich noch überlegte, für wie viel Geld der große Werbegott Stefan wohl die Namensrechte für seinen Neffen an eine Badehosenmarke verscheuert hatte, kam schon die Erklärung: Stefans Schwester hatte bei einem Partywochenende, das passenderweise von einer Zigarettenfirma gesponsert wurde, eine Nacht mit einem Mann verbracht. Als sie Wochen später die Schwangerschaft bemerkte, realisierte sie, dass sie vom werdenden Vater nur die Marke der Badehose kannte. So war der Junge zu seinem Namen gekommen.

Um weitere verbale Fallstricke zu vermeiden, beschloss Felix, den Abend zu beenden und sich aufs Ohr zu hauen. Stefan wartete taktvolle dreißig Sekunden, nachdem Felix verschwunden war, um über ihn herzuziehen.

»Felix ist echt immer noch der alte«, sagte Claudia, als sie sich neben mich auf Felix' freien Stuhl setzte. Dabei schenkte sie uns einen sehr großen Schluck vom geschmackvollen Weißwein ein, den sie ausgesucht hatte. Mit Wein kannte sie sich also auch noch aus. Unglaublich!

»Wie lange seid ihr beiden denn schon zusammen?«, wollte Claudia von mir wissen.

»Fünf lange Jahre«, erwiderte ich scherzhaft und lachte in mich hinein, denn genau genommen waren unsere gemeinsamen Jahre sehr schnell vergangen.

»Wie? Das ist schon fünf Jahre her?«, fragte auch Anja erstaunt und zählte im Kopf schnell nach.

»Und?«, meinte Claudia geheimniskrämerisch.

»Und was?«, antwortete ich, wobei mir die Frage schon klar war.

»Und wie sieht's mit Heiraten aus?«

»Ach, besser ohne Trauschein offen und ehrlich zueinander sein«, log ich, ohne rot zu werden, denn beides war ich zumindest ja nicht zu Felix, »als sich verheiratet was vorzumachen.«

»Da hast du auch wieder recht«, stimmten mir beide zu. Vielleicht hatte ich damit einen wunden Punkt getroffen.

»Wobei ich alleine schon, um die Frage nicht mehr hören zu müssen, wann es denn endlich so weit ist, heiraten würde«, schmunzelte ich. Anja, meine einzige Scheinehevertraute, zwinkerte mir zu.

»Oh, mach das bloß nicht!«, stöhnte sie. »Sobald du nämlich diesen Ring am Finger trägst, fragen alle, wo denn der Nachwuchs bleibt, und schielen dir immer verstohlen auf den Bauch.«

Aus der Sicht hatte ich das Ganze noch nie gesehen, und mir fiel auf, dass ich Anja noch nie nach Kindern gefragt hatte. Ach herrje, was war ich eigentlich für eine Freundin!

Claudia legte noch einen nach: »Glaubt aber ja nicht, dass sich die Leute mit einem Kind zufriedengeben. Lenny hatte noch nicht einmal die Drei-Monats-Kolik überstanden, da fragten schon die Ersten nach einem Geschwisterchen für ihn.«

»Mit einem Kind seid ihr aber auch unnormal«, witzelte Anja. »Ich habe eine Freundin mit drei Kindern, die wird ständig von völlig Fremden gefragt, ob sie eigentlich noch andere Hobbys habe.«

»Und hat sie?«, fragte ich lachend.

»Ja und ob. Neuerdings erzählt sie immer, dass ihr Mann auf einer Bohrinsel arbeitet, und immer, wenn er da ist, wird sie schwanger. Jeder Schuss ein Treffer.« Anjas unbekannte Freundin war mir auf Anhieb sympathisch.

»Ich bin ja inzwischen zu der Ansicht gekommen, dass die Leute sich mit deinem Leben von ihrem Langweilerdasein ablenken wollen«, erklärte uns Claudia und bekam unsere schweigende Zustimmung.

»Aber jetzt mal unter uns: Wie sieht es denn mit einem Geschwisterchen für 'n Lenny aus?«, fragte Anja im Flüsterton.

»Na dann, wenn sich bei dir der lang ersehnte Nachwuchs ankündigt, ist doch klar«, antwortete ich.

»Mit der Verkündung warten wir bis zu deiner Hochzeit«, meinte Claudia. »Du hattest gar nicht zu Ende erzählt, wie du Felix kennengelernt hast.«

»Felix hat sie direkt beim ersten Date flachgelegt«, tönte Arne und hatte damit nicht ganz unrecht.

17

Schenkt man der Astrologie Glauben, so geschehen Ereignisse in unserem Leben nicht durch Zufall, sondern aufgrund physikalischer Ursachen. Auch wenn ich mit Astrologie nicht viel am Hut habe, kann ich das zumindest unterschreiben. Die physikalische Größe, die mich und Felix zusammenbrachte, war die Beschleunigung eines Squashballs.

Andererseits war es doch Zufall. Eingefädelt hatte das Ganze meine Arbeitskollegin Carola. Seit Jahren schon war sie auf der Suche nach der großen Liebe oder für den Anfang zumindest nach einer, die mal länger dauerte als eine durchzechte Nacht und ohne das peinliche sich Davonstehlen am nächsten Morgen.

Dass Mr Right bisher noch nicht in ihr Leben getreten war, lag nicht an den Männern, sondern leider an ihren Ansprüchen. Selbst George Clooney dürfte es bei ihr schwer haben. Wobei, er war reich, das war ein Pluspunkt. Aussehen war auch ein Pluspunkt. Ein großes Minus waren allerdings sein fortgeschrittenes Lebensalter und seine Vorliebe für viel Alumüll produzierenden Kaffee.

Carola erstellte tatsächlich Pro-und Kontra-Listen zu jeder ihrer Neueroberungen. Überwogen die vermeintlich negativen Punkte, wie zum Beispiel der böse Fehler, einen falschen Wein auszuwählen, dann stand Monsieur auf der Abschussrampe. Nach der richtigen Auswahl des Weines ließ sie es gerne zum Äußersten kommen. Das wiederum landete auch wieder auf der Kontraseite, denn der Mann hatte es schamlos ausgenutzt, dass sie betrunken war. Carola war ein schwer vermittelbarer Fall, und ich hing mit drin, denn sie hatte mich zu ihrem »Single-Homie« auserkoren. Ich war ihre Pflichtbegleiterin, wir beide bildeten das Single-Team und zogen damals immer gemeinsam los. Wenn man sich damit erst mal abgefunden hatte, lebte es sich sehr gut. Ich musste fortan für alkoholische Getränke eigentlich nie mehr selbst zahlen.

»Ach, wusste ich's doch«, meinte Carola in der Mittagspause. »Wir sind einfach zu klug für die Männer. Hier steht's schwarz auf weiß: Junge Akademikerinnen haben es am schwersten, einen Mann zu finden.«

Carola hielt mir den entsprechenden Artikel zum Lesen hin. Ich ignorierte das Magazin und antwortete: »Ich habe keine Schwierigkeiten, sondern kein Interesse. Das ist ein großer Unterschied.«

»Da studiert man all die Jahre, nur um am Ende ohne Typ dazustehen. Das ist nun wirklich nicht fair«, schmollte sie. »Im nächsten Leben werde ich Kassiererin beim Discounter. Apropos: Noch schwerer, den Partner fürs Leben zu finden, haben es Männer, die Hartz IV beziehen.«

Wir hatten nur eine kurze Mittagspause, also widmete ich meine Aufmerksamkeit wieder voll meinem Caesar Salad, einer reichhaltigen Mahlzeit mit Croûtons, Hähnchenbrust und Parmesankäse, die den Namen Salat auch bloß zur Tarnung trug. Puh, gut, dass es am Abend zum Sport gehen sollte.

»Wer kommt denn alles zum Squash?«, wollte ich wissen.

»Das wird super! Du hast doch hoffentlich nicht deine alte Joggingbuxe eingepackt?«, fragte mich Carola argwöhnisch. Dass sie damit vom Thema ablenkte, fiel mir in dem Moment noch nicht auf.

»Wenn du wüsstest! Ich bin gestern extra losgezogen und hab mir eine neue Hose gekauft. Zum Niederknien, wenn sie nicht zu kurz dafür wäre«, antwortete ich, ohne zu übertreiben, denn die Shorts waren wirklich unerhört kurz.

Da ich keine Ahnung vom Squash hatte, orientierte ich mich an der aktuellen Tennismode, und die war nun mal sparsam mit Stoffen fürs Bein.

Nach Feierabend machten wir uns gleich auf den Weg. Das Sportcenter erwies sich noch etwas schrammeliger, als ich es mir vorgestellt hatte. Der Grund für meinen ersten Eindruck könnte die kölsche »Machtina«, die gute Fee mit der bösen Stimme, am Empfang gewesen sein. Sie war ausgestattet mit einem Organ, das die eine oder andere Sportzigarette zu viel verriet, und begrüßte uns im tiefsten kölschen Slang mit einem Glas Sekt. Leider war der zu warm, also trank ich immer nur Mikroschlückchen, während sich Machtina um unsere Anmeldung kümmerte.

Da ich keine Ahnung hatte, wie der Ablauf in Squash-Centern war, fand ich es nicht besonders seltsam, dass Machtina uns mit ihrer schönsten Sonntagsschrift Namensschildchen schrieb. Sie gab sich dabei besonders große Mühe, denn ihre Zunge hing dabei leicht raus. Das Ergebnis war bemerkenswert.

»Na ja, eigentlich heiße ich Carola und nicht Carloa«, beschwerte sich Carola bei Hallo-isch-bin-die-Machtina.

»Ach nee, wie jeil! Carloa! Da hang ich ’nen Zahlendreher drinne. Ach wat, dat sin ja keine Zahlen. Weißte wat? Da luurt bei deinen jeilen blauen Augen eh keener so jenau hin. Ich jeb dir nachher auch ein Glas Schmunzelwasser aus«, lachte sich Machtina heiser aus der Affäre.

Ich habe eine Abneigung gegen Frauen, die jenseits der fünfzig, und das war Martina auf jeden Fall, auch wenn das jugendliche Ed-Hardy-Top etwas anderes suggerieren sollte, noch »geil« sagten.

Dann knöpfte sie uns unverschämte fünfundzwanzig Euro für den Eintritt und die Sektgläser ab, die wir vorher aber noch ausleeren sollten. Bei Frauen mit solchen Stimmen regt sich bei mir komischerweise nie Widerstand.

»Boom Shakalaka!«, kommentierte Carola meine neuen Shorts, die ich ihr in der Umkleide des Sportcenters präsentierte. »Wieso versteckst du bitte diese Beine?«

»Kann sie ja gleich ohne Hose kommen«, giftete eine Frau mit zu großem Busen und zu kleinem Oberteil. Das Namensschild verriet mir in Machtinas Schönschrift, dass sie Kerstin hieß. Bevor wir antworten konnten, war sie schon durch die Tür. An der hing ein riesiges Plakat, das auf eine Veranstaltung mit dem klangvollen Namen »Single-Squash« hinwies. Vom warmen Billigsekt angeschickert, kicherte ich los.

»Feel the beat, die haben sie doch nicht mehr alle«, lachte ich. »Dann muss man es wirklich nötig haben, bei so was einen Typen zu suchen.« Ich zeigte auf das Plakat.

Carola zog sich aber grade das T-Shirt über den Kopf und bekam meinen Kommentar nicht mit, dafür aber eine Tussi hinter mir. Die mischte sich ebenso beleidigt wie ungefragt ein.

»Was willst du denn dann hier, wenn du zu toll dafür bist?«, wollte sie von mir wissen.

Sie hatte mittelblonde Haare, die sie sich zum sportlichen Pferdeschwanz hochgebunden hatte. Um nicht von einzelnen Strähnen abgelenkt zu werden, trug sie ein pinkfarbenes Stirnband, das wohl im Set mit dem Tennisrock angeboten wurde, den sie anhatte. Auch hier verriet mir das Namensschild ihren Namen. Sie hieß Jessica und war früher bestimmt immer der Klassenschwarm gewesen.

Irgendwas in meiner Mimik verriet Jessica, dass ich tatsächlich keinen Plan hatte, in welcher Veranstaltung ich gelandet war.

Carola übernahm die Erklärung kurz und unsachlich: »Was meinst du denn, weswegen ich herkomme?«, fragte sie mich.

»Na, wegen Squash«, antwortete ich unsicher.

»Ja, Sport und Flirten. Geht's noch besser? Und wenn nur Schwachköpfe dabei sind, hat man die Zeit effizient für Sport genutzt«, erklärte Carola selbstbewusst.

»So habe ich das noch gar nicht gesehen. Cool!«, bedankte sich Jessica und schlüpfte auch zur Tür raus.

Ich war baff. Carola hatte es tatsächlich geschafft, mich mit einem simplen Trick auf eine Single-Veranstaltung zu locken. Dabei hatte ich die immer gemieden. Nun hatte ich die Wahl: Gehen und die fünfundzwanzig Euro in den Sand setzen oder bleiben, das Beste draus machen und hoffen, dass Machtina irgendwann auch gekühlten Sekt im Angebot hatte. Ich blieb.

Uns Frauen wurde jeweils ein Squash-Court zugeteilt. Es dauerte ein Weilchen, bis ich verstand, was Machtina mit »Kurt 11«, meinte. Die männlichen Teilnehmer hingegen mussten ähnlich wie beim Speed-Dating rotieren. Jede Frau blieb also in ihrer gläsernen Squash-Halle mit der passenden Zahl an der Tür und wartete auf einen Kerl. Es erinnerte mich stark an das Laufhaus, das man aus dem Zugfenster am Düsseldorfer Hauptbahnhof sehen kann. Andere Erfahrungen mit Laufhäusern hatte ich keine – ganz im Gegensatz zu einigen Typen, die uns gegenüberstanden. Ich war schon vorher nicht in Flirtstimmung, das Laufhauskopfkino sorgte nun dafür, dass ich die Kerle fast feindselig ansah.

Bevor es losging, wurden »wir«, also Männlein und Weiblein, bei einem Power Shake mit künstlichem Multivitamingeschmack und mehlig sämiger Konsistenz aufeinander losgelassen. Ein kühler Sekt wäre mir lieber gewesen. Carola checkte schon mal die Typen aus.

»Micha I, Stefan und Amir«, flüsterte sie, »das sind meine Favoriten!«

Sie sah mich an, zog Mundwinkel und eine Augenbraue hoch.

»Wie schön. Meine sind Alex, Micha II und Ruprecht«, antwortete ich und wartete auf ihre Reaktion, denn ich hatte die unattraktivsten der Gruppe genannt.

Leider ging es dann auch schon los. Wir betraten unsere Courts und bekamen die erste Zuteilung. Carola hatte das große Los gezogen, denn Micha I gesellte sich zu ihr. Fröhlich winkte sie mir zu. Zu mir kam Amir, der wahrscheinlich viel lieber zu Jessica aus der Umkleide gegangen wäre.

»Hi, ich bin Amir, zweiunddreißig Jahre jung und Anwalt bei Kloppenhaus & Partner, wenn dir das was sagt«, kam es wie aus der Pistole geschossen. Er war ein gut aussehender, etwas zu stark behaarter Mann mit perfekten Augenbrauen. Ebenso perfekt wie lässig war sein strahlend weißes Tennisoutfit, das mich regelrecht blendete.

»Hi Amir, ich bin Nina. Ich habe noch nie Squash gespielt und ich bin arbeitslos«, log ich, um mich noch unspannender zu machen, als ich es ohnehin schon war: eine schlecht gelaunte Vierundzwanzigjährige, die weder dort sein noch jemanden kennenlernen wollte.

Von mir aus hätten die fünf Minuten, die wir zusammen verbringen sollten, jetzt schon vorbei sein können. Und tatsächlich klingelte Amirs Smartphone, das er in einem Gürteltäschchen an seiner Tennishose trug, im richtigen Augenblick. Er hielt einen Finger hoch, um mir zu signalisieren, dass er jede Sekunde fertig sei. Ich übte alleine an der Squash-Wand. Während ich meine Bälle schmetterte und dabei merkte, dass ich gegen mich selber gar nicht so schlecht spielte, schweiften meine Gedanken ab. Eigentlich war es respektlos und unhöflich, sein Desinteresse bei einem Date derart zum Ausdruck zu bringen, wie Amir es machte. Aber ich hatte irgendwie Mitleid mit ihm. Er war Anwalt, und mit denen kannte ich mich einigermaßen aus. Gregor, mein Exfreund, war angehender Anwalt gewesen, als wir zusammen waren. Den Juristen kriegte man auch nach Feierabend nicht aus ihm heraus. Immer ging es um Fälle und ob etwas mutmaßlich oder vorsätzlich war. Ob er aus reinem Vorsatz oder aus Affekt mit Katharina aus seiner Kanzlei im Bett landete, hatte ich vergessen zu fragen. Nach Gregor hatte ich keine weitere ernsthafte Beziehung gehabt, was mich hierher brachte und wo mir die Ironie des Schicksals als erstes Date einen selbstverliebten Anwalt schickte. Ich drehte mich um und sah, dass Amir immer noch telefonierte. Vielleicht tat er auch nur so, nur um sich nicht mit mir unterhalten zu müssen.

DONG, da waren die fünf Minuten auch schon um.

»Wechsel!«, röhrte Machtina. Amir streckte seinen Arm in meine Richtung aus und nickte mir beim Rausgehen zu, während er immer noch telefonierte.

»Hey, hey, hey, hier kommt Alex!« Mit dem Song der Toten Hosen kündigte sich ein laufender Kasten an. Der Typ war so breit, wie er groß war, und mit seiner dicken Pranke brach er mir fast die Hand.

»Aua!«, rief ich.

»Biste aus Zucker oder wat?«, lachte er schallend los. Ich wollte ihn am liebsten gleich mit dem Schläger in meiner Hand erschlagen, leider hätte es zu viele Zeugen gegeben. Blöder als Karriereanwälte fand ich Typen, die immer Witze auf Kosten von anderen machten und sich dabei lustig vorkamen. Ich stellte mich kurz vor, und wir fingen an zu spielen. Für seine Figur war Alex erstaunlich flink. Er brachte mich schon nach zwei Minuten ins Schwitzen.

»Na, hab ich dich heiß jemacht? Harharhar!«

Nach Alex war ich eigentlich endgültig bedient. Machtina rief alle zu einer Krisensitzung.

»So, wir haben nun ein Problem: Ein Teilnehmer ist nicht gekommen, sodass wir einen Frauenüberschuss haben. Jede Teilnehmerin muss eine Runde aussetzen, bis wir Ersatz finden. Freiwillige vor!«, erklärte uns Machtina verlegen. »Et jibt auch Sekt.«

Ohne zu zögern hob ich meinen Arm und schüttete den Sekt in mich rein. Es hätte mir für den Abend auch gereicht, Sekt von minderer Qualität und hoher Temperatur zu trinken und den anderen Teilnehmern zuzusehen. Amir war nun bei Jessica in der Halle, und beide unterhielten sich ganz angeregt, wahrscheinlich über ihre adretten Tennisoutfits. Leider bestand Machtina nach meiner »Zwangspause« darauf, dass ich wieder in meinen Court ging.

Dort traf ich auf »Ruppi«. Ruprecht war knapp zwei Meter groß und hatte hängende Schultern und lange fettige Haare und hasste seinen eigentlichen Vornamen Ruprecht.

»Weil mich als Kind alle Knecht Ruprecht genannt haben.«

Zu meiner Überraschung war er kein Ego-Shooter-Spieletester, sondern studierte Sonderpädagogik. Seinen Hang zum Verständnisvollen und Sanften spürte man auch in seinem Spiel. Während Alex vorher die Bälle nur so an die Wand genagelt hatte, kamen Ruppis Bälle meistens gar nicht erst an der Wand an.

»Hey, gibt's Manowar eigentlich noch?«

Ich versuchte mich im Small Talk und zeigte auf sein T-Shirt. Nicht, dass ich die Band kennen würde, aber der Name tauchte irgendwie seit den Achtzigern immer wieder auf.

»Nee, ich hatte nichts Sauberes mehr, da hab ich mir das von meinem Bruder genommen. Ich selber steh ja eher so auf Reggae«, antwortete Ruppi und hielt mir die Bändchen an seinem Handgelenk unter die Nase. »Das sind die Eintrittsbändchen von den letzten fünf Jahren Summer Jam. Kennste das? Müssen wir mal zusammen hingehen«, verkündete er stolz.

Von dem Ekel bekam ich Schnappatmung. Freundschaftsbändchen waren schon schlimm genug, aber alte Textileintrittsbändchen setzten da noch einiges drauf. Klar kannte ich das Summer Jam, das war ein Reggaefestival im Kölner Norden. Wer jemals den Wunsch verspürt, das Kiffen auszuprobieren, ohne selber kiffen zu müssen, dem empfiehlt sich, am ersten Juliwochenende am Fühlinger See einfach nur tief Luft zu holen. Aber vorher das Hinsetzen nicht vergessen. Die Gras-Smog-Wolke ist schon von Weitem sichtbar. Man kann die Veranstaltung nicht verfehlen.

Meine Erlösung kam mit Machtinas Gong.

»War schön, dich kennengelernt zu haben. Ich muss eben zur Toilette«, sagte ich und stürmte an Ruppi vorbei. Ich wünschte dem Liebenswerten wirklich eine passende Frau, nur halt nicht mich.

»Boah, nur Pfeifen!«, meckerte Carola, die mir gefolgt war, über die Männerauswahl, als ich meinen Kopf wieder unter dem Wasserhahn hervorzog.

»Was hast du erwartet? Ich hatte grad einen, der wohnt noch zu Hause und trägt die Eintrittsbändchen der letzten fünf Jahre Summer Jam!« Inzwischen konnte ich schon drüber lachen.

»Meiner hatte 'ne ganz schwere Trennung von seiner großen Liebe hinter sich. Dabei waren die nur zwei Monate zusammen. Was für 'ne Trümmertruppe. Betrinken wir uns wenigstens«, schlug sie vor, und ich fand die Idee großartig.

Ich war schon ziemlich wackelig auf den Beinen, als Machtina mir den nächsten Kandidaten brachte.

»So, dat ist der Felix. Der war eigentlich in der Soccer-Halle

Fußball spielen, aber isch hab ihn mit lecker Mädsche hergelockt. Enttäusch misch nit!«, sagte sie und verschwand wieder.

Außerhalb der Squash-Halle wäre mir Felix vermutlich gar nicht weiter aufgefallen. Nicht, weil er nicht gut aussah oder keine Ausstrahlung besaß, sondern eher, weil er einen desinteressierten, fast schon abwesenden Eindruck machte. Er war etwa einen Kopf größer als ich und hatte dunkle kurze Haare und unglaublich blaue Augen, auf die ich nur einen kurzen Blick erhaschen konnte, weil Felix sich nach dem Schläger bückte. Dabei ertappte ich mich, wie ich mich nach hinten lehnte, um ihm auf den Hintern zu schielen. Ich schwöre bei Gott, das habe ich vorher und nachher, warum auch immer, nie wieder bei einem Mann gemacht. Was sich mir darbot, konnte sich auf jeden Fall sehen lassen. In dieser Gurkentruppe fiel Felix als Ausnahmeerscheinung auf. Er war zurückhaltend, ganz im Gegensatz zu Alex, nicht so arrogant wie Amir und trug keine bunten Armbänder. Ich war beruhigt.

So, da standen wir nun, der Felix und ich. Ihm war wahrscheinlich etwas anderes versprochen worden, jedenfalls guckte er seltsam.

»Hi Felix, ich bin Nina!« Ich streckte ihm meine Hand entgegen. Trotz der Mengen Sekt, die ich schon intus hatte und die mir normalerweise schnell die Hemmung nahmen, war mir dieser Moment todpeinlich. Alle anderen Kandidaten, die ich vorher in meinem bescheidenen Court hatte begrüßen dürfen, waren Teil dieses Datingspiels. Wir waren unter uns gewesen. Und nun stand da ein Eindringling, der vermutlich das Gleiche dachte wie ich vor einer Stunde: *Boah, haben die es nötig*. Aber ein Blick in Felix' Gesicht wischte alle meine Bedenken fort, denn er sah mich weder geringschätzig noch belustigt an, sondern eher interessiert. Mit einem verlegenen Grinsen gab er mir die Hand.

Bis zu diesem Moment war mir nicht klar gewesen, dass ich eine Handfetischistin bin. Meine Hand passte wie angegossen in seine. Sie war groß und warm. Ich warf einen unauffälligen Blick auf seine Hände. Makellos, und Dreck hatte er auch keinen unter den Nägeln.

»Tja, sorry, ich wusste nicht, dass ich noch ein Date haben würde, sonst hätte ich mich in Schale geworfen«, sagte er und zupfte einige Male an seinem verschwitzten HSV-Trikot herum. Humor hatte er schon mal.

»Rautenmuster ist doch grade total modern«, antwortete ich.

Ich ertappte mich selbst dabei, wie mein Lächeln breiter wurde. Ich riss mich zusammen. Den Triumph, dass ich hier tatsächlich etwas Beflirtbares fand, wollte ich Carola nun wirklich nicht gönnen.

»Wollen wir spielen?« Er zeigte auf den Schläger, und als ich ihm zunickte, machte er einen Aufschlag.

Damit wollte er wohl austesten, ob ich wie ein Mädchen spielte oder eine ernst zu nehmende Gegnerin war. Mich beeindruckte seine Rücksichtnahme nach all den Totalausfällen sehr. Ich erwiderte seinen Schlag etwas fester, als es eigentlich geplant war, und er musste dem Ball hinterherhechten.

»Hast du das gesehen? Das war ein Becker-Hecht! Ich hab ihn allerdings schon lang nicht mehr gemacht.« Er stand auf und massierte sich die Rippen. »Aber im Prinzip kann ich ihn noch. Das ist wie Fahrradfahren, das verlernt man nie.«

Da ich den Becker-Hecht nicht draufhatte, kam mir eine andere Tennisikone bei der nächsten Ballannahme in den Sinn.

»Ich kann auch ’nen Tennisstar!«, kündigte ich an.

Ich imitierte lautstark einen der unvergesslichen Monica-Seles-Stöhner.

»Wie geil, die hatte ich ja schon total vergessen«, gab er anerkennend zu.

Ich war stolz, denn normalerweise war ich nicht besonders schlagfertig. Er nahm meinen Ball an und stöhnte, wobei es mehr wie ein lautes Seufzen klang. Wir spielten auf diese Weise einige Bälle hin und her und machten uns vor Lachen fast in die Hosen.

Im Court nebenan regte sich Widerstand. »Hey, wir können euch hören. Also poppt gefälligst woanders!«, rief Jessica durch die dünne Wand. Ohne sie näher zu kennen, konnte ich mir genau vorstellen, wie sie grade einen Arm in die Hüfte stemmte und den Kopf schüttelte.

Das war einer zu viel. Ich musste mich auf den Boden setzen und mir den Bauch vor Lachen halten. Felix gab mit Absicht noch einen lauten Stöhnseufzer von sich.

»SCHNAUZE JETZT! Sofort! Bei dem Lärm kann man sich nicht unterhalten!«, kam es wieder von nebenan.

»You can't be serious!«, brüllte Felix.

Ich wusste, dass er dabei einen Tennisspieler nachäffte, der für seine Ausraster berühmt war, aber ich kam nicht auf dessen Namen. Ich wollte Felix grade fragen, da schmetterte er mit voller Wucht den Ball gegen die Wand, drehte sich zu mir um und grinste mich über beide Ohren an.

Oh Gott, ich flirte ja!, ging es mir durch den Kopf, als ich plötzlich einen Knall hörte und mir schwarz vor Augen wurde.

Als ich wieder zu mir kam, war mein Kopf pitschnass und ich lag mit dem Rücken auf dem Boden. Schon beim ersten Augenaufschlag merkte ich, dass etwas nicht stimmte, denn mein linkes Auge pochte wie blöd und ließ sich nicht öffnen. Mit dem rechten Auge sah ich den Sektkübel, in dem Machtina vorhin erfolglos versucht hatte, den noch lauwarmen Sekt zu kühlen. Dann fiel mein einäugiger Blick auf Carola, die vor mir stand und mir offensichtlich in meiner kurzen K.-o.-Phase die

Beine hochgehalten hatte. Jetzt legte sie sie vorsichtig wieder ab und starrte mich erleichtert an. Um mich herum hatten sich vermutlich alle Teilnehmer des Single-Squash-Events versammelt, und neben meinem Kopf kniete Felix und hielt meine Hand. Obwohl die Umstände ungünstiger nicht hätten sein können, war da wieder das Gefühl von Gemütlichkeit, wie er meine Hand hielt. Mit der freien Hand versuchte ich, mein Auge zu betasten, aber Machtina hielt mich davon ab.

»Dat lässte mal schön bleiben. Kommste allein auf die Beine, oder soll isch ’ne Krankenwage rufen?«, sagte sie in einem Tonfall, der zwischen Anschiss und Besorgnis lag.

Ich wurde wieder richtig wach und hatte einen Geistesblitz.

»John McEnroe!«, rief ich begeistert und bekam sofort Kopfschmerzen. Alle anderen starrten mich an.

»Wat?«, fragte Machtina. »Mist, isch jlööv, mer müsse doch ’ne Krankenwage rufen!«

»Nein«, sagte Felix sanft, »das war was für Insider!«

Er drückte kurz meine Hand, hielt sie aber weiter fest.

»Was ist passiert?«, fragte ich und versuchte, mich aufzurichten. Felix stützte meinen Rücken und half mir.

»Ich fürchte, meine Hommage an John McEnroe ist ein bisschen ins Auge gegangen!«, erklärte er. »Leider in deins!«

Er bestand darauf, mich ins Krankenhaus zu fahren, um mich untersuchen zu lassen. Auf der ganzen Fahrt hielt er dabei meine Hand.

Ich behielt zwar keinen bleibenden Schaden zurück, hatte aber nun einen Freund. Mit großen, tollpatschigen und warmen Händen.

Alle am Tisch hatten meiner Erzählung gelauscht. Selbst Claudia, die mich sonst immer mit irgendwelchen Kommentaren unterbrach. Aber jetzt meldete sie sich wieder zu Wort.

»Wow, das klingt ja nach einer filmreifen Lovestory«, sagte sie schmachtend.

Ich war mir unsicher: Hörte ich da etwa einen angezickten Unterton raus? War es Ironie? Oder fand sie die Story kitschig? In den meisten Fällen haben wir damit Lacher geerntet. Bevor ich mich weiter reinsteigern konnte, tönte ihre schrille Stimme weiter: »Also wir wurden quasi von gemeinsamen Freunden verkuppelt, nicht wahr, Schatzi?«

Schatzi Stefan war im Sitzen eingeschlafen. Ich konnte mir ein schadenfrohes Grunzen nicht verkneifen. Claudia, der dieser Anblick ihres in aufrechter Position schlafenden Mannes nicht neu war, ignorierte ihn. Arne erlaubte sich noch einen kleinen Scherz und band ihm Lennys Lätzchen um. Niemand fragte nach der Kennenlerngeschichte.

»Sag mal, Speedos Mutter hat ihren Sohn ernsthaft nach der Badebuxe ihres One-Night-Stands genannt?«, fragte ich Claudia, nachdem ich sicher war, dass Stefan nichts mitbekam.

»Unglaublich, oder? Also, er heißt auch noch Hubertus, nach seinem Opa, der das Ganze, zum Glück muss man sagen, nicht mehr erleben musste.«

Claudias Tonfall bekam bei Simone-Geschichten etwas Snobhaftes. Offenbar hielt sich Madame für etwas Besseres, und Simone war das schwarze Schaf der Familie. Bisher dachte ich, dass Claudia, die mir mit ihrer Everybodys-Darling-Art mächtig auf den Zeiger ging, niemals lästern würde.

»Ich glaub ja, sie wollte unbedingt schwanger werden und hat sich den Erstbesten genommen, der sie nehmen wollte«, steckte sie mir augenzwinkernd.

»Wer will denn von irgend 'nem Hansel am Strand geschwängert werden«, mischte sich nun auch Anja ein, die eigentlich auf dem Sofa gelesen hatte. »Die hätte sich dabei neben 'ner Schwangerschaft auch noch sonst was holen können.« Anja war neuerdings auf einem ganz schön seltsamen Vorsichtstrip.

»Wir waren alle sicherlich keine Engel, aber in dem Alter?! Die war da schon vierzig! Das finde ich ziemlich befremdlich«, legte Claudia nach. Sie schien ihre Schwägerin wirklich nicht gern zu haben. »Und dann dieses Kind. Keine Regeln, keine Disziplin, kein Benehmen. Ich mein, ihm kann man da keinen Vorwurf machen, der kennt es ja nicht anders.«

Jetzt nahm Claudia richtig Fahrt auf und ließ sich über ihren Neffen und dessen Mutter aus. Mir war das Thema dann doch zu einseitig, und als Arne sich mit einem »Kinners, ich bin so voll wie ein russischer Elternabend« ins Bett verzog, verabschiedete ich mich in die gleiche Richtung.

18.

Sonntags lockt die kleine Handwerkerstadt Felanitx Tausende Besucher zum Wochenmarkt. Die kleinen Gassen rund um die Kathedrale und die Markthalle bieten lokal angebautes Obst und Gemüse sowie mallorquinische Spezialitäten und Kunsthandwerk. Neue Energie vom bunten Markttreiben können Sie in der Mittagsmesse in der Kirche San Miguel schöpfen.

Was hatte ich mir da für einen Reiseführer andrehen lassen? Man hätte denken können, dass der Vatikan der Herausgeber sei. Falls ich in Felanitx was mit San Miguel zu tun bekäme, wäre es mit Sicherheit das Bier und nicht die Kirche.

Da sich das Wetter seltsamerweise beruhigt hatte, wollten wir endlich einmal was von Mallorca zu sehen bekommen.

Felix, der sich um eine neue Sicherung für das Haus kümmern wollte, verzichtete auf einen Besuch des Wochenmarktes. Märkte waren, und das gab er gerne zu, für ihn die Höchststrafe. Herumschlendern ohne bestimmte Kaufabsicht machte ihn wahnsinnig. Ich war ganz froh, dass er sich um unsere Stromversorgung kümmern wollte. So bekam er die Gelegenheit, sich etwas in der Gruppe zu profilieren, und ich musste beim Shoppen keine Rücksicht auf ihn nehmen.

Mit den Tausenden Besuchern hatte der Reiseführer leider nicht übertrieben. Alle waren sie gekommen und alle hatten einen Wunsch – einen Parkplatz. Mit unserem Safarimobil hatten wir kaum Chancen auf einen regulären Stellplatz. Erspähten wir eine Lücke, mussten wir sie nach einigen missratenen Parkversuchen wieder an einen der üblichen gemieteten Ford

Fiesta oder Opel Corsa weitergeben. Wir waren schon der Verzweiflung nahe, als uns ein älterer Mann heranwinkte und uns in seiner Einfahrt parken ließ.

Endlich konnten wir uns ins Getümmel stürzen. Wir liefen erst mal zusammen durch die kleinen Gassen in Richtung Kathedrale. Manchmal blieb einer von uns stehen, um die angebotenen Waren zu begutachten.

Anja hatten es die Sommerkleider an den zahlreichen Klamottenständen der pakistanischen und indischen Verkäufer angetan. Sie befühlte die Stoffe und seufzte. Das war kein gutes Zeichen für die Händler, denn Anja war vom Fach. Dann aber entdeckte sie ein schulterfreies Stufenkleid, was ihren Ansprüchen gerecht wurde, aber ihrer Meinung nach mir besser stand als ihr.

»Zieh es doch mal über«, drängte sie und hielt mir ein weißes Kleidchen hin. Es war zwar ganz niedlich, aber für meinen Begriff etwas zu niedlich.

»Lochstickerei ist in diesem Jahr total angesagt«, meinte Claudia und wollte grade danach greifen. Ich riss es Anja aus der Hand und zog es mir über meine Klamotten.

Das Kleid war schulterfrei und an der Brust eng geschnitten. Unten hatte es drei Stufen und um den Bauch eine große dunkelblaue Schleife. Irgendwie kam ich mir vor wie Schlumpfine.

»Na, was meint ihr?«, fragte ich missmutig die anderen. »Findet ihr das nicht etwas zu kurz?«

»So 'n Quatsch, du hast doch super Beine. Die darfst du ruhig mal öfter zeigen«, antwortete Anja.

»Außerdem können wir noch eine Karte an die Schleife binden und dich Felix schenken«, witzelte Arne.

Stefans Blick haftete einen Blick zu lang an meiner Brust, um es nur mustern zu nennen. Das blieb Claudia nicht verborgen. Ich nahm das Kleid. Zu Claudias Bedauern war es das letzte.

Lenny wollte zu den Spielsachen, die so bunt, laut und kitschig waren, dass ich mir sicher war, dass die keine EU-Zulassung hatten. Arne dachte sich wohl das Gleiche und ergriff gesunde Gegenmaßnahmen: Um Lenny von dem Giftzeug fernzuhalten, bekam er erst eine Zuckerwatte, dann einen riesigen Lolly, auf dem Mallorca stand, und zum Schluss noch Churros. Das waren in heißem Fett ausgebackene Teigstreifen oder Kringel, die mit Zucker bestreut wurden.

»Eigentlich werden die zum Frühstück in heiße Schokolade getunkt gegessen. Das ist vielleicht lecker«, erklärte uns unsere selbst ernannte Spanien-und-Churro-Expertin Claudia.

Ich fand, dass Churros etwas langweilig schmeckten. Da fehlte ganz eindeutig die Schokolade. Ich konnte mich mit den frittierten Kringeln nicht anfreunden und reichte die Tüte mit dem heißen Fettgebäck schnell an Stefan weiter, der neben mir stand.

Der inhalierte mal eben drei Kringel und begutachtete mit Kennerblick einen Tonkrug, der mit Honig gefüllt war. Dann stellte er in peinlichem Spandeutsch Fragen dazu, die ihn sofort als Laien auf dem Honigfeld outeten.

»Quanto ist esto haltbar?«, fragte er ein junges Mädchen, das wohl zur Aushilfe mitgekommen war und genauso viel Ahnung von Honig zu haben schien. So blieb sie uns auch nach Claudias Übersetzung eine Antwort schuldig, aber verteilte Kostproben von in Honig eingelegten Haselnüssen. Stefan, der immer noch über das unqualifizierte Marktpersonal meckerte, ließ sich von mir nicht anstecken, als ich welche davon kaufte. Ich wollte Felix was vom Markt mitbringen, und diese kleine Köstlichkeit hatte mir so gut geschmeckt, sie würde auch Felix gefallen. Notfalls konnten wir sie immer noch an die Nachbarn verschenken, die unseren Briefkasten leerten und die Blumen gossen.

Arne blieb bei Elekroschrott stehen, den marokkanische Flohmarkthändler unter die Leute bringen wollten. Inmitten eines Kabelknäuels entdeckte ich einen richtigen Schatz. Einen alten Gameboy. Arne wollte ihn mir schon aus der Hand reißen, aber ich drehte mich schnell weg und schaltete das Fundstück ein. Gleich darauf ertönte die Melodie von Tetris. Den musste ich haben! Mehr noch, ich hätte ihn vor zwei Tagen haben müssen, als wir ohne Essen und mit schlechter Laune auf der Finca festgesessen hatten.

»Quanto?«, fragte ich unsicher auf Spanisch. Der Verkäufer grinste mich an und antwortete auf Deutsch mit einem französischen Akzent.

»Für disch, schöne Fraue, ma' isch gute Preis. Fünfsehn Öro mit Spiel«, antwortete der Straßenhändler mit einem Lächeln, das einem die Knie weich werden ließ. Alleine dafür hätte ich ihm schon zwanzig gegeben.

Wenn an den Stränden Tunesiens ähnliche Typen herumliefen, war es wirklich kein Wunder, dass so viele deutsche Frauen verlobt aus dem All-inclusive-Urlaub heimkehrten.

»Wieso spricht denn der Deutsch?«, fragte mich Stefan unverschämt, als wäre der Straßenhändler nicht anwesend.

»Isch war in Deuscheland für swei Jahr, dann isch 'atte Nase voll von Freiburg und diese Rägen«, antwortete der. »Jetz' isch bin 'ier.«

»Und hier sind deine fünfzehn Euro, vielen Dank. Und ich wünsche dir viel Glück hier und weniger Regen.«

Ich steckte dem Händler das Geld zu und verstaute den Gameboy in meiner Handtasche.

Ohne es zu beabsichtigen, hatte ich bisher an allen Ständen etwas gekauft, an denen jemand aus unserer Gruppe stehen geblieben war. Das sollte sich bei den nächsten Ständen ändern, denn Claudia steuerte auf Louis-Vuitton-Handtaschen zu, die hier auf dem Markt von afrikanischen Straßenhändlern ebenso günstig wie gefälscht und illegal angeboten wurden.

Aha, so kam Madame also zu ihren schicken Designerstücken. Am Flughafen einen auf dicke Tasche machen und dabei ein Plagiat kaufen!

»Das soll ja wohl ein Witz sein. Dann kann ich sie mir ja gleich auf der Maximilianstraße in Minga holen«, zeterte Claudia lautstark, die mit dem genannten Preis des Händlers nicht zufrieden war.

Das wiederum rief die Konkurrenten des Straßenhändlers auf den Plan, die sich alle um Claudia bemühten. Wir gaben ihr ein Zeichen, dass wir weitergehen wollten.

»Geht ruhig vor, ich bleib noch ein bisschen. Ich finde euch schon«, wimmelte uns Claudia ab, die durch die Offerten der Verkäufer völlig euphorisch geworden war.

Endlich waren wir die los. Wir trennten uns anschließend von den Männern, die in der Markthalle an einer Olivenölverkostung teilnehmen wollten. Anja und ich konnten uns beim besten Willen nicht vorstellen, dass es angenehm sein könnte, Olivenöl in sich hineinzuschütten, und suchten uns ein Café, um einen leckeren Café con leche zu trinken und ein Stück der im Reiseführer viel gepriesenen Tarta de almendras, eines malloquinischen Mandelkuchens, zu probieren.

Auf einem zentralen Platz unterhalb der Kathedrale befanden sich viele Cafés, und wir suchten uns das aus, von dem aus wir Lenny, der verständlicherweise auch kein Olivenöl probieren wollte und deshalb bei uns blieb, im Auge behalten konnten. Theoretisch zumindest, denn auf dem Platz gab es eine riesige Simpsons-Hüpfburg und eine Art Kletterkäfig über zwei Etagen. Wir entschieden, dass wir unseren Kaffee deutlich entspannter genießen würden, wenn Lenny in einem abhausicheren Käfig spielte statt auf einer Hüpfburg. Der wusste nicht, dass unsere Erziehungsmethoden eventuell fraglich sein könnten, und da weder die Super-Nanny von RTL noch seine Mutter Claudia da waren, zahlten wir brav den Eintritt für Lenny und überließen ihn den Kletterwänden und dem Bällebad.

»Das gehört doch echt verboten«, stichelte Anja schon wieder, da hatte ich noch gar nicht bemerkt, was oder wen sie meinte. »Na guck mal auf zwölf Uhr, am Kinderknast.« So nannten wir den Spielwagen, in dem Lenny untergebracht war.

Es fand grade eine Art Schichtwechsel statt, und der nette, zahnlose Mann, bei dem wir den Eintritt für Lenny gezahlt hatten, wurde abgelöst von einem etwas aus den Fugen geratenen Teenager. Was Anja aber meinte, war nicht die Figur des Mädchens, sondern die Klamotte. Sie trug einen hellgrauen, zu eng sitzenden Einteiler mit kurzem Bein, der zu allem Überfluss auch noch an allen möglichen und besonders den unmöglichen Stellen von angestrengten Bändchen zusammengehalten wurde.

»Wie süß, ein Rollbraten«, antwortete ich, als hätte ich ein niedliches Baby gesehen.

»Mit Strampelanzug. Dass es den in der Größe gibt, wundert mich allerdings«, lästerte Anja.

»Gibt's ja auch nicht, deshalb sprengt die das Teil fast.«

In der Tat hatte das Taillenband des Jumpsuits, wie der Strampler auf Neudeutsch heißt, sich so weit gedehnt, dass man jeden Moment das Flitschen des Gummis erwartete.

Anja und ich waren wieder in unserem Element. Zunächst bekam unsere Mitbewohnerin Claudia ihr Fett weg.

»Felix kennt die noch von der Uni, aber muss die so tun, als würde sie ihn besser kennen als ich?«, hörte ich mich meckern.

»Wer weiß, wie gut sie ihn kennt.« Das war eindeutig zweideutig.

»Nee, die ist nicht Felix' Typ. Der steht nicht auf Blondinen.«

Ein südländischer Mann lief über den Markt, genau genommen tanzte er mit gekonnten Sambaschritten hinüber – erstaunlicherweise passend zum Rhythmus der Panflötengruppe, die in der Mitte des Platzes Abba-Hits von sich gab. Anja folgte meinem Blick.

»So ungefähr stelle ich mir übrigens Ed heutzutage vor«, meinte sie.

Das stimmte. Ich hatte immer noch sein Bild von damals im Kopf, aber auch er dürfte sich verändert haben. Ich steigerte mich so in die Vorstellung hinein, dass ich fast »Ed!« gerufen hätte, nur um zu probieren, ob er das nicht tatsächlich war. Aber Anja hatte eine wahrscheinlich bessere Idee, um meinen verschollenen Ehemann zu finden.

»Okay, wir gehen jetzt alle Bekannten durch, die du von damals noch kennst.«

Sie packte ihr Smartphone aus, und wir suchten über Facebook frühere Freunde von Ed und mir. Die Suche gestaltete sich schwierig, denn Brasilianer neigen nun einmal gerne dazu, mindestens zwei Vor- und zwei Nachnamen zu haben. So heißt beispielsweise mein Ehemann Eduardo Moreno dos Santos Olivera. Wie sollte man denn da bitte durchblicken? Dennoch war unsere Suche nicht ganz erfolglos, und wir fanden einen alten Bekannten meines Mannes, der in Köln eine Kampfsportschule betrieb. Wir baten ihn um eine kurze Info, falls er wisse, wo Eduardo steckte. Uns blieb nichts anderes übrig, als auf eine Antwort zu hoffen.

Bei der ganzen Aufregung um Ed hatten wir Lenny im Kinderkäfig und den Rest der Truppe total vergessen. Eine SMS von Stefan ließ Anja aufschrecken.

»Huch, die suchen uns schon. ›Treffpunkt Markthalle, und vergesst meinen Sohnemann nicht‹.«

Es war gar nicht so leicht, Lenny zu überreden, aus seinem Käfig zu klettern. Anja versprach ihm einen der Ballons, die auf dem Marktplatz zur kompletten Elternschröpfung angeboten wurden. Dass Lenny ganz schön aufgeweckt ist, war mir schon aufgefallen. Dass aber auch noch Gerissenheit dazukam, fand ich an so einem kleinen Kerl irgendwie cool. Sowohl Anja als auch ich hatten vergessen, welche Schuhe Lenny anhatte. Nun standen wir vor einem Haufen Kinderschuhe und suchten seine. Lenny fischte sich ein Paar Spiderman-Schuhe raus und behauptete steif und fest, es seien seine.

»Das glaub ich aber nicht, dass das deine Schuhe sind, Lenny«, sagte Anja im pädagogischen Tonfall.

»Doch, guck!«, antwortete er, stieg in die Schuhe, die ihm locker zwei Nummern zu groß waren, und lief zum Beweis eine Runde um Anja und mich herum. Zu Lennys Freude blinkten sie bei jedem Schritt. Das machte es uns nun natürlich noch schwieriger, ihn zu überzeugen, dass er ganz bestimmt mit anderen Schuhen hergekommen war. Bis zu dem Moment, als der rechtmäßige Besitzer der Schuhe auftauchte. Es war ein Junge von etwa sechs Jahren, der sich nun wortlos vor Lenny aufbaute, die Arme verschränkte und in Sheriffmanier auf Lenny herabschaute. Der wusste klar, was Sache war, zog die Schuhe aus, ging zum Schuhhaufen und fischte sich mühelos seine eigenen Treter heraus.

19

Hier habt ihr Lenny. Wir wollen uns auch mal ein wenig umschauen«, verkündete Anja.

Wortlos und etwas zähneknirschend nahm Stefan seinen Sohn entgegen. Er hatte sich das mit uns beiden als Vollzeitbetreuerinnen für Lenny bestimmt anders vorgestellt.

Die Markthalle in Felanitx ist ein großes, schmuckloses, ockerfarbenes Sandsteingebäude mit hohen Bogenfenstern und vielen Eingängen. In ihrem Innern werden frisches und farbenfrohes Obst und Gemüse angeboten. Es sieht so verführerisch aus, dass man am liebsten sämtliche Stände leer kaufen würde. Und am Ende steht man dann da mit drei Kilo roter Paprika, einem Beutel Artischocken und zwei Pfund Aprikosen, die man niemals alleine aufkriegt und die die Kochkreativität ziemlich herausfordern, wenn man nicht jeden Tag Ratatouille essen will.

Dieses Mal beschränkte ich mich auf ein halbes Kilo Aprikosen, an dem sich Anja gerne esstechnisch beteiligte. Wir griffen beherzt in die Papiertüte und bissen in die aromatischsten Aprikosen, die es unter Gottes Sonne gab und die vor Saftigkeit nicht ohne ein Taschentuch zu genießen waren. Mit klebrigen Händen suchten wir nach etwas, womit wir unsere Hände abwischen konnten, und entdeckten an einem Imbissstand Servietten mit der Beschaffenheit von Backpapier.

»Wieso können eigentlich nur die Deutschen Papierprodukte herstellen?«, wunderte sich Anja. Die Frage hatte in der Tat ihre Berechtigung.

»Stimmt, das Toilettenpapier auf der Finca ist höchstens zweilagig, und selbst das reißt nie an der Perforation. Ist echt appetitlich, unser Thema.«

»Stimmt, darauf noch ein paar Schneckchen?«, lachte Anja und zeigte auf die kulinarischen Leckerbissen, die an dem Imbiss angeboten wurden. »Weißt du noch, als ich auf Korfu war? Da haben die uns von der Pension gebeten, das benutzte Klopapier nicht in die Toilette zu werfen, sondern in den bereitgestellten Mülleimer. Das erklärten sie uns damit, dass die Rohre zu klein sind«, fuhr sie fort.

»Ist ja ekelerregend. Und hast du's gemacht?« Ich musste mich bei dem Gedanken schütteln, dem benutzten Klopapier nicht ungesehen eine gute Reise zu wünschen.

»Nö, klar hab ich das Zeug abgezogen«, witzelte sie weiter. »Ich glaube ja, dass das handelsübliche Klopapier in solchen Ländern auch nur für solche Toiletten verkauft wird. Das löst sich ja schon in der Hand auf. Für mehr Lagen muss die Klopapierindustrie bestimmt Strafe an das örtliche Klärwerk zahlen.«

Wie sehr liebte ich diese tiefgründig belanglosen Diskussionen mit Anja. Jedenfalls war ihre Laune immer ansteckend, und ich redete mir ein, dass sich die Probleme fast wie von selbst lösen würden.

Wir hatten die Markthalle durch einen anderen Ausgang verlassen.

Draußen standen zwei Grüppchen. Eine, die Streit hatte, und eine größere, die drum herum stand und blöd gaffte. Dazu wollte ich auf keinen Fall gehören und zog an Anja, die aber stehen blieb und nicht zum Weggehen zu bewegen war. Sie zeigte auf die Streithähne. Mitten im Tumult sorgte Claudia für Fremdschämalarm, denn sie stritt sich immer noch mit ihren Afrikanern um die günstigste Handtasche, nur dass der Pulk der Afrikaner um sie herum inzwischen deutlich größer geworden war.

»Here, take all!«, brüllte sie ein hochgewachsener Afrikaner in einer hellblauen Tunika mit passender Hose und kaputten Adiletten in gebrochenem Englisch an und bewarf Claudia mit einem Portemonnaie.

Ein anderer mit Lederjacke und löchriger Jeans, der sein gesamtes Kapital in Form von Goldzähnen im Mund trug, hielt ihn am Handgelenk fest und versuchte, ihn zu beruhigen. Das hätte er mal besser nicht mit Claudia machen sollen, denn die keifte in spanisch-deutsch-englischem Kauderwelsch die Typen an.

»Biste crazy, or what?« Dabei hielt sie die Hand übers Ohr und drehte das Handgelenk, eine Geste, die wohl weltweit als »Biste übergeschnappt?« verstanden wurde. »No quiero tu bolsas, non of your Scheißbags, habt ihr mich verstanden? Eure Billotaschen könnt ihr euch sonst wohin stecken!«

Vermutlich hätte sie so weitergemacht, wenn sie uns nicht in der inzwischen gewachsenen Zuschauermenge entdeckt hätte.

»Hey Lady, this is good bag. When you don't want to pay good price go to hell, there you get cheap cheap!«

Die Afrikaner verteidigten in einem Sprachenmix ihre Handtaschen und schickten die gierige Claudia, die offenbar ziemlich mies den Preis gedrückt hatte, verbal in die Hölle.

Aus Solidarität hätten wir uns sicherlich einmischen sollen, aber einerseits wollten wir uns nicht als Claudias Freunde outen, und andererseits war das ein Meisterstück der Blamage. Mit einem Schlag hatte Claudia ihre bisherige Klugscheißerei und Überlegenheit feinstens zunichtegemacht. Stand es in den letzten Tagen noch 3:0 für sie, so waren es jetzt locker minus 97:0.

Einige spanische Straßenhändler beschwerten sich lautstark

bei den beiden Streitparteien, und einer drohte damit, die Policia zu rufen. Die Afrikaner verzogen sich schneller als der Wind in alle Himmelsrichtungen.

»Jetzt hetzt sie den armen Afrikanern auch noch die Polizei auf den Hals«, kommentierte eine Deutsche im pinkfarbenen Adidas-Jogger neben uns.

»Wieso? Die Alte kriegt doch genauso viel Stress. Ich hab mal in der *Bild* gelesen, wer in Italien dabei erwischt wird, wie er grad Fake-Marken kauft, muss 'ne fette Strafe bezahlen«, antwortete ihre Freundin, eine Dünne mit Oberlippenpiercing.

In der Tat hatte ich auch damals davon gehört. Da hatte eine Frau sich in Italien beim Straßenhändler eine Designersonnenbrille zu einem sensationell günstigen Preis gekauft. Dass die Brille skandalöserweise ein Plagiat und kein Markenprodukt war, erklärten ihr die italienischen Polizeibeamten, als die nebenbei einen Strafzettel über 10 000 Euro ausstellten. Ob sie die Sonnenbrille wenigstens behalten durfte, wurde leider nie erwähnt.

Claudia enttarnte uns in der sich verlaufenden Zuschauermenge, indem sie uns zuwinkte und Zeichen machte, auf sie zu warten. Kurz darauf erschien sie mit etlichen blauen und schwarzen Plastiktüten.

»Hier, die beiden sind für dich. Und die Tüte hier ist für dich, Nina. Und kein Wort zu Stefan.«

Sie guckte uns warnend an und führte uns in die Markthalle.

»Jetzt erzähl schon, was ist denn passiert?« Anja ließ sich nicht so schnell abwimmeln.

In meiner Tüte befand sich eine Louis-Vuitton-Handtasche mit der Geschmeidigkeit eines neuen Autoreifens, ein wenig dezentes pinkfarbenes Prada-Portemonnaie in Schlangenlederoptik sowie eine überdimensionierte Dior-Brille, wie man sie noch aus den Chemieexperimenten in der Schule kannte. Alles in allem eine extrem stilvolle Auswahl.

»Und was soll ich jetzt damit?«, fragte ich Claudia.

»Ich hatte so ein schlechtes Gewissen, also hab ich jedem der Jungs was abgekauft. Das ist jetzt nicht die allerbeste Qualität, aber ich schenke euch den Kram, wenn ihr nichts davon dem Stefan erzählt. Der kriegt sich sonst vor Wut nicht mehr ein.«

Claudia war wirklich unglaublich. Erst versuchte sie, die schwarzafrikanischen Händler gegeneinander auszuspielen, um das beste Schnäppchen zu machen, und als den Händlern wegen noch nicht ganz geklärter Aufenthaltsbestimmungen sowie Verbreitung von eventuellen Plagiaten Ärger bevorstand, zeigte sie plötzlich ihre Mutter-Teresa-Seite und verteilte großzügig ihr Geld für den letzten Schrott – anders konnte man diesen Plastikmüll nämlich nicht nennen.

In der Markthalle herrschte dichtes Gedränge. Spanisch-deutsche Wortfetzen flogen von einem Stand an der Längsseite der Halle herüber. Das Zentrum des Streits bestand aus einer kleinen Fischfrau und Claudias auch nicht besserer Hälfte Stefan. Kaum hatte uns Arne mit hochrotem Kopf erspäht, schnappte er sich Lenny und kam auf uns zu.

»Klär das mal für Stefan«, sagte er angenervt zu Claudia und schob sie ins Auge des Sturms.

»Gott, war das peinlich. Zu große Klappe für zu viel Unwissenheit«, war sein einziger Kommentar. »Ihr wart aber auch nicht grade zurückhaltend.« Sein Blick ging zu den mit Accessoires gefüllten Tüten.

»Nee, es war aber auch zu günstig, um nicht zuzuschlagen«, lachte Anja, und ich musste einstimmen. Da hatte ich eine Idee.

»Anja, welche dieser Taschen willst du auf gar keinen Fall?«

»Hm, lass mal kurz nachdenken.« Sie machte eine theatralische Pause, roch noch einmal an beiden Taschen und kam zu dem Schluss: »Keine von beiden. Und weil du so nett danach fragst, kriegst du diese Sonnenbrille noch dazu«, ergänzte sie in typisch euphorischem Homeshopping-Ton.

Mit den ganzen Plagiaten bepackt machte ich mich auf den Weg zu einem der Händler, mit denen Claudia in Streit geraten war.

»Hey, I'm Nina«, sagte ich vorsichtig. Ich wollte erst einmal testen, wie groß sein Hals auf deutsche nervige Mädels war.

»Hi Nina, how can I help you?«, antwortete der Händler in bestem Oxford English und ließ keinen Blick von den Tüten in meiner Hand.

Ich machte ihm klar, dass ich den ganzen Klimbim gegen eine einzige große Reisetasche tauschen wollte. Die brauchte auch überhaupt nicht von Louis Vuitton, Longchamps oder Diesel zu sein. Eine einfache, aber gute Reisetasche reichte vollkommen aus. Die Ledertasche, die er mir anbot, war zwar günstiger als der ganze Ramsch in den Tüten, aber auf den Tausch ließen wir uns gerne ein. Ohne auch nur einen Cent auszugeben, hatte ich Felix auf diese Weise eine neue, sehr schicke Reisetasche spendiert. Ich musste Claudia also fast noch dankbar sein. Aber nur fast.

Zurück in der Markthalle lieferten sich Stefan und eine rabiate Fischfrau eine hitzige Diskussion.

Bei dem Streit mit Stefan und der Fischfrau ging es darum, dass ihm der Fisch nicht frisch genug war. Vor allem war er nicht filetiert.

»Damit kann doch kein Mensch etwas anfangen«, grummelte der selbst ernannte Küchengott Stefan vor sich hin.

Dennoch kauften sie ihr einen großen Fisch ab und vereinbarten, ihn in einer Stunde küchenfertig abzuholen.

»Wir schicken nachher einfach Felix, dann kommt der auch mal raus«, schlug ich vor. Das war aber nur die halbe Wahrheit. Ich war nämlich froh über jede Sekunde, in der Felix nicht wieder in eines von Stefans Fettnäpfchen sprang. Und wenn die beiden kilometerweit voneinander entfernt waren, konnte ich mir da sicher sein. Leider fand Felix aber ganz andere Fettnäpfchen.

20

Zurück auf unserem Anwesen stellten wir fest, dass Felix sich um alles gekümmert hatte. Der Strom lief wieder, das Wohnzimmer war aufgeräumt und der Kühlschrank mit Kaltgetränken bestückt. Der Mann brauchte anscheinend bloß Langeweile und einen Fernseher, der nur spanische Telenovelas ausstrahlte, um aus den Puschen zu kommen. Nachdem ich sein vollbrachtes Werk sah, hatte ich ein schlechtes Gewissen, ihn gleich zum Markt zu schicken. Hatte er sich doch auf der Finca richtig Mühe gegeben, um es uns gemütlich zu machen. Aber er schien ganz versessen darauf zu sein, endlich einmal alleine loszudürfen. Mein Angebot, ihn zu begleiten, lehnte er ab. Ein wenig war ich beleidigt, andererseits aber auch happy, dass ich mich nicht schon wieder in das Getümmel stürzen musste. Auch wenn das Markttreiben anregend für die Sinne ist, anstrengend war es trotzdem.

Ich packte in unserem Zimmer meine Einkäufe aus und stellte fest, dass ich einige gute Schnapper gemacht hatte. Eine braune Reiseledertasche für umme, einen nostalgischen Gameboy inklusive Tetris für fünfzehn Euro. Ein Kleid, das Claudia ja sooo gerne gehabt hätte, mitsamt unbezahlbarer Schadenfreude für zwanzig. Ich war zufrieden mit mir.

»Hast du Lenny irgendwo gesehen?«, rief Claudia atemlos, nachdem sie die Tür zu unserem Wohnklo aufgerissen hatte. Einen ungünstigeren Zeitpunkt hätte sie nicht wählen können, denn ich saß grad auf dem Klo.

»Ähm … wie wär's mit Anklopfen? Und nein, hier ist er

nicht«, schimpfte ich. Als wäre es nicht schon ein Unding, einfach ins Zimmer zu platzen und mich beim Toilettengang zu stören, ließ die Irre auch noch die Tür offen. Auf dem Klo sitzend konnte ich im Esszimmer Arne sehen. Moment, wenn ich ihn sah, dann konnte er mich auch …? Verdammte Sch…! Diese dämliche Kuh.

»Guck weg!«, befahl ich ihm. Er hielt sich sofort die Augen zu und rief nach Anja, die sofort kam, um die Tür zu schließen.

»Lenny ist weg. Du glaubst nicht, was hier grad abgeht. Komm bitte schnell raus«, bat sie mich.

Was meinte sie mit: Lenny ist weg? Wo sollte der Knirps denn schon hin? Hier war doch nichts. Mich beschäftigte vielmehr, wie ich Arne jemals wieder in die Augen sehen konnte.

Die Gruppe war in heller Aufregung, denn Lenny war nirgends aufzufinden. Weder in der Finca, wo jeder jedes Zimmer doppelt durchsuchte, noch auf dem großzügigen Außengelände, das neben einem Hektar Olivenbaumacker noch eine Kuhweide samt Kuhstall beherbergte. Anja und ich meldeten uns freiwillig für die Kühe, Arne ging ohne Erfolg den gesamten Weg bis zur Straße ab, und Lennys Eltern saßen heulend auf der Terrasse. Alle Wege zur Weide führten durch den Kuhstall. Um die Weide herum führte ein Drahtzaun, der irgendwie schon ausstrahlte, dass er unter Hochspannung stand. Im Stall konnten wir keinen Lenny entdecken. Wir suchten so lange, wie wir durch den geöffneten Mund atmen konnten, denn der Gestank war bestialisch, den hätte Lenny nie ausgehalten.

»Und habt ihr was entdeckt?«, fragte Stefan, der uns entgegenkam. Wir bedauerten, ihm keine positive Antwort geben zu können, aber er bestand darauf, noch einmal selber zu schauen, weil wir zwei ja vielleicht etwas hätten übersehen können.

»Schon klar! Vertrauen ist gut, Kontrolle ist besser«, murmelte ich leise. »Ach ja, und schließ danach bitte das Gatter, sonst büxen uns noch die Kühe aus.«

Es reichte ja schon, dass wir einen nicht mal vierjährigen Knirps nicht wiederfinden konnten. Wir setzten uns zu Claudia auf die Terrasse, die starr vor Angst inzwischen nicht mal mehr heulte.

»Lass uns alles noch mal durchgehen«, schlug Anja vor. »Wer hat ihn denn fürs Mittagsschläfchen in sein Zimmer gebracht?«

»Na, Stefan«, antwortete Claudia. »Wie kann er denn einfach so verschwinden? Lenny? LENNY! Antworte bitte, wenn du uns hören kannst!«

Stefan, der vom Stall zurückkehrte, wusste nicht einmal mehr, ob er Lenny wirklich hingelegt hatte, und da kam mir eine leise Ahnung, wo Lenny sein könnte. Auf dem Rückweg von Felanitx zur Finca war er im Wagen eingeschlafen. Also rief ich Felix an.

»Hey«, antwortete der fröhlich, »ich hatte schon mit eurem Anruf gerechnet, aber so spät? Ihr enttäuscht mich, Leute.«

»Was soll das heißen? Ist Lenny bei dir?« Der Stein wollte mir noch nicht ganz vom Herzen fallen.

»Ja, der ist bei mir, wo soll er denn sonst sein?«, erlöste mich Felix von meiner Anspannung.

Ich drehte mich zu den anderen um.

»Alles okay, Lenny ist bei Felix. Wir …«, mit dem »Wir« gab ich mich solidarischer, als ich sein wollte, denn eigentlich wollte ich *ihr* Eltern sagen, »… haben Lenny nach dem Einkauf im Auto schlafen lassen und vergessen, ihn da rauszuholen.«

Ein Aufatmen ging durch die Runde. Für Stefan bloß ein Luftholen, um über Felix zu meckern, weil er sich nicht sofort gemeldet hatte. Stefan hatte ihn wirklich auf dem Kieker.

»Felix, hier sind alle erleichtert. Du kannst dir nicht vorstellen, was hier los war. Hättest auch ruhig mal eher Bescheid geben können.« Ich sah es aber gar nicht ein, Felix die Leviten zu lesen. Felix versprach, sich fürstlich um Lenny zu kümmern, und versicherte, dass wir uns keine Sorgen mehr zu machen brauchten. Der Witzbold.

Wir Mädels nutzten das gute Wetter und legten uns in unseren Bikinis an den Pool. Endlich durfte ich das Ergebnis Anjas langer Suche nach dem perfekten Bikini bestaunen. Ich schwöre ja seit Jahren auf den gleichen. Mein Ex Gregor hatte mir vor Jahren ganz selbstlos einen Gutschein von einer Dessousboutique geschenkt. Als Trotzreaktion auf dieses sexistische Geschenk suchte ich mir keine erotischen Spitzendessous aus, was wahrscheinlich sein Hintergedanke gewesen war, sondern einen schwarzen Dolce-&-Gabbana-Bikini. Obwohl Gregor nun längst Vergangenheit war, wurde der Bikini Jahr für Jahr wieder herausgekramt und diente als mein Bin-ich-schon-in–Bikini-Topform-Maß.

Anja war da das genaue Gegenteil. In jeder Saison kaufte sie etwa zwei bis vier Bikinis. Einen vor jedem Urlaub, und dann schlug sie meistens noch bei Schlussverkäufen zu, was bedeutete, den Bikini, den sie preisgünstig im September erworben hatte, würde sie nie tragen, denn dazwischen lag der Winter, und vor dem nächsten Urlaub wurde wieder ein neuer gekauft. Da sie ja inzwischen in München lebte, machten wir diese Shoppingtouren nicht mehr gemeinsam, zumindest nicht persönlich – das lief jetzt per E-Mail.

Wie findest du den Bikini? Macht der meinen Busen nicht zu klein?, schrieb sie und schickte mir das Foto eines schwarzen Bikinis. Was sollte ich antworten?

Der sieht ganz hübsch aus, allerdings müsste ich den mal getragen sehen. Eine ehrliche Antwort, fand ich.

Ich hab grade noch einen gefunden. Schau mal! Im Anhang befand sich nun ein pink gemustertes Exemplar mit ziemlich hohem Beinausschnitt. Jetzt war Fingerspitzengefühl gefragt. Klar hatte Anja eine gute Figur, aber leider nicht die Figur des Models und schon gar nicht dessen Hautfarbe.

Mir gefällt die Farbe nicht, die kann ganz leicht billig wirken.

Meinst du wirklich? Aber wenn ich vorher ins Solarium gehe, dann wäre das doch ein toller Kontrast.

Ja, aber nur, wenn sich in deinem Stammbaum noch irgendwo ein Afrikaner versteckt. Das hätte ich ihr natürlich niemals geschrieben. Bevor ich antworten konnte, bekam ich auch schon eine ganze Reihe weiterer potenzieller Bikinis. Ich legte mein Veto gegen Pink ein und empfahl einen rosa gemusterten mit dezenterem Beinausschnitt. Letztendlich würde sie sowieso beide kaufen.

Umso erstaunter war ich über eine ganz neue Variante, die sie präsentierte. Nämlich einen Tankini. Das waren Bikinis für Frauen, die was kaschieren wollten. Entweder überschüssige Pfündchen oder Schwangerschaftsstreifen oder eben beides. Seit wann, bitte schön, war Anja so großzügig mit Stoffen? Die Frage hallte noch in meinem Kopf nach, als Claudia schon für Ausgleich sorgte – sie zog vor unseren Augen ihr Bikinitop einfach aus, um sich – hoffentlich nur – obenrum nahtlos zu bräunen. Da macht sich die halbe Frauenwelt Gedanken um einen schönen Bikini, und dabei geht's auch nur mit Slip.

»Hui!«, entfuhr es mir.

»Danke«, antwortete Claudia.

»Was?«, stammelte ich verwirrt. Claudia hatte das anscheinend als Kompliment gesehen. »Ich meinte nicht deine Brüste, sondern dass du sie einfach so zeigst!«

Ich war ehrlich gesagt ein bisschen neidisch auf ihre Offenheit. Ich wickelte mich beim Bikiniwechsel am Strand immer in abenteuerliche Handtuchkonstruktionen, um bloß nichts zu zeigen.

»Solange das noch geht, macht mir das nichts aus«, erklärte Claudia. »Ich rechne aber täglich damit, dass die Schwerkraft zulangt, dann ist Schluss mit oben ohne.«

Ich musste zugeben, dafür, dass sie schon Mutter war, saßen ihre Dinger perfekt. Für künstliche waren sie nicht groß genug. Ich meine, welche Frau lässt sich die Brüste auf 75B vergrößern oder straffen? Jedenfalls lag Madame nun barbusig zwischen Anja und mir und las ihren Elternratgeber. Den hatte sie auch nötig.

Arne, der Arme, der sich im Pool erfrischte, traute sich bei dem freizügigen Ausblick gar nicht mehr aus dem Wasser. Erst ich auf dem Klo und dann noch Claudia ohne Top. Aber Ablenkung war schon unterwegs.

»Schatzi, die Moni und der Speedo kommen gleich«, sagte Stefan seiner Frau, obwohl es auch uns interessiert hätte, wenn wir Besuch auf der gemeinsam gemieteten Finca bekamen. Was Stefan seiner Frau wohl sagen wollte, war: »Zieh dir bitte etwas an.« Tat er aber nicht. Und sie zog sich auch nicht an. Also Versuch Nummer zwo!

»Schatzi, haben wir noch etwas zum Knabbern, was wir anbieten können? Schau doch bitte mal drinnen nach.« Subtext diesmal: »Und wenn du schon mal drinnen bist, zieh dir bitte was an.«

»Wieso, ist doch dein Besuch? Außerdem macht dieses ganze Knabberzeug bloß fett. Wolltest du noch etwas sagen?«, erwiderte sie zuckersüß und verzog dabei beide Mundwinkel zu einem maskenhaften Lächeln. Es war wirklich erstaunlich zu sehen, wie gut Claudia ihren Stefan dressiert hatte, denn er trabte in die Küche und kam wenig später mit einem Teller Schinken, Oliven und Chips sowie einer selbst gemachten Sangria wieder. Absolut pünktlich, um seine Schwester und ihr Gefolge in Empfang zu nehmen.

»Ja sagt mal, wo habt ihr euch denn versteckt?«, begrüßte ihn Simone mit ihrer Reibeisenstimme. Sie meinte die Abgeschiedenheit unserer Finca und hatte damit absolut recht. Nicht einmal ein gesuchter Schwerverbrecher würde auf die Idee kommen, sich in dieser Einöde zu verschanzen, so abgelegen, wie es hier war.

»Und trotzdem hast du uns gefunden«, antwortete Claudia, die ihr T-Shirt immer noch nicht angezogen hatte. »Wie schön, du hast noch Besuch mitgebracht.«

Ungeduldig schaute Claudia zu Stefan und dann zu Simones Begleiter, einem sonnengegerbten Mann in seinen besten Jahren, die jenseits der vierzig, aber noch vor der sechzig lagen. Auf mich wirkte er wie jemand, der Dieter Bohlen etwas zu toll fand.

»Hallo zusammen, ich bin der Harry!«

Aha, ein jung gebliebener Harald. Simone glotzte ganz ungeniert auf Claudias Brüste.

»Schätzchen. Kann es sein, dass deinen Igelschnäuzchen kalt ist, oder freust du dich so über den Harry?«

»Hast du heute früh mit Benzin gegurgelt? Deine Stimme klingt so rau?«, konterte Claudia. Immerhin zog sie sich jetzt ein helles, weit geschnittenes Top über.

Nun kam auch der kleine Speedo dazu. Er hatte sich auf dem Acker noch nach einem brauchbaren Stock umgeschaut, und weil er nichts Passendes zum Spielen fand, gleich mal einen Ast abgebrochen. Daran verlor er aber schnell das Interesse, und nachdem er die Schüssel mit den Chips blitzschnell leergefuttert hatte, hüpfte er in seinem Geburtstagsanzug in den Pool.

»Lustig, dass der Speedo ohne Speedo baden geht«, flüsterte Arne Anja und mir zu. Ansonsten hatten wir drei nicht so viel zu sagen und versuchten einfach, den Mund vor lauter Staunen und Fremdschämen nicht zu weit aufzureißen.

Simones heisere Stimme passte so gar nicht zu ihrem heutigen sommerlichen langen Hippiekleid in Weiß wie die Unschuld. Die blonden Haare trug sie offen und in der Mitte gescheitelt, und wer noch Schwierigkeiten hatte, das Outfit in eine Epoche einzuordnen, dem half Simone mit einer riesigen Blüte hinterm Ohr weiter. Aha, also war sie ein Blumenkind.

Harry nutzte einen Moment der Ruhe für seine Selbstdarstellung.

»Ich hab euch mal ein paar Flyer von meinem neuen Beach Club mitgebracht. Den haben wir erst vor zwei Wochen eröffnet, aber da geht jeden Abend die Post ab.« Auf den grellbunten Handzetteln waren entweder Bikinimädchen mit Cocktail oder Bikinimädchen mit pinkfarbenen Cowboyhüten abgebildet.

»Welche Zielgruppe wollt ihr denn *damit* erreichen?«, fragte Graf Protz den Freund seiner Schwester, so von Fachmann zu Fachmann.

»Jeder, der 'ne geile Zeit haben will, ist bei uns willkommen. Meistens sind das junge Leute, aber wir richten auch Firmen-Events aus. Wir hatten erst gestern eine Unternehmensberatung da. Alter Schwede, die haben vielleicht mit dem Teufel Balalaika gespielt«, antwortete Harry naiv, ganz nach seiner Partymachernatur.

Stefans Nasenflügel blähten sich wieder. Ein untrügliches Zeichen seiner Verachtung und absoluten Geringschätzung.

Harry, der noch einige Hirnzellen vor dem Schmortod in der Sonne gerettet hatte, packte Stefan da, wo es richtig wehtat, nämlich beim Geld.

»Ist das etwa die Breitling Chrono-Dingsdongs, die du da trägst?«, fragte er unschuldig. Natürlich sagte er nicht Dingsdongs, aber ich will mir Namen von Uhren einfach nicht merken.

»Ganz genau«, verkündete Stefan stolz und warf einen selbstverliebten Blick auf seine Armbanduhr.

»So eine hatte ich vor zwanzig Jahren auch. Dann habe ich die beim Pokern verloren. Aber macht nix, wenn du einmal Rolex hattest, willste nichts anderes mehr«, protzte Harry mit seiner völlig übertriebenen und hässlichen goldenen Uhr. Trotzdem gönnte ich es ihm von ganzem Herzen, weil Stefan sekündlich kleiner wurde.

»Ich dachte früher, ein Porsche ist nicht mehr zu toppen, aber wenn du mal einen Ferrari unterm Arsch hattest, setzt du dich nie wieder in einen Porsche. Das ist meine Meinung.«

»Außer, du bist mit uns unterwegs«, legte Simone nach, »dann müssen wir allein schon wegen Speedo auf den Cayenne umsteigen.«

Stefans Wangen glühten vor Neid. Und obwohl ich neureiches Gequatsche normalerweise nicht ausstehen kann, war ich zu hundert Prozent auf Simones Seite. Harry überreichte auch uns Zuschauern – denn nichts anderes waren Anja, Arne und ich – seine Visitenkarte, falls wir mal einen Tipp brauchten. Er habe nämlich weitreichende Kontakte. Damit untergrub er jetzt auch noch die Mallorca-Kenntnisse des großen Inselconnaisseurs Stefan.

Simone und Harry saßen auf einem ziemlich hohen Ross, von dem sie nur noch einer runterholen konnte.

»SPEEDO!«, brüllte Simone ihren Sohn an.

Der hatte beim Schwimmen anscheinend Ballast abgeworfen, und da er ohne Badehose unterwegs war, schwamm das Würstchen wie ein Milky Way im Pool.

»Oh Gott, ist das ekelhaft«, würgte Anja und verschwand im Haus. Auch ich konnte den Anblick kaum ertragen und folgte ihr. Von drinnen bekam ich mit, wie Simone mit ihrem Sohn schimpfte und Harry Stefan für die Reinigung des Pools, für die er selbstverständlich aufkommen wollte, einen Hunni gab. Dann rauschten sie schon wieder ab und hinterließen einen ratlosen Stefan, eine keifende Claudia, einen dauergrinsenden Arne und eine entsetzte Anja. Und mich, die sich fragte, wo eigentlich Felix blieb.

21

Geschmack hat man oder eben nicht. Was Kinderklamotten betraf, muss man zugeben, dass Felix wirklich unter einer Geschmacksverirrung litt. Er hatte Lenny, der sich unterwegs eingenässt hatte, in einen scheußlichen knallorangefarbenen Disney-Zweiteiler gesteckt.

Entsetzt nahm Stefan sein Kind entgegen, das selbst an Karneval nicht stilloser gekleidet sein dürfte. Felix klopfte ihm gönnerhaft auf die Schulter. »Die Klamotten sind von Onkel Felix geschenkt.«

Ich bin mir ziemlich sicher, dass Felix sich den Spruch schon während der Fahrt zurechtgelegt hatte. Der Grund für Felix' Ausflug nach Felanitx, nämlich der fangfrische Fisch, machte allerdings geruchstechnisch keinen großen Eindruck auf mich. Aber Felix wiegelte ab und versprach großzügig, sich um den Fisch zu kümmern. Die Fischfrau habe ihm ein tolles Rezept verraten. Ich war mir nicht sicher, ob wir von derselben Fischfrau sprachen, die wir einige Stunden vorher live in Action hatten erleben dürfen. Sie hatte auf mich jedenfalls nicht den Eindruck gemacht, als würde sie bereitwillig etwas rausrücken.

Ich erkannte Felix an diesem Tag kaum wieder. Erst kümmerte er sich um die Finca, dann um den kleinen Lenny und jetzt auch noch um unser Abendessen. War mein Freund etwa über Nacht erwachsen geworden? Leider nein, aber den Grund, weshalb er den Fisch nicht aus den Augen lassen wollte, sollte mein Magen erst später zu spüren bekommen.

»Und hat es Spaß gemacht, Papa zu spielen?«, fragte Arne

eine Spur zu naiv, als dass er dabei keine Hintergedanken haben konnte. Anja verriet sich, indem sie den armen Arne mit bösen Blicken traktierte. Plötzlich fiel es mir wie Schuppen von den Augen. Es passte alles zusammen. Anjas Zurückhaltung mir gegenüber, die ich mit Müdigkeit und Fairness zu Claudia erklärt hatte! Der rohe Schinken, von dem sie behauptete, dass er ihr nicht schmeckte! Der Wein, den sie heimlich immer wegkippte! Und zu meiner größten Überraschung hatten beide mit dem Rauchen aufgehört. Ich zählte eins und eins zusammen und kam zu dem Schluss: *Du bist schwanger!* Wobei aber vor lauter Verblüffung kein Laut über meine Lippen kam. Ich starrte sie nur mit weit aufgerissenen Augen an. Anja verstand mich dennoch.

Sie nickte schuldbewusst, nicht, weil sie schwanger war, sondern weil sie daraus ein Geheimnis gemacht und es auch vor uns verborgen hatte.

»Ich bin erst in der siebten Woche«, flüsterte sie. »Claudia und Stefan wissen nichts davon, und wir wollten es bis zur zwölften Woche für uns behalten«, fügte sie beinahe entschuldigend hinzu. »Man weiß ja nie, was noch passieren …«

Weiter kam sie nicht, weil ich mich auf sie stürzte und sie umarmte.

»Herzlichen Glückwunsch! Ich freu mich ja so! Du musst mir alles erzählen. Wann soll es kommen?«, fragte ich und versuchte im Kopf, heute plus neun Monate minus fast zwei Monate auszurechnen.

»Ich hatte zwar nur einige Minuten, um mich dran zu gewöhnen«, mischte sich Felix ganz qualifiziert ins Sensationsgespräch des Jahres ein, »aber Papasein ist super!«

Ich wunderte mich über mich selbst, dass ich tatsächlich drei Tage gebraucht hatte, um Anjas Schwangerschaft zu bemerken. Normalerweise sah ich den Leuten immer gleich an, wenn etwas nicht stimmte. Da an diesem Urlaub aber bisher noch gar nichts gestimmt hatte, konnte ich die Anzeichen, die mir aufgefallen waren, nicht zu einem Puzzle zusammenfügen. Ich freute mich für Anja und Arne. Beide fanden Kinder großartig und hatten schon immer ganz viele haben wollen. Immerhin war Nummer eins nun schon unterwegs.

Tja, für mich bedeutete es wohl, dass ich von Anja nun nicht nur räumlich getrennt war, wir würden demnächst völlig verschiedene Leben führen. Mit meinem neuen Job würde ich so viel um die Ohren haben, dass ich für Anjas Sorgen in Sachen Muttermilchbeutel und welche Windeln den besten Auslaufschutz hatten, keine Zeit haben würde.

Wobei, wenn ich auch schwanger würde …?

Ich verwarf den Gedanken sofort. Zum einen war Felix einfach wirklich nicht so weit, zum anderen wusste ich gar nicht, ob unsere Beziehung das Ende dieses Urlaubs überstehen würde, wenn ich mit meinem Geständnis rausrückte.

»Wisst ihr schon, was es wird?«, fragte Felix und bewies damit seine Ahnungslosigkeit zum Thema. In der siebten Woche das Geschlecht eines Kindes zu bestimmen, hatte die Seriosität einer Wettervorhersage fürs übernächste Jahr. Oder aus einem Reiseführer.

Anja verneinte. Aber Arne war fest davon überzeugt, dass es ein Junge würde. Er hatte nämlich bereits eine Carrerabahn bestellt. Anja und ich kicherten, denn wir hatten mit nichts anderem gerechnet, als dass Arne sämtliches »coole« Jungenspielzeug, das es in seiner Kindheit nicht gegeben hatte, nun unter dem Vorwand bestellte, Vater zu werden.

Was Felix betraf, lag ich allerdings auch manchmal schön daneben. Er erklärte sich bereit, den Fisch, der nun wirklich nicht mehr frisch wirkte, für uns alle zuzubereiten. Und das völlig freiwillig! Das hatte es noch nie gegeben.

Teils aus reiner Neugier, aber auch um ihn vor einem kulinarischen Griff ins Klo zu bewahren, überwachte ich ganz nebenbei sein Werk, während ich Pimientos de Padron zubereitete: Ich frittierte die kleinen grünen Paprikaschoten in heißem Olivenöl und bestreute sie anschließend mit grobem Salz.

Anja hatte die Idee zu einem Kartoffelsalat à la Mallorca.

»Und das soll da alles rein?«, fragte Arne, der seine Frau ähnlich skeptisch beäugte wie ich Felix bei der Fischzubereitung.

»Lass dich überraschen, der wird dir schon schmecken«, meinte Anja selbstbewusst.

Vor ihr standen eine Dose weißer Bohnen, je ein Glas Sardellen und Kapern – wobei die Kapern nach meinem Protest gleich wieder rausflogen –, schwarze Oliven sowie Zitrone und Olivenöl fürs Dressing. Da sie im Gegensatz zu Felix genau zu wissen schien, was sie tat, schaute ich ihm wieder verstohlen über die Schulter.

»Halt, du kannst da keinen Wein drübergeben!«, wollte ich ihn noch stoppen. Doch da war es schon zu spät, denn Felix hatte gut eine halbe Weinflasche über den Fisch gekippt. Hoffentlich hatten sich Anja und Lenny nicht zu sehr auf den Fisch gefreut. Aber Felix hatte es noch mehr auf den Fisch abgesehen. Er haute auch noch den gesamten Inhalt des Salzstreuers drauf.

»Oh, bei der Menge muss der Koch aber schrecklich verliebt sein. Ich nehme das mal als Kompliment«, zog ich ihn auf.

»Und ob!«, bestätigte Felix und gab mir einen Kuss. Er schien gar kein Problem damit zu haben, dass er den Fisch in Grund und Boden würzte. Auch da regte sich bei mir immer noch kein Verdacht.

»Wir kratzen das mal besser ab«, schlug ich vor. Das Salz fühlte sich allerdings sauwohl auf dem Fisch und klebte daran wie Pech. »Ich finde, mehr solltest du dem Tier nicht antun, der kann dann gleich so auf den Grill. Und wir lassen Claudia und Stefan nachher zuerst probieren.«

Felix grinste und gab mir noch einen Kuss, dann ging er nach draußen.

Da lag nun der Fisch inmitten des Chaos, das Felix für die Zubereitung angerichtet hatte. Anja kam in die Küche.

»Kocht der zu Hause denn nie?«, fragte sie ungläubig, als sie Felix' Hinterlassenschaft betrachtete.

»Nö, siehst ja auch warum.« Ich atmete tief durch. »Ich meine, was erwarte ich auch von einem Kerl, der es nicht mal schafft, seinen Teller in den Geschirrspüler zu räumen?«

»Macht Felix das etwa auch nicht?« Warum Anja das verwunderte, war mir nicht klar. Ich kannte keinen Mann, der sein Geschirr wegräumte, weder im Büro noch zu Hause.

»Nee, wenn ich sein Zeug nicht aufräumen würde, müssten wir die Küche bald zum Biotop erklären und nur noch von Papptellern essen«, lachte ich und machte mich daran, den Fisch in Alufolie einzuwickeln, damit die Marinade nicht den Grill versaute. Anschließend brachte ich das Schlachtfeld aus abgesäbelten Kräuterbündeln, Knoblauchschalen, Salzresten und sonstigen Überbleibseln wieder in Ordnung.

Felix' erster Fisch schmeckte dann später auch danach, dass jemand keinen Plan davon hatte, was er tat. Der viel zu intensive Fischgeschmack wurde von der Säure des Weins überlagert, was die Überdosis Salz auch nicht besser machte. Um Felix in seiner neu entdeckten Kochleidenschaft nicht zu demotivieren, tat ich so, als würde sein Essen wirklich gut schmecken.

Wegen seiner angeblichen Fischallergie stocherte Arne in dem mallorquinischen Kartoffelsalat und den Bratwurstresten herum.

»Ich wünsche mir das Rind von gestern mit dem Grill von heute«, seufzte er.

»Muhmuh«, antwortete Lenny und zeigte auf eine Rinderherde, die zielstrebig auf uns zukam.

»Wow, das ging ja schnell mit dem Rindfleisch, Arne«, lachte ich und brachte mich hinter meinem Stuhl in Sicherheit.

»Ich wünsche mir übrigens eine Million«, schickte auch ich einen Wunsch gen Himmel. Aber natürlich passierte nichts. Selbst die Spendierhosen des Universums hatten ihre Grenzen.

»Na gut, dann wenigstens Weltfrieden.«

Auch daraus wurde nichts, denn die Kühe richteten auf unserer Terrasse ein ziemlich unfriedliches Chaos an. Zum Glück tauchte Kuhhirte José, der nebenbei auch noch unser Vermieter war, kurze Zeit später auf und klärte die tierische Invasion auf: Irgendwer hatte wohl die Sicherung des elektrischen Zauns geklaut. Dieser *Irgendwer* war offensichtlich Felix gewesen, wenn auch nicht in der Absicht, Tiere zu befreien, sondern unser warmes Essen zu sichern. Trotzdem musste er jetzt zur Strafe gemeinsam mit José die Viecher zurück aufs Nachbargrundstück treiben. Als die beiden schon weg waren, kam mir aber noch ein anderer Verdacht.

»Stefan, sag mal, als wir vorhin Lenny gesucht haben, hast du da das Gatter auch wirklich geschlossen?«, fiel mir plötzlich ein.

»Willst du mir da was unterstellen?«, verteidigte er sich, ohne dabei allerdings meine Frage zu beantworten.

»Ich mein ja nur. Du warst so besorgt wegen Lenny, da hätte es leicht passieren können, dass du es nicht wieder richtig geschlossen hast.«

»So 'n Schmarrn muss ich mir nicht weiter anhören«, sagte er und schnappte sich die Sangriaschüssel, aus der eben grade noch eine Kuh genüsslich geschlürft hatte, und verzog sich damit in die Küche.

»Da bist du jetzt ein wenig zu weit gegangen«, mischte sich Claudia ein, die damit beschäftigt war, die von den Kühen umgestoßenen Stühle wiederaufzurichten. »Ist ja verständlich, dass du Felix in Schutz nimmst, aber du kannst doch Stefan keinen Vorwurf machen.«

Obwohl sich die Außentemperatur nicht geändert hatte, herrschte in der Gruppe schlagartig Eiszeit. Anja, die mit mir im Stall gewesen war, wusste plötzlich nicht mehr, ob es dort ein Gatter gab. Arne hielt das Ganze für einen Trick vom Bauern, um uns mal aus der Nähe betrachten zu können. Und Claudia und Stefan waren empört über meine vage Vermutung, dass die abendliche Erkundungstour der Kühe nicht nur auf Felix' Mist gewachsen war.

»Gut, dann habe ich mich geirrt. Sorry, Stefan, es war *natürlich* Felix' Schuld, dass die Kühe abgehauen sind.«

Wir setzten uns wieder an den Tisch und versuchten so zu tun, als hätte es die Diskussion grade einfach nicht gegeben.

»Wo bleibt denn der Cowboy?«, fragte Arne, und wir alle wunderten uns, wie lange es wohl dauern konnte, ein paar Kühe zurückzutreiben. Wie aufs Stichwort erschien da Felix mit einer angebrochenen Flasche Brandy als Trophäe. Schon vom Anblick des Alkohols wurde mir ganz anders.

Trotzdem hatte ich bereits Minuten später wieder ein Glas vor mir stehen, in dem das Geschenk des Kuhhirten langsam verdunstete. Ich hatte definitiv nicht vor, auch nur einen Tropfen davon zu trinken. Die bunte Runde reduzierte sich an diesem Abend ebenfalls recht schnell. Claudia, Stefan und Anja waren als Erste weg, und auch ich freute mich auf mein Bett.

»Mir ist nicht gut«, sagte ich zu Felix, und mein rumpelnder Magen unterstrich diese Aussage. »Ich leg mich besser etwas hin.« Ich gab Felix noch einen Gutenachtkuss und Arne einen leichten Klaps auf den Hinterkopf, weil er sich so offensichtlich freute, einen Mittrinker weniger beim Brandy zu haben.

In der Küche traf ich auf Claudia, die sich schon vorher abgeseilt hatte. Sie war bereits in ihre Schlafklamotten geschlüpft und sah wirklich verboten aus. Sie trug ein zerschlissenes und löchriges Snoopy-T-Shirt in Übergröße, das ihr an einer Schulter so weit herunterhing, dass man ihren Brustansatz sehen konnte. Das allein mochte ja noch sexy aussehen für den, der es mag. Dazu trug sie eine Hose, die den Namen nicht wert war. Abgesehen davon, dass die Hose – möglicherweise durch unsachgemäßes Trocknen im Trockner – eine ungewollte Dreiachtellänge erlangt hatte, war die Hochwasserbuxe ebenfalls löchrig, verwaschen und fast durchsichtig. Warum, fragte ich mich, schleppt jemand in seiner wahrscheinlich doch nicht ganz so teuer erworbenen Louis-Vuitton-Reisetasche solche Lumpen mit sich herum?

»Wolltest du nicht im Bett sein?«, fragte ich, denn Claudia klapperte mit sämtlichen Schranktüren, weil sie wohl etwas suchte und nicht fand.

»Ich kann nicht schlafen. Stefan auch nicht. Wir haben's beide mit dem Magen. Ich wollte uns einen Fencheltee machen, aber meinst du, ich finde hier so was?«

Ich wollte grade antworten, da riss sie den Arm hoch und rief: »Halt, warte!« Dann rannte sie in Felix' und mein Zimmer. Aus meinem Magenrumpeln wurde ein Krampf, der hatte aber nichts mit meinem Hals auf Claudia zu tun.

»Wir haben hier keinen Fencheltee auf dem Zimmer!«, rief ich, nachdem ich die Tür aufgerissen hatte. Das Geräusch, das ich als Antwort erhielt, verriet mir, dass sie auch keinen Tee, sondern das Klo gesucht hatte. Wie ekelhaft!

»In dem Zimmer *schlafen* wir!«, meckerte ich draußen vor der Tür, die ich ganz schnell wieder geschlossen hatte.

»Es tut mir leid, ich musste so dringend!«, rief sie, während sie hörbar mit der spanischen Klospülung kämpfte. Bei dem Gedanken, dass jemand in mein Schlafzimmer geschissen hatte, wurde mir augenblicklich schlecht. Weil Claudia offensichtlich einen Sitzstreik auf unserer Toilette veranstaltete, übergab ich meinen Mageninhalt einer der herumfliegenden Eroski-Tüten.

»Nina, ist bei dir alles in Ordnung?«, rief Claudia aus dem Zimmer. »Hast du vielleicht Deo?«

Die Duftnote, die kurze Zeit später gemeinsam mit Claudia durch die Tür kam, verriet mir, dass sie das Deo glücklicherweise gefunden hatte. Es roch nach blumiger Kloake. So muss es zu Zeiten des Sonnenkönigs gerochen haben, wo Dreck und Gestank nur mit Parfum und noch 'ner Ladung Schminke übertüncht wurden.

Mir kam es schon wieder hoch. Nachdem ich völlig entkräftet neben dem Klo sitzen blieb, kam Claudia erneut rein, rümpfte streng die Nase und schaute auch mich herab.

»Liebchen, ich mache mir einen Tee, möchtest du vielleicht auch einen?«

»Gerne!«

Nachdem Claudi und ich uns unfreiwillig von sämtlichem Ballast befreit hatten, saßen wir uns im Schneidersitz auf unserem Fliesenboden gegenüber und starrten jede für sich in ihre Teetasse.

»Verbuchen wir das Ganze mal als spirituelle Erfahrung«, schlug ich vor. »Ich habe mal was von Ayurveda-Reisen nach Indien gehört, wo man erst mal aufs Klo gesetzt wird, bevor irgendwas anderes passiert.«

»Das geht bei indischem Essen bei mir ganz automatisch«, meinte Claudia. »Im Prinzip so wie jetzt. Es muss etwas gewesen sein, was nur Stefan und ich gegessen haben.«

»Oder getrunken«, fügte ich kaum hörbar hinzu.

»Ach Quatsch, von Alkohol kriegt man keine Flitzekacke. Alkohol reinigt doch alles«, antwortete sie besserwisserisch. Vielleicht spielte sie es auch nur, ich war mir nicht sicher.

»Im Gegenteil. Wahrscheinlich hätte ich euer Zimmer geflutet, wenn ich keinen getrunken hätte«, fügte sie hinzu und fing an zu lachen. Ich stimmte ein. Wir kamen dem Bild eines Isolationszimmers in einer Klapse auf jeden Fall sehr nahe.

Ich musste zugeben, den Spruch hätte ich von Claudia wirklich nicht erwartet. Ich hielt sie für die zickige Louis-Vuitton-Taschen-Besitzerin – ob nun echt oder fake musste ich noch klären – mit dem Yuppiekerl und dem Saubermannimage.

»Wie gut, dass du mir am Flughafen die Tabletten dagelassen hast. Was wäre sonst wohl auf dem Flug passiert?«, versuchte ich nachzulegen, merkte aber schon selber, dass die Pointe bereits gestorben war, als ich sie aussprach. Zu meiner Überraschung Claudia kicherte trotzdem.

»Dann wäre die hässliche Topfmodelmuddi aus dem Flieger nicht mit so 'nem Kerl auf die Bordtoilette verschwunden. Zu dumm, dass genau neben ihnen die Stewardess stand, die dann auf die Tür eingehämmert hat«, erzählte sie und schüttelte sich vor Lachen.

»Das habe ich verpasst!«, schimpfte ich, wobei ich zugeben musste, dass mein Bordprogramm ja auch alles andere als langweilig gewesen war.

»Wobei ich mich immer frage, wie das mit dem Sex auf der Flugzeugtoilette gehen soll. Ich hab da grade mal so viel Platz, um in Skistellung beim Pipimachen das Klo zu treffen.«

Claudi lächelte bloß abwesend. Aha, da war also doch was. Ich hakte weiter nach.

»Außerdem ist das doch voll widerlich. Ich meine, wir reden nicht von einer Kaufhofumkleide, sondern von einer, na ja, fast öffentlichen Toilette. Man weiß doch gar nicht, welche Keime man sich da reinknallt, im wahrsten Sinne.«

»Deshalb setzt man sich ja auch aufs Waschbecken«, rutschte es Claudia raus, und sie biss sich sofort auf die Unterlippe, weil sie es nicht hatte verraten wollen.

»So, so, Waschbecken. Auf die Idee wäre ich nicht gekommen.« Ich musste innerlich meinen Hut vor Claudia ziehen. Nicht nur, dass sie sich für keinen Scheißwitz zu schade war, in ihr steckte auch ein richtiges Luder. »Und hattet ihr keine Angst, erwischt zu werden? Ich meine, dort laufen doch ständig Flugbegleiter rum. Und mal ehrlich, wenn ich euch gesehen hätte, ich hätte euch verpfiffen.« Huch, wer von uns beiden war jetzt die Spießerin? »Dem Stefan hätte ich so 'ne Aktion wirklich nicht zugetraut«, fügte ich respektvoll hinzu.

Claudia bekam einen hysterischen Lachanfall, in den ich einstimmte, nur ohne recht zu wissen, worum es eigentlich ging.

»Bist du wahnsinnig? Doch nicht mit dem!«, herrschte sie mich an. »Der darf auch niemals erfahren, dass ich Mitglied im Mile High Club bin.«

Sie zwinkerte mir zu, stand ohne weitere Erklärung auf und nahm mir den leeren Becher aus der Hand. Erst im Türrahmen drehte sie sich um und wünschte mir eine gute Nacht!

22

Es wurde die schlimmste Nacht meines Lebens. Ich musste mich gefühlte fünfhunderttausend Mal übergeben und war erst in den frühen Morgenstunden kurz eingeschlafen. Als ich aufwachte, war ich ziemlich gerädert. Zumindest war die Übelkeit weg. Ich kuschelte mich in die Laken und genoss jede Sekunde – bis Felix hereinkam, mir die Decke wegriss und dann noch die Fensterläden öffnete, um mir zu zeigen, wie schön das Wetter heute wieder nicht war.

»Wir wollen doch nicht den ganzen Tag auf der Bude rumhängen«, argumentierte Felix ein wenig zu vital.

Sein Lagerkoller nahm beängstigende Dimensionen an, die er offenbar nur mit sofortigen Fluchtgedanken kurieren konnte.

Er merkte wohl, dass er mich mit seiner großartigen Laune nicht anstecken konnte, und bot mir einen Kaffee an. Das erhellte meine Laune schlagartig.

»Con leche, por favor!«, rief ich ihm nach, als er in die Küche ging.

Der wenige Schlaf hatte in meinem Gesicht Spuren hinterlassen. Dagegen half nur eine kalte Dusche. Na gut, für normale Menschen war die mindestens lauwarm, aber ich redete mir ein, mir damit meinen Frischekick zu holen.

»Ein Hoch auf den deutschen Wasserdruck«, murmelte ich, als es eine gefühlte Ewigkeit dauerte, bis ich meine Haare vom Shampoo befreit hatte.

»Brauchst du noch lange?«, fragte Anja und zog ungefragt den Vorhang zur Seite. »Ich warte nämlich schon auf dich.«

»Was machst du hier? Unser Zimmer ist keine öffentliche Toilette!«, blaffte ich sie an.

»Wie ... Toilette? Ich wollte dich nur kurz sprechen. Wie weit bist du mit deiner Suche nach Ed?«

Ich fragte mich, wie Anja jetzt bloß auf den kam, und zuckte als Ausdruck meiner absoluten Ahnungslosigkeit die Schultern.

»Gut, also wir machen jetzt einen Test. Brad Pitt und Angelina Jolie sind nicht mehr zusammen.«

»Ach, echt? Davon stand aber nichts in der Gala, die ich im Flieger dabei hatte. Und was hat das mit Ed zu tun?« Anjas seltsames Verhalten überraschte und besorgte mich zugleich.

»Worauf willst du hinaus?«, hakte ich nach. Ein breites Grinsen machte sich auf ihrem Gesicht breit.

»Genau so überrascht musst du später bei Felix gucken. Ich verrate dir nämlich jetzt ein Geheimnis!« Dabei grinste sie über beide Ohren und hielt sich den Zeigefinger vor die Lippen.

»Wenn du nicht bald kommst, ist dein Café con leche ein Eiskaffee!«, rief Felix aus der Küche.

»Jetzt tu nicht so geheimnisvoll«, drängte ich Anja. Ich hatte mich inzwischen vollständig angekleidet und stand schon im Türrahmen.

»Er«, flüsterte Anja und zeigte dabei auf die geöffnete Tür in Richtung Felix, »macht dir heute einen Antrag.«

Anja war definitiv keine Freundin von Überraschungen, bei denen sie nicht dabei war, aber dass sie grade Felix den großen Auftritt vermasselte, registrierte ich gar nicht. Mir war sofort heiß und kalt zugleich, und ich bekam kaum noch Luft.

»Wie? Was? Wann heute? Das geht nicht! Ich bin doch schon ... Was mach ich denn bloß?«, geriet ich in Panik.

»Jetzt komm mal wieder klar«, versuchte Anja mich zu beruhigen. »Arne hat sich verplappert. Lass dir bitte nichts anmerken, sonst ist die Überraschung im Eimer, und daran will ich nicht schuld sein.«

»Ich wusste, es holt mich irgendwann ein. Oh, bitte hilf mir.« Ich war komplett verzweifelt. Doch bevor Anja antworten konnte, meldete sich Felix erneut aus der Küche.

»Nina, jetzt mach mal hinne!«

Wortlos nahm ich meinen inzwischen wirklich viel zu kalten Kaffee entgegen. Zu meiner Unterstützung kam nun auch noch Anja hinzu, die sich vor Felix aufbaute und die Arme verschränkte.

»Was genau habt ihr da gestern Nacht gesoffen?« Sie musterte ihn vorwurfsvoll. »Er ist dicht wie eine Raumkapsel und wird erst in voraussichtlich zehn Stunden sein Sprachzentrum wieder aktivieren können.«

»So viel war das gar nicht.« Felix zog mal wieder seine Tollpatschtrumpfkarte aus dem Hut. Möglicherweise fiel Anja noch auf seine Strategie des unschuldig dreinblickenden und etwas verwirrten halb Schlafenden rein. Ich nicht mehr. Allerdings beschäftigte mich auch die Neuigkeit, die Anja mir eben eröffnete, viel zu sehr, um am Gespräch teilzunehmen.

»Und heute Abend gibt es wieder was zum Anstoßen«, deutete sie schmunzelnd an.

Felix verschluckte sich an seinem letzten Rest Kaffee.

»Ach echt, was denn?«, fragte er und versuchte dabei so unaufgeregt wie möglich auszusehen.

Anja ließ ihn noch einige Sekunden zappeln, bis sie ihn aus seiner Schockstarre befreite.

»Claudia hat morgen Geburtstag und feiert heute Nacht rein.«

Felix grunzte erleichtert irgendwas und ging in unser Zimmer.

Ich mochte gar nicht daran denken, was er mit seiner Detailverliebtheit wohl geplant hatte. Wenn er sich zu einem Antrag hinreißen ließ, dann musste das großes Kino werden. Nicht unbedingt großartig, aber groß. Seine Ideen hatten meistens etwas Visionäres.

Als Teenager hatte ich ständig mit meiner Mutter Traumhochzeit schauen müssen. Ich war also Expertin in furchtbar peinlichen Anträgen, aber nichts konnte so schlimm werden wie meine Antwort.

Oder vielmehr die Erklärung zu meiner Antwort. Ja, was wollte ich ihm eigentlich sagen? Heute würde also definitiv Schluss sein mit der selektiv erzählten Wahrheit.

Und obwohl es immer noch draußen schüttete, packte Felix irgendwelchen Schnorchelkram ein.

Als Fan von romantischen US-Komödien weiß man ja inzwischen sehr gut, wie das Ganze inszeniert wird. Typ kriegt's alleine nicht auf die Kette, lässt sich von Freunden helfen, und voilà, zum superromantischen Date wird sie von einer Kutsche abgeholt.

Na gut, heute war wieder einmal Scheißwetter angesagt, also strich ich in Gedanken die Kutsche wieder und nahm stattdessen eine weiße oder schwarze Limousine. Was man aber für so einen Plan auf gar keinen Fall nimmt, ist das rostigste und hässlichste Auto, das auf dieser Insel zugelassen war. Und auf allen anderen Inseln. Also selbst die Karren auf Kuba hatten mehr Stil als das, was Felix organisiert hatte, und die Kubaner haben ein Embargo!

Da stand jetzt also plötzlich ein etwa dreißig Jahre altes Audi Coupé in Rostbraun vor der Finca. Ein Mann stieg aus, den Felix als seinen Kumpel Uwe vorstellte. Er war etwa so groß wie ich und von eher kompaktem Körperbau. Auf seinem dunkelblonden Stufenschnitt trug er ein Käppi mit der Aufschrift: Harley Davidson Club Cancun. Von der Harley war er ungefähr genauso weit entfernt, wie ich bereit war, in sein Auto zu steigen. Der jämmerliche Zustand, den sein uralter Audi von außen machte, setzte sich im Autointerieur fort. Angewidert zog ich ein Badetuch aus der Tasche und setzte mich hinter Felix, der wie selbstverständlich auf dem Beifahrersitz Platz nahm. Unser Ausflug fing ja schon mal sehr romantisch an.

So, so. Uwe war also Felix' Freund, von dem ich noch nie etwas gehört hatte. Vielleicht war er auch Weddingplaner, der seine Dienste im Internet anbot, und Felix, der Bausparer, war auf das günstigste Angebot hereingefallen.

Für mich war klar, dass dieser Uwe ein Betrüger sein musste. Ich musterte ihn misstrauisch, um ihm zu zeigen, dass ich ihn durchschaut hatte.

Während der Fahrt, die einmal quer über die Insel ging, widmete ich mich meinem gigantischen Problem und feilte an einer passenden Erklärung. Von sachlich bis emotional war alles dabei. Und ich muss sagen, dass mir bei emotional selber schon fast die Tränen kamen, so überzeugend war mein stummes Selbstgespräch.

Uwe hatte recht, als er meinte, dass es hinter dem Tramuntralalagebirge sicherlich nicht mehr regnen würde.

Urplötzlich und beinahe aus dem Nichts tauchte dieses unfassbare Meer auf. Die Farbe war in Ufernähe helltürkis, dann türkis mit dunkelblauen Einsprengseln, danach wurde es azurblau, um sich schließlich am Horizont mit dem Himmel zu vereinen.

»Krass!«, staunte Felix auf dem Beifahrersitz.

Ich beugte mich zu ihm nach vorn und legte von hinten meinen Arm um ihn.

»Wunderschön.« Ich geriet richtig ins Schwärmen. Zum Glück hatte Felix unsere Schwimmsachen eingepackt. Sonst hätte ich mich auch in meinem Geburtstagsanzug in die Fluten gestürzt, so verlockend sah das Meer aus.

Uwe, der Betrüger, begann jetzt auch noch, richtig anzugeben.

»Das ist die Bucht Sa Calobra«, prahlte er. »So ein Blau findet ihr sonst nirgendwo auf der Welt.«

Das mit dem Blau hatte sich dann genauso schnell erledigt, wie es gekommen war. Als wir geparkt und einen Fußgängertunnel durchquert hatten, bemerkten wir, dass uns das schlechte Wetter dicht auf den Fersen war und quasi eingeholt hatte.

Aber Uwes Odyssee mit uns war noch gar nicht zu Ende. Nachdem wir die Fahrt in seiner verdreckten Schrottkarre tatsächlich überlebt hatten, wollte er uns jetzt noch mit einem Bötchen in eine andere Bucht schippern. Bei dem Wetter und dem Wellengang!

»Felix, ich glaub, es hakt«, rebellierte ich sofort. »War das etwa deine Idee?«

»Ja, es war meine Idee«, gab er auch noch kleinlaut zu.

»Und welche Aktivität ist in deinem Animationsprogramm danach dran?« Mann, war ich sauer. »Arschbombe von den Klippen bei Gegenwind?«

Bei dem Gedanken zuckte Felix kurz, weil er nicht loslachen wollte.

Uwe hingegen, der sich aus dem Gespräch bisher fein rausgehalten hatte, grunzte vor sich hin. Offensichtlich wollte er mich mit seiner Heiterkeit anstecken.

»Weißte, was mein alter Herr immer gesagt hat? Auf alten Schiffen lernste Segeln, mein Junge. Verstehste? Also, das Schiff steht für …«

»Danke, ja, ich hab's verstanden. Ich kenn den Witz mit Pferden und fand ihn da schon nicht lustig.« Bei Uwe gab ich mir erst gar keine Mühe, meine Abneigung zu verbergen.

»Mach dir mal keine Sorgen«, sagte Uwe in einem nun ganz vernünftigen und zuversichtlichen Ton. »Wenn man erst mal ein bisschen rausfährt, merkt man von den Wellen nichts mehr.«

Was blieb mir eigentlich für eine Wahl? Felix schien diesen Antrag bis ins kleinste Detail geplant zu haben, und ich brachte es nicht übers Herz, seinen Plan zu sabotieren, auch wenn es zwischenzeitlich schon fast lebensgefährlich wurde. Was Uwes mögliche kriminelle Machenschaften betraf, entspannte ich mich ein wenig, als er uns unsere Mitreisenden zeigte.

Sehr gut, wir waren also nicht alleine. Uwe und Felix konnten mich nicht einfach im Meer versenken, wenn ich auf die Frage aller Fragen mit »Nein!« antwortete. Oder sollte ich doch mit »Ja!« antworten? Vielleicht ein »Ja, aber« und den Grund dann später erläutern, wenn wir unter uns waren? Aber wann waren wir das schon?

Wir wurden den anderen Mitreisenden vorgestellt. Irgendwie war es klar, dass es sich dabei nur um Deutsche handeln konnte, die sich das günstigste Angebot im Internet herausgesucht hatten. Das hatten wir nun davon. Die beiden Pärchen musterten das Boot mehr als skeptisch, aber es schien kein Zurück zu geben. Also vertrauten alle Uwes souveränem Auftritt.

Das Segelboot lag ziemlich weit vorn, also lief man an einer Reihe schicker Jachten vorbei, bis wir auf die »Mary Poppins« stießen. Ich atmete auf. Mary Poppins würde uns schon sicher ans Ziel bringen.

Leider steuerte nicht sie, sondern Uwe, der alte Möchtegernseebär. Schwer zu sagen, ob Uwe überhaupt etwas vom Navigieren verstand, denn bei dem Wellengang war ich einfach nur damit beschäftigt, nicht ohnmächtig zu werden. Felix schaute mich besorgt an.

Ich würde es schaffen. Ich aktivierte meinen eisernen Willen, und der befahl mir konzentriertes Atmen. Meinetwegen mag ich geklungen haben, wie der gesamte Hechelkurs am Samstagvormittag in der Uniklinik, aber dafür musste ich mich nicht übergeben.

Ha, da hat der Geist über den Körper gesiegt. Ich hatte Jedi-Ritter-Kräfte, dachte ich stolz. Aber der Vergleich erschreckte mich. War ich etwa schon viel zu lang mit einem Filmfreak zusammen?

Ich richtete mich wieder auf, öffnete die Augen und sah, dass wir uns in einer traumhaft schönen Bucht befanden. Vielleicht war Uwe doch kein Halsabschneider.

23

Vom Boot führte ein kleiner zusammengeflickter Holzsteg zur Bucht. Um die Belastbarkeit des Stegs nicht an mir auszutesten, überließ ich den anderen gerne den Vortritt. Erst als sie sicher an Land waren, ging auch ich von Bord. Die Bucht war so breit wie sie lang war, also eigentlich winzig. Der Blick vom Meer aus auf die Bucht mit den hoch aufragenden Bergen im Hintergrund war majestätisch. Eine einsame, bunt bemalte Holzhütte am Strand erinnerte daran, dass wir nicht die ersten Entdecker dieser Bucht waren. Die Besitzerin der Hütte kam uns entgegen, als wären wir die ersten Menschen, die sie seit Jahren gesehen hatte. Ich drehte mich einmal fast im Kreis und konnte weit und breit kein Auto und kein Bötchen ausfindig machen, mit dem sie hierhergelangt sein könnte. Blieb nur noch der Heli, aber da schaltete ich auch schon mein Kopfkino aus. Ich war ja schließlich nicht Felix.

Schon wegen ihrer weißen Klamotten, die mit ihren blauen Augen um die Wette strahlten, konnte sie nicht dort wohnen. Für das Weiß brauchte man eine gute Waschmaschine und sämtliche nicht EU-zugelassenen Bleichmittel. Ich bewundere Menschen, die Weiß tragen. Ich habe meistens schon den ersten Fleck auf dem Shirt, noch bevor ich das Haus verlasse.

Ullas reinweiße Tunika bildete einen krassen Kontrast zu ihrer tiefengebräunten Hautfarbe. Die dunkelblond-grau gesträhnten Haare saßen perfekt unfrisiert – wild, aber dennoch mit Ordnung. Aber etwas anderes faszinierte mich noch mehr an Ulla.

Ihre positive und gelassene Ausstrahlung wirkte auf uns alle ansteckend. Selbst der Mundwinkel von Miss Ruhrpott hing nicht ganz und gar runter, sondern war mehr zu einem graden Strich geworden.

Ulla wirkte unendlich zufrieden und glücklich und zeigte uns das mit einem ständigen Lächeln, das ihre Lippen umspielte. Es wirkte weder falsch noch grenzdebil, sondern schlicht und einfach zufrieden. Möglicherweise lag es doch am Wetter. Offensichtlich regnete es nicht immer auf Mallorca, sonst hätte Ulla eine Dauerkartenbesitzerin im örtlichen Solarium sein müssen.

Später erzählte sie mir, dass sie für die Strandhütte, die die Erfüllung ihres großen Traums war, alles in Hamburg hatte stehen und liegen lassen. Damals hatte sie einen krisensicheren Job im Jugendamt, einen großen Freundeskreis und ihre Familie, die sie Knall auf Fall verließ.

Wenn man sich allerdings die Bruchbude ansah, beschlich einen ein klitzeklein wenig Mitleid mit Ulla, aber das fegte sie mit ihrer Art weg. Ullas Ausstrahlung war beneidenswert. Ihre Leck-mich-doch-Einstellung gegenüber der Leistungsgesellschaft wirkte auf mich sehr verführerisch.

Vielleicht war das der Schlüssel zum Glück. Ich dachte jetzt sicher nicht an 'ne Bretterbude auf Mallorca, sondern daran, sich seinen Traum zu verwirklichen. Mein großes Problem war nur, dass ich gar keine Träume hatte. Irgendwie hingen wir doch alle in unserem Hamsterrad fest und waren neidisch auf alle diejenigen, die mit Ideen, Mut oder unglaublichen Kochkünsten, wie sie Ulla schon sehr bald unter Beweis stellte, entkamen.

Sie servierte uns *Arroz negro*, was eine Art schwarze Paella mit Meeresfrüchten ist und mit Abstand das Leckerste, was ich in letzter Zeit zu mir genommen hatte. So bekam ich auch gleich Futterneid, als Uwe sich einen Nachschlag genehmigte.

Selbst Felix, der sonst nichts anrührte, was nicht aus einer Pappschachtel stammte, langte richtig zu.

Nach der Paella war vor dem Schnaparillo, den Uwe zur allgemeinen Gruppenerheiterung hervorzauberte. Ich beschränkte mich auf einen Espresso mit einem Schuss Brandy, den man dort Carajillo nannte und der gleich doppelt brannte. Zu meinem Erstaunen machte sich danach eine wohlige Wärme in mir breit und verdrängte endgültig die Nachwehen der letzten Nacht.

Felix stand mit Uwe etwas abseits und beriet sich offenbar mit ihm. Die anderen Mitglieder unserer illustren Reisegesellschaft hatten sich über den Schnaps hergemacht.

Ich erwartete jeden Moment einen Antrag von Felix, als er sich mir wieder zuwandte, und bekam richtiges Herzrasen, denn irgendwie freute ich mich auch auf den Moment. Einzig die anwesenden Statisten um uns herum hätte ich gerne ausgetauscht.

»Nina.« Er zog mich am Arm zu sich hoch.

Mir stockte der Atem. Alle meine bereitgelegten Formulierungen bildeten in meinem Kopf ein wildes Durcheinander. Ich wollte Ja sagen und ihm später alles erklären.

»Wir müssen jetzt los«, meinte er.

Das war es, mehr nicht. Es traf mich wie eine kalte Dusche. Ich blieb stehen und wartete noch einen Augenblick. Er nutzte ihn, indem er sich von mir löste und Ulla in den Arm nahm, um sich von ihr zu verabschieden.

Vielleicht hatte Arne auch nur Mist erzählt. Oder es gab eine Planänderung, die es mir ermöglichte, noch etwas Zeit zu gewinnen.

Wir verließen die Bucht, die so schön war, dass es an Kitsch grenzte, wieder über den Steg. Das Unwetter schien auf uns gewartet zu haben, denn kaum waren wir wieder an Bord des

Segelbootes, wurde es erneut ungemütlich. Der Regen hatte jetzt an seinen Kumpel, den Wind, übergeben, der unser Boot auf frisch gemachten Wellen durchschaukelte. Ich musste mich wirklich zusammenreißen, Ullas köstliche Reispfanne nicht mit der lokalen Meeresfauna zu teilen, als Felix mit einem richtigen Scheißplan rausrückte: Er wollte mit mir schnorcheln!

Offensichtlich hatte er bei Uwe das Gesamtpaket inklusive Bootsfahrt, Mittagessen und Schnorchelgang gebucht, und wenn Felix für etwas bezahlt, will er es auch haben.

Langsam steuerte Uwe die Schnorchelstelle an und versuchte, uns die farbenfrohe Unterwasserwelt Mallorcas in einem endlosen Monolog näherzubringen. Die anderen beiden Pärchen fühlten sich gar nicht erst angesprochen, und auch ich reagierte nur kurz auf Begriffe wie Glatthai und Barrakuda.

»Was? Ein echter Hai?«, wollte Felix wissen, der sich schon umgezogen hatte und dabei war, die Schnorchelausrüstung anzulegen.

»Ja, der Weiße Hai und ein Oktopus, dreimal so groß wie du, sitzen unten am Meeresgrund, spielen Karten und warten auf ein Opfer wie dich«, quälte ich ihn. Damit zog ich eine Trumpfkarte aus dem Ärmel. Denn Felix hatte einen tierischen Ekel vor Kraken, und seitdem er als Kind zufälligerweise den Weißen Hai gesehen hatte, wenn auch nur von Spielberg, hatte er auch vor selbigem eine Heidenangst.

»Die Glatthaie hier auf Mallorca sind etwa so groß …«, Uwe zeigte mit seinen Händen ungefähr siebzig Zentimeter, »… und sie tun nichts.«

»Ja, das hört man von Besitzern wild gewordener Hunde auch ständig, aber gibt's da 'ne Versicherung?« Ich argumentierte mich um Kopf und Kragen, nur um zu verhindern, dass Felix sich in die tosenden Fluten stürzte und mich auch noch mitnehmen wollte.

Aber es half alles nichts. Er war bereit und ließ sich von Uwe noch die letzten Tipps geben.

Meinetwegen, dachte ich. *Soll er sich doch in die Gefahr stürzen, solange ich nicht mein Leben riskierte.*

Allerdings war Felix nicht der allerausdauerndste Schwimmer. Das würde er natürlich niemals zugeben, aber bei dem Wellengang war es wirklich gefährlich für ihn, ins Wasser zu springen. Felix jetzt als schlechten Schwimmer vor den anderen bloßzustellen, traute ich mich nicht. Ich musste zu anderen Maßnahmen greifen.

»Vielleicht komme ich ja doch mit. Warte!« Keine Frage, das würde ich bereuen. Ich zog mich in der erstaunlich sauberen Minitoilette des Bötchens um und ließ mir von Uwe noch einmal alles erklären. Das alles wurde von den ungläubigen Blicken der anderen Mitreisenden begleitet.

»Will noch jemand rein?«, fragte Uwe. Genauso gut hätte er sie fragen können, ob er spontan jemandem mit einer Harpune den Blinddarm herausnehmen solle.

Das Wasser war so kalt, wie es aussah. Ich spürte, wie sich augenblicklich alles in mir zusammenzog und ich vor Kälteschock kaum noch atmen konnte. Da erwischte mich schon die erste Welle und knallte mich gegen das Boot.

»Autsch!«, brüllte ich extralaut, damit Felix mich auch gut hören konnte. »Ich hab keine Lust mehr.«

Felix schwamm zu mir und überredete mich, noch einmal kurz abzutauchen. Damit nahm das Unheil seinen Lauf. Uns erfasste sofort eine Strömung, aus der wir Mühe hatten, wieder herauszuschwimmen. Kaum hatte ich es geschafft, schubste mich Felix unter Wasser gegen eine Qualle, die mich am Bein erwischte. Später behauptete er, mich eigentlich genau davor hatte bewahren wollen. Schon klar.

Als ich dann auftauchen wollte, erwischte ich einen Schwall

schwarzer Paellakotze, den eine der Tussis ausgerechnet in dem Moment von sich gab.

Das war mit Abstand das Ekeligste, was mir in meinem gesamten Leben passiert war. Zum Glück verhinderte Felix, dass mich noch mehr traf, indem er mich unter Wasser drückte. Die Tussi löste nämlich eine Kettenreaktion aus – auf einen Schlag hingen alle über der Reling. Felix, mein Retter! Allerdings war ich ja auch nur seinetwegen überhaupt ins Wasser gestiegen. Ich war ihm abwechselnd dankbar und böse. Er würde sich schon etwas Besonderes einfallen lassen müssen, um das wieder geradezubiegen. Und genau das tat er auch.

24

Als besondere Überraschung hatte Felix eine Übernachtung in einem noblen Designhotel in Palmas Altstadt gebucht. Unter anderen Umständen hätte ich das Wirrwarr von kleinen Gassen sicherlich spannend gefunden, jetzt aber drückte meine Blase. Das hatte zwar den Vorteil, dass sich mein Körper nicht mehr so sehr auf meine Quallenverletzung am Oberschenkel konzentrierte, aber meine Laune wurde davon nicht besser. Mein Versuch, das Brennen mit Spucke zu mildern, zeigte leider nur mäßige Wirkung.

An der Rezeption zeigte man sich für Fälle wie mich vorbereitet, und als ich mein Problem schilderte, bekam ich sofort eine Salbe ausgehändigt.

Das Hotel machte auf mich einen hervorragenden Eindruck. Von den Möbeln bis hin zu den Leuten war alles gelassen stylisch. Die Einzigen, die nicht so recht ins Bild passten, waren wohl wir. Unter anderen Umständen hätte ich mich wahnsinnig darüber geärgert, so ungestylt herumzulaufen. Jetzt war ich Felix einfach nur dankbar für vier Wände und eine abschließbare Tür.

Unser Zimmer war großartig, aber noch besser war die riesengroße Badewanne, die wahrscheinlich Felix' Fantasie angeregt hatte und ausschlaggebend für die Buchung gewesen war.

Ach, Männer sind doch so durchschaubar. Damit, dass ich ihm die Badezimmertür vor der Nase zuknallte, rechnete Felix trotz unseres desaströsen Tages trotzdem nicht.

Ich ließ mir ein heißes Bad ein und hatte die Wahl zwischen

den Badezusätzen »Relax« und »Refresh«. Ich schüttete einfach beide hinein und hätte das Bad in vollen Zügen genießen können, wenn mein Oberschenkel nicht plötzlich noch mehr gebrannt hätte. Ich zwang mich, im Wasser zu bleiben, bis ich auch wirklich den letzten Speiserest aus meinem Haar entfernt hatte. Die Aufgabe hätte ich gerne Felix überlassen, schließlich hatte ich ihm den Paellakopfsalat zu verdanken. Der aber hätte die Aufforderung, mich in der Badewanne zu besuchen, sicherlich missverstanden und es als Anmache verstanden.

Dem Hotel Schlampigkeit zu unterstellen, wäre übertrieben, aber gehörte nicht zu jedem Gratissortiment auch eine Bodylotion? Neben Badezusätzen, Shampoo, Conditioner, Handwaschseife, Duschgel, Tagescreme und Rasiergel einer sündhaft teuren Naturkosmetikmarke wäre die Abwesenheit einer Bodylotion wirklich nicht aufgefallen, wenn ich sie nicht gebraucht hätte. Wie konnte man sich eigentlich Naturkosmetik nennen, wenn man mit lauter Einmalfläschchen für riesige Müllberge sorgte? Hatten die dabei kein schlechtes Gewissen? Ich trug die Quallensalbe auf, die mir sofort kühlende Erleichterung verschaffte. Dann trat ich nackt aus dem Bad, angelte unter den schmachtenden Blicken von Felix die Sonnencreme aus dem Rucksack und cremte mich ein.

Ihm dürfte wohl ziemlich klar gewesen sein, dass er heute so was von nicht rangelassen würde.

Als Zeichen der Annäherung machten wir einen Spaziergang in den Gassen rund um unser Hotel. Wortlos schlenderten wir an einigen Schaufenstern vorbei. Mal blieb ich vor einem Schuhladen stehen, mal betrachtete Felix das Schaufenster eines Geschäfts für High-End-Boxen. Die Dämmerung setzte allmählich ein, und dank der Straßenlaternen wurden Palmas Altstadtgassen in ein warmes gelbes Licht getaucht.

Ach, eigentlich war doch alles super mit uns. Ich hatte einen

Freund, der auf umständliche Art versuchte, mir seine Liebe zu beweisen. Ich tastete nach seiner Hand und hielt sie ganz fest. Dabei blieb er eine Millisekunde stehen, weil er es noch nicht fassen konnte, dass ich ihm verziehen hatte.

»Wieder gut?«, fragte er vorsichtig.

»Hmm. Denk schon«, antwortete ich knapp. Wir hatten im Hotel noch einmal gestritten, und nun war ich zu müde, um alles noch einmal durchzukauen. Vor allem an die Kopfkotze wollte ich nie wieder erinnert werden.

Unser Spaziergang führte uns an einem alten Stadtpalast vorbei, dessen schweres Holztor einladend offen stand. Wir blieben zunächst stehen und versuchten, an den Menschenmengen vorbei, die sich durch den schmalen Eingang hinein- oder hinauszwängten, einen Blick ins Innere zu erhaschen. Die Eingangshalle war üppig dekoriert. Sie wirkte, als befände man sich im Land, wo Milch und Honig fließen. Aus großen Vasen und anderen Behältern quollen farbenfrohe Blumen und exotische Früchte.

Ich sah Felix an. Dort wollte ich auch rein. Allerdings konnte ich mir gut vorstellen, dass dies überhaupt nicht seine Veranstaltung war. Schnorcheln bei Unwetter war aber auch nicht mein Ding, und da er es noch nicht vergessen hatte, willigte er sofort und ohne Widerrede ein.

Wir passten den Moment ab, in dem mal keine Amateurfotografen mit Profiausrüstung und keine Touris in Gummiclogs und Tennissocken das Tor blockierten, und machten eine Zeitreise ins Mallorca des 15. Jahrhunderts. Die Dekadenz, die sich bereits von außen hatte erahnen lassen, setzte sich in der Eingangshalle fort. Die gedeckten Tische und die Sofaecke luden zum kurzen Verweilen ein. Wir aber folgten dem Menschenstrom nach draußen in den Innenhof, wo wir uns in einem paradiesischem Garten wiederfanden.

»Das ist doch 'ne Filmkulisse«, flüsterte mir Felix zu.

»Du hast recht. Jetzt fehlt nur noch Don Juan, der alte Herzensbrecher.«

Der ließ leider auf sich warten, wir hatten aber das Fremdschämvergnügen, dem Beispiel eines Anticharmeurs beiwohnen zu dürfen. Eine Kreuzung aus Prinz Ernst August und Stefan Mross in schickem Sakko und edlen Lederschuhen gab den Kellnern zu verstehen, dass er nicht bereit war, für zwei Orangensäfte zwanzig Euro zu bezahlen.

»Ich möchte bitte sofort den Geschäftsführer sprechen«, spielte er sich auf, wobei der happige Preis mich auch schlucken ließ.

»Kommen Sie mit«, forderte der Kellner ihn und seine vor Scham geschrumpfte Modelfreundin auf, ihm zu folgen.

»Ha, gut für uns!«, rief ich Felix zu und schmiss mich auf den frei gewordenen Stuhl.

Ein älteres Pärchen, das bei der Jagd nach einem freien Platz leer ausging, zog beleidigt davon.

»Womit würde die Dame denn gerne ihren Gaumen umspülen? Champagner vielleicht?«, fragte Felix gespielt vornehm.

»Ich lass mich überraschen, ich muss mal für kleine Königskinder«, kicherte ich. Der Weg führte zurück durch die Eingangshalle und dann über eine Treppe, die mit einem roten Teppich ausgelegt war. Hier hatte man weitere Räume den Besuchern zugänglich gemacht. Unter anderem konnte eine Küche besichtigt werden, wie sie zu Lebzeiten des Palastherren ausgesehen haben musste. Aus einem der Räume konnte ich einen Blick in den Innenhof werfen, der dem Garten Eden ziemlich den Rang ablief. Dort unten saß Felix mit einem amüsierten Grinsen und schaute sich um. Durch die ungezwungene romantische Atmosphäre war meine Wut wegen unseres Erlebnistrips so gut wie verflogen. Ich hatte plötzlich das Bedürfnis, bei ihm zu sein, und beeilte mich, um schnell wieder neben ihm sitzen zu können.

Er hatte es sich, trotz der gepfefferten Preise, tatsächlich nicht nehmen lassen, uns einen Champagner zu spendieren.

»Ich glaub, hier hat mal 'n mallorquinischer Bill Gates gelebt.« Felix hob sein Glas, und wir stießen auf uns an, ohne den katastrophalen Tag auch nur einmal noch zu erwähnen.

Bevor ich einen Schluck nahm, schielte ich verstohlen ins Innere des Glases, ob sich am Grund möglicherweise ein Ring befand, aber Fehlanzeige. Romantischer hätte das Ambiente für einen Antrag nicht sein können, wenn man mal von den Touris absah, die uns den Stuhl unterm Hintern wegziehen wollten, weil es weit und breit keinen freien Tisch mehr gab. Ich versuchte, meine Enttäuschung zu verbergen, und zwang mich, nicht jedes Mal, wenn Felix Luft holte, darin den Ansatz für einen Antrag zu sehen. Andererseits war ich auch ganz froh darüber, dass Felix sich noch zurückhielt. Ich stellte mir vor, wie ich meinen Kindern von Papas Antrag erzählte, und dabei wollte ich irgendwie kein Schweinsteiger-Trikot sehen, wie Felix es grade trug. Er hatte vergessen, sich ein Wechselshirt einzupacken.

Wir schlugen uns noch in einer Tapasbar die Bäuche voll und machten uns dann auf den Rückweg ins Hotel. Dabei kamen wir an einem Massagesalon vorbei, der mit einem sensationellen Angebot warb.

»Wann fahren wir morgen wieder auf die Finca?«, wollte ich wissen. Ich hoffte auf eine Thaimassage, bevor es zurück in den Ziegenstall ging.

»Wozu Geld ausgeben, wenn du mich hast?«, fragte Felix und knackte seine Finger.

»Ist das so was wie ein Angebot?«, freute ich mich, denn Felix konnte wirklich gut massieren, machte es aber nicht so gerne. Vor allem deshalb nicht, weil es ihm zu langweilig war und ich danach meistens einschlief, was nicht zu seinen Erwartungen passte.

Zurück im Hotelzimmer legte ich mich nur mit einem Slip bekleidet auf den Bauch und musste darüber schmunzeln, wie Felix der Anblick meiner nackten Haut immer noch aus der Fassung brachte.

Mangels Massageöl und Bodylotion benutzte Felix Sonnencreme, die er mit kreisenden Bewegungen so gut in meine Haut einarbeitete, dass mir in diesem Sommer wohl keine Gefahr eines Sonnenbrands mehr drohte. Schon nach wenigen Streicheleinheiten war mir klar, ich würde heute nicht einschlafen. Zu lange hatten wir auf die lang ersehnte Zweisamkeit warten müssen. Zu der Sehnsucht aufeinander kam auch noch die Versöhnung, und dass Versöhnungssex der leidenschaftlichste ist, weiß jeder. Da wurde der Streit noch einmal mit dem ganzen Körper ausgefochten. Andererseits hatte ich gegen Schlaf nichts einzuwenden, schließlich war es schon fast Mitternacht.

In Gedanken wägte ich ab: *Sex oder Schlafen, Sex oder Schlafen, Sex oder …*

Ich war eingenickt und wurde von einem schrillen Handyton geweckt.

25

Manchmal kann eine simple Entscheidung das Leben verändern. Meine Entscheidung, Felix sein Handy zu überreichen und vorher einen kurzen Blick draufzuwerfen, führte zu einer Überraschung, die mein Bild von Felix vollständig veränderte. Manche mögen es schön finden, neue Seiten am Partner zu entdecken, ich aber verzichtete gerne auf diesen Facettenreichtum.

Ich weiß nicht, was ich erwartet hatte. Vielleicht einen Friseurtermin, den er verpasste, weil er ja grade auf Mallorca war, aber niemals, was ich weiß auf dunkelblau zu lesen bekam, nämlich »Snoopys Birthday«. Ich schaute auf das erleuchtete Display und dann zu Felix.

Die Erkenntnis traf mich mit voller Wucht. Ich las mir den Eintrag immer wieder durch und warf Felix sein Handy zu.

»Ist das jetzt ein blöder Zufall, oder ist es das, was ich glaube?«

Ich versuchte die böse Vorahnung zu verdrängen, aber Felix' knallroter Kopf bestätigte meine Vermutung eindrucksvoll.

Claudia war Snoopy!!!

Ich hätte bereits am Flughafen meinem Instinkt trauen sollen. Schon da hatte ich Claudia nicht ausstehen können. In dem Moment war mein Bauch aber so mit der Flugangst beschäftigt gewesen, dass ich das Thema Claudia bei Felix nicht weiter vertieft hatte. Also fasste ich mal zusammen: Seit fast fünf Tagen machte ich mit Felix und seiner Ex Urlaub. Nicht nur im selben

Land und auf derselben Insel, ja, sogar denselben Ort hätte ich noch in Kauf genommen. Aber in derselben Finca?

Felix, der sich voller Hoffnung auf Kuscheln ausgezogen hatte, versuchte, sich unauffällig wieder anzuziehen. Ich begann meinen Rachefeldzug, indem ich ihn splitternackt, wie er war, vor die Tür setzte. Die Klamotten warf ich einige Sekunden später hinterher.

Ich war so außer mir vor Wut, dass ich am liebsten irgendwo dagegengetreten hätte, aber als ich auf dem Hotelflur nachschaute, war Felix leider schon verschwunden.

Das war im Nachhinein auch sein Glück, denn ich wollte ihn einfach richtig zur Sau machen.

Felix und Claudia.

Felix und Claudia.

Felix und Claudia.

Wie ein minutenlanges Mantra ging mir nichts anderes durch den Kopf. Dieses Mantra sorgte allerdings nicht für Entspannung, sondern machte mich noch rasender vor Wut.

Ich hatte mit Claudia die halbe Nacht auf meinem Klo verbracht. Sie hatte mir den Flugzeugsex mit Felix quasi gestanden, dieses Flittchen. Diese ganzen Sprüche – »Ach ja, der Felix ist ja noch ganz der Alte« – waren gar nicht so harmlos gemeint gewesen, wie ich zunächst gedacht hatte.

Während ich in meinem Hotelzimmer lag und nichts tat, tobte in meinem Kopf ein regelrechter Krieg der Fragen.

Wie konnte ich es ihnen heimzahlen? Wie konnte ich sofort zurück nach Köln fliegen? Warum sollte *ich* nach Köln fliegen? Ich hatte doch nichts falsch gemacht.

Ich kam zu dem Schluss, dass ich mich in meinem bisherigen Leben noch nie hatte so sehr verarschen lassen.

Nachdem ich eine Stunde auf dem Bett gesessen hatte und die Details der letzten gemeinsamen Tage mit Claudia und Felix durchgegangen war, hatte ich die akribische Detektivarbeit satt. Ich zog mir mein Triumph-über-Claudia-Kleid über, tuschte mir die Wimpern und kniff mir aus Mangel an Rouge zweimal in jede Wange, wobei das unnötig war, da ich durch die Aufregung einen ohnehin schon übergesunden Teint besaß.

Ich hatte zwar keinen Plan, was ich machen wollte, aber eins war sicher, ich musste hier raus!

26

Ich knallte die Tür hinter mir zu. Dabei fiel auch noch die 2 von der Zimmernummer 214 hinunter.

Tsss, »Designhotel«. Dass ich nicht lache. Alles Verarsche! Ich ging in meinem Pessimistenmodus voll auf.

Das Einzige, das mich jetzt noch aufheitern konnte, war ein richtig guter Cocktail. Wie gut, dass Felix uns in einem Hotel untergebracht hatte, das mit zwei Bars ausgestattet war.

Ich entschied mich für die Open-Air-Bar auf der Dachterrasse, von der aus ich einen grandiosen Ausblick auf Palmas Altstadt hatte. Allerdings musste ich gestehen, dass für die ganz perfekte Aussicht leider einige Sandsteinpaläste im Weg standen. Aber gut, ich wollte nicht auch noch darüber meckern.

Die Bar schien ein Hotspot der Reichen und Schönen der Insel zu sein, und für einen Mittwochabend war hier ziemlich viel los. Die meisten der Gäste waren in Weiß gekleidet. Hätte ich geahnt, dass mein Abend noch in so einer stylischen Bar endet, hätte ich mich sowohl in Schale als auch in den Farbtopf geschmissen. Nun stand ich aber da mit meinem Kleid, das ich gestern für zwanzig Euro auf dem Markt geschossen hatte, und in Sandalen, die schon bessere Tage gesehen hatten und die ich durch eine Neueroberung auf Mallorca ersetzen wollte. Alles in allem nicht der Look, in dem ich mich zwischen all den modelgleichen Frauen blicken lassen wollte.

Die gesamte Dachterrasse wurde in ein lila-pinkfarbenes Licht getaucht, dadurch strahlten die Klamotten der Weißträger in selbiger Farbe. Selbst vor dem Pool, der sich auf der

Dachterrasse befand, machte der Lila-Pink-Wahn keinen Halt, denn das Wasser war auch lila angestrahlt. Darin knutschte passenderweise ein schwules Pärchen. Ich wette, die wurden fürs Knutschen bezahlt. So als Walkingact, eben nur schwimmend.

Um den Pool herum gab es breite Strandbetten, auf denen man gemütlich fläzen konnte. Ich suchte mir einen Platz an der Bar und warf einen kurzen Blick in die Karte, nur um einmal kräftig zu schlucken. Die verlangten tatsächlich fünf Euro für ein Wasser! Meine Wahl fiel deshalb auf einen Hugo, der mit zehn Euro ein besseres Preis-Leistungs-Verhältnis aufwies und den ich in den letzten Jahren sehr zu schätzen gelernt habe.

Ich suchte Blickkontakt zu einem der arroganten Barkeeper. Keine Chance. Ich versuchte es mit einem Handzeichen. Aber sie behandelten mich wie Luft, indem sie sich angeregt miteinander unterhielten. Ich krallte mir einen Kellner, der sich an mir vorbeizwängte, um seine dreckigen Gläser an der Theke zu deponieren.

»Hola! Excuse me. Wo darf ich etwas bestellen?«, fragte ich in einem wirren Englisch-Deutsch-Spanisch-Mix.

»Eigentlich bei den beiden«, antwortete er in bestem Hochdeutsch und zeigte auf die beiden Schönlinge hinter der Theke. »Aber die haben einen schlechten Tag. Madrid hat Barça heute abgezogen. Sag einfach, was du möchtest. Ich bin gleich bei dir.«

Mit so viel Freundlichkeit hätte ich nun nicht gerechnet. Da die Zeche auf die Zimmerrechnung ging, die Felix bezahlen musste, bestellte ich mir den Hugo mit Champagner anstatt mit Prosecco. Man gönnt sich ja sonst nichts, vor allem, wenn man durch einen blöden Zufall erfährt, dass der eigene Freund und seine Ex zusammen Urlaub machen.

Mit meinem Luxuskaltgetränk in der Hand schaute ich mich etwas um. Mein Blick blieb bei einem Grüppchen schöner

Frauen in kurzen bunten Kleidchen hängen, die in Zwanzig-Sekunden-Intervallen ihre vollen, perfekt gestylten Mähnen von der einen auf die andere Schulter schwangen. Eine Rothaarige in rotem Stretchminikleid zeigte ihren Freundinnen stolz einen Ring. Vermutlich war ihr Liebster heute etwas erfolgreicher mit dem Heiratsantrag gewesen als Felix. Vielleicht hatte er auch einfach nicht versucht, seine Freundin zu verraten, zu ertränken oder mit 'nem Schrottauto die Klippen hinunterstürzen zu lassen.

Sofort hörte man laute und anerkennende Ohs und Ahs. Die Mädels untereinander sprachen Englisch, aber der Aussprache nach zu urteilen waren mindest zwei der fünf sexy Hexys entweder Spanierinnen oder Osteuropäerinnen. Das kann man wegen des rollenden R ja nie genau zuordnen. Das Glitzertrüppchen bekam Zuwachs von zwei älteren Herren mit sonnengegerbter Haut und zurückgegelten Haaren. In guter alter Miami-Vice-Manier trugen sie weiße Leinensakkos mit lässig hochgeschobenen Ärmeln. Die Rothaarige stürzte sich auf einen der beiden und stellte ihn als ihren Verlobten vor. Wenn das mal kein Grund zum Feiern war! Man kriegt, was man verdient. Ich bekam nichts und hatte auch nichts erwartet. Allerdings konnte ich einen Phantomschmerz an meinem linken Ringfinger nicht leugnen. Ich starrte eine Weile auf meinen Finger. Was wohl Felix grade machte? Ich war kurz davor, nachzugeben und zu ihm aufs Zimmer zu gehen, aber dann entschied ich mich für einen weiteren Hugo. Diesmal ganz versöhnlich nur mit Prosecco statt Champagner, und tatsächlich konnte ich keinen Unterschied herausschmecken.

Was hätte ich jetzt auf Anjas aufmunternde Worte gegeben, aber ich hatte in der Eile mein Handy auf dem Zimmer liegen lassen. Anja saß vermutlich grade mit Claudia zusammen und ahnte nicht, wer diese Verräterin wirklich war. Aber Felix trug genauso Mitschuld. Keinen einzigen Hinweis hatte er mir gegeben. Das würde ich ihm nie verzeihen. Ich würde sagen, wir waren quitt. In Gedanken vertieft merkte ich erst zu spät, dass sich zwei wildfremde Männer angepirscht hatten. Entsetzt suchte ich den netten Kellner, der an mir vorbeieilte und lässig einen Mundwinkel hochzog. Oh Gott, ich war mit meinem Minikleid in einer Baggerbude gelandet.

»Was trinkst du da?«, fragte mich die schlechtere und reifere Hälfte des Miami-Vice-Duos, die sich irgendwie rechts neben mich gequetscht hatte.

»Gibt es auf Mallorca eigentlich noch ein Fleckchen ohne Deutsche?«, dachte ich laut und hielt mir vor Schreck den Mund zu.

»Das ist nicht ganz die Antwort auf meine Frage, aber ja, die gibt es. Wenn du heute noch nichts vorhast, zeige ich sie dir gerne.« Die letzten Worte hauchte er mir in mein Ohr, und mich überkam ein Schaudern, das ich nur schwer verbergen konnte. Er verschlang mich mit glasigen Augen und verwechselte das wohl mit einem Schlafzimmerblick.

»Danke, vielleicht wann anders.« Hilfe suchend drehte ich mich weg und hoffte, dass Felix vielleicht zufällig mal seinen Hintern auf die Dachterrasse bewegte.

Ich kam mir vor wie auf einem Minenfeld und versuchte, Blickkontakt zu Männern tunlichst zu vermeiden. Aber keine Chance. Mein Thekennachbar zur Rechten nahm meinen Blick schon in Empfang, kaum dass ich meinen Kopf ihm zugewandt hatte.

»Dich habe ich hier auch noch nie gesehen.« Er war jung, besaß tätowierte Arme und eine Glatze. Nicht, dass er keine Haare gehabt hätte, er hatte nur keine auf dem Kopf. Dafür suchte sich aus seinem aufgeknöpften Hemd ein dunkler Busch seinen Weg an die frische Luft.

Unweigerlich fiel mir der Biounterricht in der Schule ein, als wir Darwin mit seinem »Survival of the fittest« durchgenommen hatten. Nur die Pflanzen, die sich gegen andere durchsetzten und sich den Platz an der Sonne erkämpften, sicherten ihren Fortbestand. Offenbar sprachen die Brusthaare meines Gegenübers auch bei mir irgendwelche dunklen Urinstinkte an, denn seltsamerweise fand ich die merkwürdige Haarverteilung bei ihm gar nicht mal so unsexy.

»Ich bin übrigens Bruno«, stellte er sich ungefragt vor, bevor ich noch weiter über meine neuentdeckten Vorlieben nachdenken konnte, und hielt mir seine behaarte Hand hin.

»Belästigt dich der Kerl etwa?«, mischte sich nun ein weiterer Mann ein.

»Na, Digger, wie geht's dir?«, schlug Bruno mit dem Mann ein, den sogar ich kannte. Es war Harald, der Stiefvater von E.T., also Simones Freund.

»Dich kann man ja keinen Moment allein lassen«, raunte mir Harald zu. »Hast du es im Ziegenstall nicht mehr ausgehalten?«

Auch wenn es eine Beleidigung unserer Bleibe war, musste ich mitlachen.

»Ihr kennt euch aus 'm *Ziegenstall?* Von dem Laden hab ich ja noch nie was gehört.« Bruno stand die Verwirrung über Haralds weitreichende Kontakte bis hin zum Ziegenstall am anderen Inselende ins Gesicht geschrieben.

»Also, ich bin Nina«, stellte ich mich brav vor und merkte, wie Harald leise »Ach ja, Nina« murmelte.

»Ich wohne mit Freunden in einer Ferienfinca, die kaum von einem Ziegenstall zu unterscheiden ist. Wobei ich hoffentlich nicht den Eindruck einer Ziege auf dich gemacht habe.« Ich war begeistert von meiner Lockerheit.

»Ja, 'n büschen arrogant kamst du schon rüber. Aber hey, du

darfst das!« Lachend legte er seine Hand auf meinen Unterarm, was sowohl ich als auch Harald beobachteten.

»Und wo hast du deinen Freund gelassen?«, fragte Harald, was Brunos Klammergriff augenblicklich löste.

»Ach, der liegt unten im Bett und pennt. Er hatte einen ganz schön heftigen Tag«, log ich. Ich beschloss, dass es mir völlig schnuppe war, wo Felix sich gegenwärtig befand und was er machte.

Der Abend entwickelte sich ganz nach meinem Geschmack. Harald spendierte mir einen weiteren Drink und nahm mir das Versprechen ab, an diesem Abend in der VIP-Loge seines Clubs zu feiern. Dazu ließ ich mich natürlich sofort überreden. Danach verschwand er zur nächsten Verabredung und vereinbarte mit Bruno, dass der mich mitnehmen sollte.

Bruno arbeitete in der Saison, die grade erst begonnen hatte, als Türsteher in Haralds Beach Club. Heute Abend hatte er die ehrenvolle Aufgabe, zwei besondere Ladys hier in der Bar abzuholen und in den Club zu fahren. Er schwärmte in höchsten Tönen von den beiden Frauen, bis ich überzeugt war, dass gleich Naomi Campbell und Gisele Bündchen die Dachterrasse betreten müssten. Die Realität war aber noch härter für mich und alle anderen Frauen, denen zeitgleich mit mir die Kinnlade runterklappte. Wenn es einer schaffte, die Aufmerksamkeit auf sich zu lenken und allen Männern zu einem erhöhten Speichelfluss zu verhelfen, dann die beiden eins neunzig großen Models. Zielstrebig bahnten sie sich ihren Weg zu uns, und Bruno grinste mich an. »Das Beste kommt aber noch«, flüsterte er mir zu. Ich nickte wortlos und wusste nicht, was an den beiden noch zu toppen war.

Wie zwei Engel aus der Victoria-Secret-Show sahen sie aus. Die eine hatte blonde lange Wellen, honigfarbene Haut und einen breiten Julia-Roberts-Mund. Die andere sah aus wie die jüngere und schönere Schwester von Naomi. Nur mit echtem Haaransatz und gelassenerem Blick.

»Hi Sweethearts!«, nahm Bruno seine Schützlinge in Empfang.

Die Illusion der perfekten Frau mit schmaler Taille, langen Beinen und beträchtlichem Vorbau platzte genau in dem Moment, als sie zurückgrüßten.

»Hey Darling!«, hauchte die Dunkle von beiden – allerdings mit einer eindeutigen Männerstimme.

Ich war dank Simones E.T.-Timbre schon einiges gewöhnt, aber das waren doch keine Frauen. Skeptisch wanderte mein Blick von Bruno, der mich frech auslachte, zur Blondine.

Es gefiel ihr zunächst überhaupt nicht, dass Bruno nicht ihr die komplette Aufmerksamkeit widmete, und bevor es noch zu einem Bitchfight mit Dragqueens kam, stellte ich mich vor.

»Hi, I'm Nina and I'm a friend of Harald.« Als hätte ich Zauberworte gesprochen, nahmen mich nun beide nacheinander in die Arme und stellten sich mir vor. Die blonde Amanda sprach etwas besseres Englisch als ihre Freundin Morena. Beide kamen aus Brasilien, und so hatten wir ein gemeinsames Thema. Morena – wie der Name schon andeutet, die Dunklere der beiden – kam sogar wie Ed aus São Paulo.

Wir brachen auf. Bruno kutschierte uns in einer ebenso absurden wie langen Stretchlimo mit riesigem Firmenlogo zu Haralds Club.

Während der nicht einmal fünfzehnminütigen Fahrt von Palma in Richtung Playa de Palma, wo auch der Ballermann beheimatet ist, konnte ich meinen auffälligen Begleiterinnen nicht entlocken, was sie genau im Club vorhatten. Eins war sicher – sie waren die Stars des Abends, weil heute bei Harald Ladies' Night war und es dort immer heiß zuging.

Ich war, dank der Sektcocktails, so richtig in Partystimmung und auch ein bisschen stolz auf meine Spontanität, denn Felix sagte immer ...

Mir fiel Felix ein, der sich sicherlich schon um mich sorgte. Für den Hauch einer Sekunde überlegte ich, ob es wirklich fair von mir war, ihn so schmoren zu lassen, doch da hielt mir eine der beiden Dragqueens schon ein randvolles Champagnerglas unter die Nase. Passend dazu spielte Bruno den Toten-Hosen-Song »Kein Alkohol ist auch keine Lösung«. Wie treffend! Ich musste kichern und stieß zum ich weiß nicht mehr wievielten Male mit den beiden auf ein lautes Cin cin an. Dieser Toast galt der Liebe, dem Chaos und den Weisheiten der Toten Hosen. Morgen war ja schließlich auch noch ein Tag, den Felix mir ruinieren konnte.

27

Das Playa Paradiso nannte sich zwar ganz bescheiden Beach Club, konnte aber locker mit jeder Großraumdisco mithalten. Auf dem Open-Air-Areal gab es alles, was das Partyherz höher schlagen ließ. Das Zentrum war eine riesige Tanzfläche, die in den Boden eingelassen war und das Gefühl vermittelte, man würde in einen Pool steigen. Das Personal trug Baywatch-Badekleidung, und auch die meisten Partygäste folgten diesem Dresscode, was leider nicht immer schön anzusehen war.

Ich betrat das Gelände mit den Attraktionen des Abends über den VIP-Eingang. Wir wurden zu einem kleinen Container geführt, in dem sich die Künstlergarderobe der Acts und DJs befand.

Quasi im Vorbeigehen verpasste mir Morena ein Make-up, dass ich mich selber nicht mehr wiedererkannte. Im positiven Sinne natürlich. Normalerweise dauerte meine tägliche Schminkroutine nicht länger als fünf Minuten. Bebe-Creme, Wimperntusche, Rouge und fertig. Ging ich abends aus, nahm ich mir maximal zwei Minuten mehr Zeit und legte noch etwas Lidschatten auf. In einer ähnlich rekordverdächtigen Zeit zeigte mir Morena, die eigentlich Gustavo hieß, was so alles möglich war, wenn man die Technik beherrschte. Da war es wieder: Frauen und Technik. Selbst die Schminktechnik wollten uns die Männer nicht überlassen.

Ich weiß nicht, wie er es hinbekam, aber meine Haut leuchtete wie ein frisch gepflückter Pfirsich. Meinen Augen waren die Müdigkeit der letzten Nacht und die Anstrengungen des

Tages nicht mehr anzusehen. Morena zauberte mir Smokey Eyes mit lila Tönen, die meine grünen Augen intensiver erscheinen ließen. Einzelne Fake-Wimpern machten jeden Augenaufschlag zu einem Highlight. Am liebsten hätte ich Morena in meinen Koffer gepackt und mit nach Hause genommen, so toll fand ich mich. Bloß schade, dass Felix das nicht sehen konnte. Dem würden die Augen aus dem Kopf fallen. So wie Harald und Simone, die nun auch in der Garderobe standen, um den Ablauf mit den *Chicas*, so nannte ich sie, durchzugehen.

Bevor ich mit Simone die Umkleide verließ, konnte ich noch einen kurzen Blick auf die Kostüme der beiden erhaschen.

Keine Frage, wer heute Abend die schärfsten Chilis am Baum sein würden.

Irgendetwas fehlte mir an Simone. Und es dauerte, bis ich draufkam: Es war Speedo. Ohne Speedo wirkte Simone deutlich entspannter. Sogar ihre Stimme hatte eine andere Klangfarbe. Dass sie sich von Darth Vader nicht in Michelle verändert hatte, war klar, aber eine Hildegard Knef war in jedem Fall eine Verbesserung. Ebenfalls angenehm verändert war ihre Art.

Sie zeigte mir die Backstage-Area, die sonst nur VIPs vorbehalten war, und versorgte mich mit einem goldenen VIP-Bändchen, das mir Zutritt zu allen Bereichen ermöglichte. Zudem erlaubte mir das Bändchen, ähnlich wie im All-inclusive-Urlaub, unbegrenzte Freigetränke, und das ohne Einschränkungen. Flatrate-Saufen vom Feinsten, und zwar ohne den Billigkopfschmerzfusel. Wenn ich das Felix und Arne erzählen würde!

Wobei ich mir vornahm, diesen Abend für mich zu behalten – wegen schlechtem Gewissen und so.

Der VIP-Bereich befand sich auf einer Empore, von der sich das bunte Treiben verfolgen ließ. Das Personal trug hier oben goldene Badebekleidung im Gegensatz zu der roten in der Holzklasse. Und während den Barkeeperinnen unten noch knappe

Jeansshorts gestattet waren, mussten die Kellnerinnen hier im Bikinischlüpfer ihren Dienst verrichten. Simone, die bisher nicht von meiner Seite gewichen war, erkannte wohl meinen Cellulite-Checkblick.

»Das kannst du auch haben. Dann darfst du aber nie wieder Nudeln oder Pizza essen«, erklärte sie mir.

»Unvorstellbar!«, platzte es aus mir heraus, aber das war es auch. Ein Leben ohne Kohlenhydrate war für mich einfach nicht möglich.

»Wie kommt's, dass ihr Urlaub mit meinem Bruder und seiner Familie macht?«, wechselte Simone abrupt das Thema, was mir sehr entgegenkam, denn ich hoffte, noch einige Insider-Infos über Claudia sammeln zu können.

»Freunde von uns haben das organisiert. Bis vor wenigen Tagen kannten wir ...«, mir fiel ein, dass es ja nicht ganz stimmte, »... kannte ich die noch gar nicht. Was ist denn die Claudia so für eine?«, fragte ich ganz unauffällig. Nebenbei pflückte ich uns zwei Champagner vom Tablett, das von einem Sahneschnittchen an uns vorbeigetragen wurde. Ich hatte aufgehört zu zählen, mein wievieltes Getränk das heute Abend war.

Simone schüttete sich den Schampus mit einem Schluck in den Rachen und erntete damit meinen vollsten Respekt.

»Mit der brauchst du mir gar nicht erst zu kommen.« Ich schien mit der Frage voll ins Schwarze getroffen zu haben.

»Sie hat den Stefan so um den kleinen Finger gewickelt, dass der gar nicht mehr selbstständig denken kann«, fuhr sie fort. »Völlig enteiert hat sie ihn. Immer dieses Biogetue. Nun rate mal, wo ich sie in Palma am Flughafen erwischt habe? Na?«

»Hmm, ich komm nicht drauf.« Ich gab mich unwissend, ahnte die Antwort aber schon.

»Bei McDonald's. Wie in Trance hat sie sich ein Big-Mac-Menü reingezogen.« Während sie schimpfte, steckte sie sich eine Zigarette an. »Aber bei Speedos Erziehung spielt sie sich immer als Moralapostel auf.«

Was Claudia betraf, schien ich bei Simone ein Fass geöffnet zu haben. Und ich genoss jeden Tropfen, der da rauskam.

»Immer weiß sie alles besser, immer sieht's bei ihr besser aus, und immer schmeckt's bei ihr besser.« Simone klang schon fast ein wenig frustriert, aber ich konnte es nachvollziehen. Mir ging das perfekte Getue von Claudia auch mächtig auf den Zeiger.

»Na ja, Letzteres kann ich widerlegen. Gestern Abend hat sie massenhaft Brühe ins Salatdressing getan. Der Salat war so was von versalzen, eigentlich ungenießbar.« Na gut, an dieser Stelle übertrieb ich ein wenig. »Der Einzige, dem der Salat geschmeckt hat, war mein Freund Felix. Der Penner, der kennt den wohl noch von früheren Snoopy-Zeiten.« Das Nachtreten konnte ich mir nicht verkneifen.

»Kannten sich denn Felix und Claudia vorher schon?« Simone war ganz Ohr.

»Oh ja, und wie! Ich würde mal sagen, ihre Betten haben sich vor langer Zeit schon mal gekreuzt. Aus diesen Zeiten hat sie auch den Namen Snoopy weg.«

»Nee, ne? Das ist ja krass! Und dann machst du noch mit der Urlaub? Du bist aber ganz schön tolerant«, meinte Simone anerkennend.

»Tja, ich war eher unfreiwillig tolerant. Ich hab es erst heute Abend durch einen Zufall erfahren. Deshalb bin ich ja alleine unterwegs.«

»Ach die …« Sie unterbrach den Satz für ein lautes »Wuhuuu«, was aber eher klang, als hätte E.T. einen Asthmaanfall, und das alles, weil der DJ anscheinend ihren Lieblingstrack auflegte. Ich musste gestehen, dass die House Music für mich wie ein durchgehendes Lied geklungen hatte. Aber was wusste ich schon.

Ich solidarisierte mich mit E.T. gegen Snoopy. Hätte ich es mir aussuchen dürfen, wäre ich gerne in die Rolle der kleinen klugen Maggie Simpson geschlüpft. Wobei, mit meinen Lästereien über Claudia war ich eher dieser Kerl bei den Simpsons, der ständig »Haha!« rief.

Es gab tatsächlich kein gutes Haar, das Simone an ihrer Schwägerin lassen konnte. Auch zum Thema Haare hatte sie eine spannende Geschichte auf Lager.

»Weißt du, was Claudia für ihre geschmeidig glänzende blonde Mähne verwendet?«

»Öhm, nö?«, antwortete ich, weil ich mich auf dem Segment der Luxushaarkosmetika nicht auskannte und nun mit einem abenteuerlichen Keratin-Aufbaucereamid-Komplex-Blabla rechnete. Die Wahrheit überraschte mich dann doch.

»Schweifspray!«, brüllte mir Simone ins Ohr, da die Partymeute wieder dem DJ zujubelte.

»Schweißspray? Du meinst Deo?«, fragte ich ungläubig. Wer sprüht sich denn Deo in die Haare, wenn es Haarspray gibt?

»Nein, *Schweif*spray!!! Für Pferde, verstehst du?«

Ich muss sehr doof aus der Wäsche geguckt haben, denn Simone lachte sich bei meinem Gesichtsausdruck krank.

»Die sprüht sich das Zeug, womit man Pferdehaare entwirrt, in ihre eigenen Haare?«, wiederholte ich fragend.

»Ja! Aber ich bin ja die mit der Macke«, rief Simone verbittert.

Es schien, dass Claudia ihrer Schwägerin das Leben nicht so leicht machte; dass sie aber ohne Pferdekosmetik einen völlig verfilzten Haarschopf haben sollte, wollte ich dennoch kaum glauben.

»Dann probier es doch mal aus«, zwinkerte mir Simone zu.

»Darauf kannst du einen lassen«, versprach ich ihr.

Dann kam der Moment, auf den ich die letzte Stunde gewartet hatte: der Auftritt meiner »Chicas«. Auf einer dunklen Bühne erschien zunächst nur ein Spot. Dann erklang das mystisch-düstere Intro von »Euphoria«, dem Lied, das vor Jahren den ESC gewonnen hatte. Der Spot weitete sich ein wenig und beleuchtete ein Wesen mit einem schwarzen Cape, das von einer Windmaschine dramatisch nach hinten geweht wurde. Eine Gänsehautstimme begann zu singen, und ich erkannte Morena.

»Geil, oder?«, rief mir Simone zu. Ich nickte, und alle waren unserer Meinung. Wir blickten zur Bühne, auf der die unglaubliche Morena auf dem Boden kniete und sich den Schmerz von der Seele sang. Als der schnellere Beat dazukam, drehte sie sich in einer geschickten Bewegung und stand plötzlich ohne Cape da. Dafür trug sie ein langes eng ansitzendes Kleid mit einem Dekolleté bis zum Bauchnabel.

Alle Männeraugen klebten an ihrem Hintern, denn als sie sich zur Seite drehte, zeigte sie einen Rückenausschnitt, der den halben Po freilegte.

Nach ihrer schlichtweg bombastischen Show verbeugte sich Morena brav in alle Richtungen, natürlich auch mit dem Rücken zum Publikum, was den größten Jubel auslöste, und zog ihren Umhang, den sie während des Auftritts fallen gelassen hatte, zur Seite. Darunter kam ein schwarzer Flügel zum Vorschein, an den sie sich nun setzte. Mit ihrer Haltung und den halb nackten Pobacken wirkte sie wie ein Fotokunstwerk von Helmut Newton. Leise klimperte sie eine Melodie, die ich schon sehr lange nicht mehr gehört hatte und die mich eine ganze Weile durch meine Kindheit und frühe Jugend begleitet hatte. Zeitgleich mit mir kamen wohl auch andere auf den Titel, und aus zu »She's like the wind« aus meiner heiß geliebten Teenieschmonzette *Dirty Dancing* brachen Begeisterungsstürme los.

Der Jubel verstummte erst, als Amanda erschien. An langen Bändern schwebte sie von der Bühnendecke herab, während Morena den Song in einer wunderschönen unplugged Version sang. In den kurzen Momenten, in denen Amanda den Boden berührte und nicht von Tüchern in schwindelerregende Höhe hochgezogen wurde, konnte man einen Blick auf ihr atemberaubendes Outfit erhaschen.

Sie trug einen durchsichtigen Ganzkörperbody, der mit Tausenden Glitzersteinchen versehen war. Wie eine Sternschnuppe sauste sie über den Bühnenhimmel.

Nicht nur ich war beeindruckt.

»Daran werde ich mich nie sattsehen«, gestand mir Simone sichtlich ergriffen und mit Pipi in den Augen.

Ich vermisste Felix grad wirklich heftig, und es ärgerte mich, ihm das nicht sagen zu können.

»Kann ich mal dein Handy haben? Ich möchte Felix kurz schreiben«, bat ich Simone und hoffte, sie würde nicht nachbohren. Tat sie aber doch.

»Klar kannst du das Handy haben, aber ich finde, du solltest ihn jetzt barfuß durch die Hölle gehen lassen.«

»Er meint es ja nicht böse«, verteidigte ich ihn automatisch.

»Natürlich nicht«, stimmt sie mir scheinbar zu, »aber wir auch nicht, wenn wir ihn mal ein bisschen schmoren lassen und einfach ganz viel Spaß haben. Hey, das ist einer der angesagtesten Läden auf Mallorca, und es ist Ladies Night!«

Simone drückte mit ihrer Motivationsrede irgendwie genau die richtigen Knöpfe bei mir. Die Musik machte total Lust zu tanzen, und Felix hatte sich zumindest ein paar Stunden Entzug von mir redlich verdient.

28

Nach der imposanten Bühnenshow, es war inzwischen schon weit nach drei Uhr, ging ich mit Simone auf die Tanzfläche. Der Club spielte außergewöhnlich gut tanzbare Musik, und wie es sich ergab, war Simone mein Tanzzwilling. Damit meine ich, dass sie quasi die gleichen Bewegungen draufhatte wie ich.

»Hey, biste etwa auch beim Zumba?«, fragte Simone, während sie zu Latinorhythmen ihre kaum vorhandenen mageren Hüften kreisen ließ. Anstatt zu antworten, stellte ich mich hinter Simone, legte eine Hand auf ihren Bauch, ließ mit ihr die Hüften kreisen und machte einen auf Dirty Dancing. Die Kerle um uns herum waren wie angestachelt von unserem sexy Tanz, und einer versuchte sich sogar bei mir hinten dranzuhängen. Geschickt drehte ich mich aus seiner Umarmung und wandte mich wieder meiner Tanzpartnerin zu. Abwechselnd schüttelten wir Haare, Brüste und Hüften.

Ein dunkelhäutiger, gut aussehender Typ, den mir Simone als ihren Zumbatrainer Gustavo vorstellte, kam hinzu und tanzte mit uns. Es war unglaublich, wie dieser Kerl Po und Hüfte bewegen konnte, und das, als hätten die beiden Körperteile nichts miteinander zu tun. Bewegte sich die Hüfte nach links, machte der kleine Apfelpo Kreise nach rechts. Die Schrittfolgen versuchte ich mir erst gar nicht einzuprägen. Was für eine Verschwendung an Talent! Wozu muss ein Mann sich denn so bewegen können? Als er mich dann an die Hand nahm und mich zu einer Salsa ein paarmal hin und her gewirbelt hatte, ging mir langsam ein Licht auf, wer mein Tanzpartner alias

Simones Zumbatrainer Gustavo war. Es hatte gedauert, denn bei unserer letzten Begegnung hatte er volles langes Haar gehabt und war respektable eins neunzig groß gewesen.

»It's you, Morena!«, stellte ich lauter fest, als ich wollte. Das war eine der bösen Nebenwirkungen vom Alkohol, ich wurde immer laut. Gustavo schien es nicht zu stören. Er lächelte mich breit an.

»Morena Feierabend!«

Deutsch sprach er auch noch. Wieso verteilte der liebe Gott, oder wer auch immer, Talent so ungerecht? Muss denn einer sprachbegabt sein, sich wahnsinnig bewegen können und dazu auch noch 'nen knackigen Frauenpo haben? Wäre es nicht fairer gewesen, ich hätte den kleinen Knackarsch und er meine Lateinkenntnisse? Zum Glück war ich viel zu betrunken, um neidisch zu sein.

Gustavo jedenfalls fand meinen Hintern anscheinend nicht sehr verbesserungswürdig, denn ständig landete seine Hand darauf. Zunächst dachte ich mir nichts dabei und schob es auf die südamerikanische Tanzweise. Aber auch wenn wir nicht grade tanzten, merkte ich wieder etwas an meinem Hintern.

»Ich sollte mehr trainieren, was?«, zog ich ihn so von Frau zu Dragqueen ins Vertrauen.

»Nein, ist perfekt!«, erwiderte er und gab mir nun einen richtigen Klaps auf den Hintern.

Simone zog ihn von mir fort und tuschelte mit ihm. Beide lachten.

»Hey, was gibt's zu lachen?« Normalerweise wäre ich todbeleidigt gewesen, wenn man mich so offensichtlich auslachte, aber diese Würde hatten mir ungefähr achtzehn Sekt, Hugos und Champagner genommen.

»Ähm ... na ja ... Gustavo ist nicht schwul.«

»Wie, du bist nicht schwul?«

»Nein, ich nicht gay«, antwortete er frech grinsend.

»Und warum machst du *das?*«, fragte ich entsetzt. Ich meine, er hätte auch Agraringenieur oder Starkstromelektriker werden können, anstatt sich in unbequeme Bodys und megahohe High Heels zu quetschen.

»Weil ich kann!« Die Antwort war kurz und knapp und verfehlte ihre Wirkung nicht. Und wenn Gustavo/Morena was konnte, dann mit dem Hintern wackeln.

Ich hatte mich also die letzte Stunde von einer nicht schwulen Dragqueen in Zivil betatschen lassen. Dann glaubte ich in der tanzenden Menge auch noch wieder den Südländer vom Marktplatz in Felanitx zu entdecken, der irgendwie nach Ed aussah. *Na toll, kaum bin ich ein paar Tage mit Arne unter einem Dach, habe ich auch schon Verfolgungswahn*, dachte ich. Die Erlebnisse des heutigen Abends reichten für ein gesamtes Jahr, und deshalb kam Bruno wie gerufen, der mich zurück ins Hotel bringen wollte.

Zu meiner Erleichterung wurde die doch sperrige und auffällige Limousine gegen einen kleinen wendigen Smart eingetauscht.

Bruno entsprach äußerlich dem gängigen Türsteherstereotyp, aber er hatte mehr drauf. Er studierte Maschinenbau. Mit dem Wissen könnte er sich doch seine eigenen Muckibudengeräte herstellen, fiel mir ein, aber das behielt ich dann doch besser für mich. Was der große Unterschied zwischen Felix und mir war.

Meine Wut über Felix' und Claudias Beziehung war zwar noch nicht ganz verflogen, aber der Abend hatte geholfen, den Ärger mit Champagner zu verwässern. Inzwischen war ich sogar schon in der Lage, das Ganze sachlich zu betrachten. Die Situation dürfte auch für Felix nicht einfach sein. Da will man im Urlaub seiner Freundin einen Antrag machen, und prompt erscheint schon am Flughafen die Hexe von Exfreundin. Danach war es dann nur noch bergab gegangen.

»Wir sind gleich da, Süße. Ich weiß, du hast einen Freund«, setzte Bruno an, »aber wenn du die Tage noch Bock auf ein Eis oder so hast, dann meld dich mal.«

Ich musste so laut lachen, dass ich mich fast verschluckte, und nur der Anschnallgurt verhinderte, dass ich vom Sitz rutschte.

»Hab ich was Falsches gesagt?«, fragte der Muskelberg Bruno verunsichert.

»Ach, es ist bloß so, dass mich schon seit Jahren kein Kerl mehr zum Eisessen eingeladen hat.« Die letzten Ausläufer meines Lachens überkamen mich noch einmal.

»Na dann!« Bruno drehte den Wagen quasi auf der Stelle und fuhr wieder in die Richtung zurück, aus der wir kamen.

»Hey, wo willst du hin?«, protestierte ich schwach.

»Das siehst du genau jetzt!« Mit quietschenden Reifen bremste er vor einer McDonald's-Filiale.

»Etwas anderes hat um die Uhrzeit leider nicht auf.« Er nahm meine Hand und führte mich ganz gentlemanlike in den Fresstempel alias Eisdiele. Ich bestellte ein Softeis mit Schokosoße, und wir setzten uns an die Strandpromenade, die sich zufälligerweise genau gegenüber befand.

Brunos Eisdate war romantisch bis ins letzte Detail. Kein orkanartiger Regenguss, keine fremde Kotze im Haar und kein Quallenbrand am Oberschenkel. Irgendwie wünschte ich mir, dass der Sundaebecher keinen Boden hatte, denn ich wollte den Moment so lang wie nur möglich auskosten. Bruno hatte sich inzwischen seine Bikerjacke ausgezogen und mir über die Schultern gelegt.

»Ist es so besser?«, fragte er. Mann, die ganze Situation war schon hochromantisch, und in meinem Bauch grummelte noch die Exbeziehung zwischen Felix und »Snoopy«. Ich musste mich schwer kontrollieren, um mich nicht an Brunos starke Schulter zu kuscheln.

Einige Meter neben uns beobachteten wir einen vermutlich Betrunkenen, der auch auf dem Kaimäuerchen, das Strand von Straße trennte, saß und im Sitzen eingeschlafen war. Vor ihm lag eine schwarze Mütze. In Dreißig-Sekunden-Intervallen wurde er wach, hob die Mütze auf, ratzte wieder ein und ließ die Mütze erneut fallen. Auch wenn die Situation eine ungewollte Komik mit sich brachte, war uns beiden nicht zum Lachen zumute. Beim x-ten Mal gelang es mir, den Schriftzug auf der Mütze zu lesen. Darauf stand in weißen und orangefarbenen Buchstaben »Harley Davidson«. Diese Mütze gab es weltweit sicher millionenfach, dennoch kam mir genau diese Mütze so bekannt vor, weil ich sie gestern in Uwes Auto stundenlang neben mir liegen hatte.

»Hey, den kenn ich«, flüsterte ich leise, um ihn nicht zu wecken.

»Ich auch«, murmelte Bruno. »Das ist Uwe. Den kennt hier auf Mallorca jeder, und er kennt auch jeden. Wenn man ihn so ansieht, glaubt man wirklich nicht, dass er so viel Kohle auf der hohen Kante hat.«

»Der?«, fragte ich ungläubig. »Niemals! Hast du mal sein Auto gesehen?«

»Ja, stimmt, das Auto ist 'ne alte Klapperkiste. Aber das ist bloß Tarnung. Er hat ja noch sein Baby«, erklärte mir Bruno und zeigte auf ein blank poliertes Motorrad, das gleich hinter Uwe auf der Straße parkte und das krasse Gegenteil seines verrosteten Audis war. »Das ist eine Harley-Sonderedition, und die startet so etwa bei fünfzigtausend Knallern. Gibt es auch nur rund fünfzigmal auf dieser Welt.«

Die letzten vierundzwanzig Stunden boten mir mehr Überraschungen als in meinem gesamten bisherigen Urlaub, und dabei darf nicht vergessen werden, dass ich mit Felix zusammen war. Da war man immer auf Überraschungen gefasst.

»Und woher hat er die ganze Kohle?«, wunderte ich mich, denn außer Erben konnte ich mir bei Uwe nichts vorstellen.

»Ich glaube, er ist Investmentbanker gewesen. Dann hatte er richtig Dreck am Stecken und saß sogar im Bau. Na ja, jetzt ist er seit Jahren hier auf der Insel und hat mit Banken nichts mehr am Hut.«

Dass er als Banker ziemlich offensichtlich beschissen haben musste, und auch sein Aussteigerleben, nahm ich ihm ab.

Danach schwiegen Bruno und ich wieder. Bruno zeigte in Richtung Horizont, und wir wurden Zeugen eines spektakulären Sonnenaufgangs. Langsam färbte sich der Himmel von Dunkelblau in Flamingorosa. Wenn das mal nicht der perfekte Ort und Moment für einen Antrag war. Felix sollte sich bei Bruno Nachhilfe geben lassen, was magische Momente anbetraf.

»Machst du das eigentlich jeden Abend mit einer anderen?«, fragte ich provozierend und vernichtete damit den süßen Augenblick.

Bruno schluckte und schaute, ohne zu antworten, auf sein Handy.

»Wir müssen«, sagte er und ging zu seinem Auto.

»Es tut mir leid«, entschuldigte ich mich, als ich merkte, dass ich ihn doch beleidigt hatte. »Ich habe bloß heute erfahren, dass mein Freund mir die ganze Zeit etwas vorgemacht hat.« Plötzlich rang ich um Fassung. Meine Unterlippe fing an zu zittern, ich musste heulen. »Und dann bist da plötzlich du, und du bist so nett und so unkompliziert.«

Bruno schloss mich in seine muskelbepackten tätowierten Arme, und ich ließ meinen Tränen freien Lauf. Scheiße, der Typ roch auch noch gut. Bevor ich sein Shirt komplett mit Rotz und Wasser durchweichte, schob er mich ein Stück zurück, wischte mir Tränen und Haare aus dem Gesicht und gab mir einen Kuss auf die Stirn.

Da ich mein Handy nicht dabeihatte, kritzelte mir Bruno seine Nummer auf die Hand.

29

Ich wurde von meinem trockenen Hals wach. Es dauerte ein Weilchen, bis ich realisierte, dass ich gar nicht im Fincaschlafklo war, sondern im Designhotel in Palma. Ich war noch zu faul, die Augen zu öffnen, und streckte mein Bein nach Felix aus, aber da war nichts. Er war also nicht »nach Hause« gekommen. So schlecht fühlte er sich. Das Wutmonster, das erstaunlicherweise schon recht munter war, übernahm wieder die Kontrolle: *Geschieht ihm recht! Lass ihn schmoren und bereuen, den Verräter!* In mir kroch die Wut hoch, bis mir einfiel, dass ich vor wenigen Stunden auch kein Lehrstück an Treue und Ehrlichkeit abgegeben hatte. Die Handynummer auf meiner Hand bestätigte mir das. Jetzt war ich fast froh, dass Felix nicht da war, denn die Nummer wollte ich dann doch lieber erst mal abwaschen.

Felix wollte mir einen Antrag machen. Mir und nicht Claudia. Das war eine Tatsache, über die ich mich freuen konnte oder halt nicht. Mir und keiner anderen. Ich würde mich mit ihm verloben und ihm dann sagen, dass einer Hochzeit nur noch eine Kleinigkeit im Weg stand, die ich klären musste. Mit der Claudiasache hatte Felix ohnehin einen Vorsprung im Verkacken, und ich fand, ich konnte mir noch so einiges erlauben.

So oder so, zuerst musste ich duschen.

Beherzt schwang ich mich aus dem kuschelig warmen Bett, nur um im nächsten Moment von entsetzlich dröhnenden Kopfschmerzen und Übelkeit überrascht zu Boden zu gehen. Ein klassischer K. o. halt!

Ich hatte es wohl in der Nacht doch etwas übertrieben. Aber wie hätte ich zu den ganzen Cocktails, die mir ständig in die Hand gedrückt worden waren, Nein sagen können?

Ganz sacht kroch ich unter die lauwarme Dusche, nicht ohne einen Blick in den Spiegel zu werfen.

Heidewitzka, von der Partyqueen gestern Nacht war aber nicht mehr viel übrig geblieben. Eine falsche Wimper hing noch am letzten Zipfel und weigerte sich, sich durch leichtes Ziehen von meinem Augenlid zu verabschieden. Ich biss die Zähne zusammen, zählte bis drei, und mit einem Ruck und einem lauten »Aua!« war das Ding ab.

Danach wusch ich mich mit dem wohlriechenden, Energie spendenden Gratisluxusduschgel und legte mich mitsamt Bademantel wieder aufs Bett.

Ein ungeplantes Nickerchen später meldete sich mein Körper mit knurrendem Magen. Au ja, Hotelfrühstück war genau das, was ich brauchte.

Ich hatte Glück. Das Büffet war noch nicht abgeräumt, und die Auswahl war fantastisch, was man von unserem Frühstück in der Finca nicht unbedingt behaupten konnte.

Und obwohl die Frühstücksterrasse immer noch sehr gut besucht war, konnte ich Felix nicht unter den anderen Gästen ausfindig machen.

Was soll's, der taucht schon wieder auf, beruhigte ich mich, als ich begann, mir die ersten Sorgen zu machen. Stattdessen schaufelte ich ein herrlich herzhaftes Rührei mit Chorizo in mich hinein. Mann, war das köstlich.

So 'n Pech für Felix, dass er dafür bezahlt und es nicht isst.

Der Café con leche und der frisch gepresste Orangensaft, die ich abwechselnd trank, weckten schließlich meine Lebensgeister.

Ich versuchte, Felix auf seinem Telefon zu erreichen, aber es war ausgestellt. Ich schwor mir, meinem Platz auf der Frühstücksterrasse nicht aufzugeben, bis ich Felix erreicht hatte. So lange stopfte ich mich mit Obst, Minicroissants und Muffins voll. Ich musste ja schließlich für zwei essen, für mich und Felix.

Ich hätte ewig das Essen bei dem schönen Wetter und der guten Aussicht und dem super WLAN-Netz genießen können. Ich war ganz vertieft in die Bild-online-Schlagzeilen, als sich jemand mit vollgeladenem Teller auf den freien Platz mir gegenüber fallen ließ.

»Moin! Na, was geht?« Uwe stopfte sich ein Lachsbrötchen quasi quer zwischen die Kiemen und kaute mit offenem Mund.

»Wo kommst du denn her?«, fragte ich scheinheilig und rückte mit meinem Stuhl weiter von ihm weg. Auf keinen Fall wollte ich, dass die anderen Hotelgäste dachten, er gehörte zu mir. »Hast du vielleicht was von Felix gehört?«

»Waf weif if, wo dein Fteffer fteckt«, antwortete er.

»Hast du Felix grade meinen Stecher genannt?« Ich hoffte, mich verhört zu haben, hätte aber auch kein Problem damit, sollte es nicht so sein, so abstoßend fand ich Uwe. »Geht's noch?«

Hustend kicherte er los, schluckte alles auf einmal runter und zündete sich dann eine Zigarette an. Lässig lehnte er sich zurück, bestellte bei einer vorbeieilenden Kellnerin einen Kaffee und einen Cava und legte den Kopf in den Nacken, als würde er sich gemütlich sonnen. Er hatte offenbar nicht vor, auf eine meiner Fragen zu antworten.

»Haaach«, machte er, als er den ersten Schluck seines Espressos mit heißer Milch getrunken hatte. »Es geht nichts über einen Cortado am Morgen. Und, meine Hübsche? Hattet ihr einen feinen Abend?«

»Nein, und ich habe ein Rätsel für dich: Wir beide am Frühstückstisch – finde den Fehler im Bild!«

»Also jetzt mal unter uns.« Er setzte sich auf, lehnte sich über den Tisch und tat so, als würde es ganz konspirativ. »Wir beide wären doch ein viel geileres Paar. Stimmt's oder hab ich recht?«

Die Sonne schien einen beachtlichen Schaden in seinem Hirn angerichtet zu haben.

»Ehrlich gesagt glaub ich, das denkst du bei jeder Frau«, wimmelte ich seinen läppischen Annäherungsversuch ab. »Ich schlage vor, du hilfst mir lieber, ihn zu finden, denn er ist seit gestern Nacht verschwunden.«

»Was meinst du mit verschwunden?« In seinem Blick las ich ein großes, entsetztes Fragezeichen. »Ey, ich krieg noch Geld von ihm. Der kann jetzt nicht einfach die Biege machen.«

»War ja klar, dass du nur an die Kohle denkst.« Es passte wieder zu dem Banker in ihm. Ich setzte einen skeptischen Blick auf und musterte ihn mit geneigtem Kopf. »Was genau machst du eigentlich?«

Uwe zerpflückte mit seinen Fingern eine Gebäckschnecke, stopfte sie sich in den Mund und fing erst dann an zu sprechen.

»Also die Ensaimada hätte ich in diesem Nobelschuppen aber besser erwartet. Die ist ja furztrocken.« Bei dem Wort furz spuckte er ein angekautes Stück wieder aus, und es blieb auf meinem Tellerrand liegen, gleich neben dem Mandelhörnchen, das ich mir heimlich einpacken wollte. Gott, war der Typ widerlich!

»Schön, du antwortest nicht auf meine Fragen. Dann kann ich ja gehen.« Mich nervten Uwes ausweichende Antworten einfach nur.

»Jetzt mal schön der Reihe nach. Ich bin quasi ein Mädchen für alles, nur mit Eiern.« Das fand er so lustig, dass er lauthals lachte und mir weitere Einblicke auf durchgekautes Schmalzgebäck bot. Mir war lebenslänglich der Appetit auf Ensaidingsda vergangen.

»Ich mach mal dies und mal jenes und mal mehr, mal weniger.«

Er blieb so unverbindlich wie möglich.

»Und warum warst du mal im Knast?«, fragte ich und zeigte auf das Tattoo Marke Eigenbau auf seinem Unterarm. Ich konnte natürlich nicht sagen, woher ich das wusste, und tat so, als hätte ich geraten.

Uwe reagierte ziemlich ungelassen, in dem er das Gebäck fallen ließ.

»Wie kommst du denn darauf?«, fragte Uwe, das Unschuldslämmchen.

»Das bleibt mein Berufsgeheimnis«, erwiderte ich, ohne rot zu werden. »Aber wenn du versuchst, uns zu linken oder mich weiterhin so billig anzugraben, dann kriegste richtig Stress.«

»Aber ich will dir doch nur helfen. Ich weiß gar nicht, was du jetzt hast. Schlechte Laune, weil Felix dich verlassen hat?«

Vermutlich war er auch davon ausgegangen, ein verliebt-verlobtes, knutschendes Pärchen vorzufinden. Stattdessen musste er sich mit einer unverlobten Kratzbürste rumschlagen, die bei jedem seiner hohlen Sprüche ihre Krallen ausfuhr. Zu Recht natürlich, denn das ging auf keine Kuhhaut, was der Typ da vom Stapel ließ.

»Also, als ich heute Morgen wach geworden bin, war er nicht im Zimmer. Na ja, und gestern Nacht hat er auch nicht im Zimmer geschlafen!« Dabei vermied ich es zu erwähnen, dass ich ebenfalls den Großteil der Nacht nicht im Hotel verbracht hatte.

»Haste ihn gestern nicht rangelassen? Harharhar!«, grunzte Uwe wieder los. Ich konnte diese dämlichen Sprüche beim besten Willen nicht mehr ertragen. Unruhig blickte ich alle dreißig Sekunden auf mein Handy, falls Felix sich inzwischen gemeldet hatte. Möglicherweise war er ja schon auf dem Zimmer und machte sich hoffentlich die gleichen Sorgen wie ich.

An den Nebentisch setzten sich vier Männer, die das Ambiente des chilligen Dachterassenfrühstücks nutzten, um von ihren Beinaheroberungen der letzten Nacht zu prahlen.

»Ich liebe Junggesellinnenabschiede!«, meinte Nummer eins. »Die Mädels sind *soo* bereit!«

»Ja«, bestätigte Nummer zwei, »nur nicht für dich!«

Alle grölten.

»Ich glaube, ich habe noch nie jemanden gesehen, der innerhalb von fünf Minuten so oft abgeblitzt ist«, legte Nummer drei nach.

»Ich wollte doch gar nichts von denen!«, protestierte Nummer eins. »Ich wollte doch nur mal sehen, wie die so drauf sind.«

»Vor allem, wenn du drunter wärst«, ergänzte Nummer drei und erntete dafür einen Lacher. »Daraus wurde aber mal wieder nichts.«

»Du kannst es ja am Wochenende wieder am Friesenplatz versuchen, da sind bestimmt auch wieder jede Menge Junggesellinnenabschiede. Vielleicht fällt ja doch mal was für dich ab«, meinte nun Nummer vier.

Oh Mist, Friesenplatz – dieser peinliche Männerhaufen war auch noch aus Köln! Und irgendwas irritierte mich an Nummer vier, der mit dem Rücken zu mir saß.

»Du stellst mir überhaupt bald mal die Neue vor, die du eingestellt hast«, forderte Nummer eins von Nummer vier, »und der du direkt bis zum Bauchnabel schauen konntest.«

»Ist sie gepierct?«, fragte Nummer zwei.

»Nein, aber verheiratet«, antwortete Nummer vier. Und in dem Moment fiel mir auf, über wen sie redeten: über mich! Nummer vier war niemand anders als Herr Renner und die anderen drei meine neuen Kollegen!

Ich fiel aus allen Wolken und schlug so hart auf, dass ich sprachlos war. Die sprachen über mich, als wäre ich ein Flittchen. Dabei saß das wahre Flittchen auf der Finca und hängte wahrscheinlich grad ihre Glocken in die Sonne. Ich hingegen konnte nichts dafür, es war ein Missgeschick gewesen. Ich biss mir auf die Lippe. Eigentlich wollte ich meine Identität dem Nachbartisch nicht preisgeben.

Doch dann setzte Nummer eins wieder an: »Trotzdem, wer sich so präsentiert ...«

Ich beschloss, dass ich keine Lust mehr hatte, meine Kollegen von ihrer billigsten Seite kennenzulernen. »Herrgott, der Knopf war kaputt! Er ist abgefallen!«, schimpfte ich.

Fünf Männer starrten mich an. Vier vom Nachbartisch und Uwe. Renner war die Situation sichtlich peinlich.

»Ach ... ähm ... da sind Sie ja ...«, stotterte er. »Frau Spielmann ... ähm ... schön! Das sind Ihre zukünftigen Kollegen!«

»Keine Namen bitte, keine Namen!«, flehte Nummer eins. Er hoffte wohl, bis zu meinem Arbeitsbeginn eine komplette Typveränderung zu machen, damit ich ihn nicht mehr erkannte.

»Und das ist Ihr Ehemann? Freut mich sehr, Renner, NT Research Personal Consultings«, hörte ich Herrn Renner sagen, realisierte aber erst nach einer Schocksekunde, dass er damit Uwe meinte. Diese Sekunde nutzte der aber gnadenlos aus.

»Genau«, antwortete Uwe und schüttelte Renner die Hand. »Ich bin Ninas Mann.«

Die Dreistigkeit dieser Aussage reichte ihm nicht, er küsste mich zur Unterstreichung auch noch. Da ich mich im letzten Moment wegdrehen konnte, erwischte er aber nur meine Wange. Ich wollte ihn umbringen. Wieso erstickte er nicht einfach an dem Mandelhörnchen, das er sich von meinem Teller geangelt hatte? Da sich das Wetter in den letzten Tagen gebessert hatte, durfte ich nicht einmal damit rechnen, dass er jetzt von einem Blitz getroffen wurde. Ich wünschte, dass er augenblicklich tot umfiel, konnte mich aber auf nichts verlassen und wählte daher die Flucht nach vorn.

»Wir müssen jetzt aber leider los. Wir wollen heute noch ganz viel machen«, sagte ich und zog Uwe hinter mir her.

»Klar wollen wir das«, antwortete Uwe dreckig, »aber das geht deine Kollegen nun wirklich nichts an!«

Mir blieb die Luft weg. Ich schob ihn einfach nur noch von der Terrasse.

»Was sollte das?«, zischte ich Uwe im Hotelflur an.

»Was sollte was, mein Schatz?«, fragte Uwe hämisch. »Ich wollte mein Schnuckiputzi bloß in Schutz nehmen. Und seit wann bist du verheiratet?«

»Bin ich ja gar nicht richtig. Also nur ein bisschen. Ach, das geht dich nichts an. Verstanden?«, antwortete ich.

»Klar, man kann nur ein bisschen verheiratet sein«, nörgelte Uwe. »Genau wie ein bisschen schwanger. Bist du das vielleicht auch noch?«

»Nein!«, fauchte ich und atmete tief durch. *Gewalt ist auch keine Lösung*, dachte ich mir, und anstatt Uwe seine wohlverdiente Backpfeife zu verpassen, ballte ich nur die Faust. Einen Streit mit ihm wollte ich mir im Moment nicht leisten, denn er war meine praktischste Möglichkeit, wieder zur Finca zu kommen. Ich öffnete die Tür zu meinem Hotelzimmer.

Felix war, wie erwartet, immer noch nicht aufgetaucht, und weshalb er nicht ans Handy ging, klärte sich auch in diesem Moment. Es lag auf dem Nachttisch. Ich stellte den Fernseher an, und Uwe und ich sahen uns gemeinsam eine Telenovela im spanischen Programm an.

Für einen Harleyfahrer mit chronischem Machogehabe

kannte Uwe die Charaktere der Serie erstaunlich gut. Gebannt verfolgte er die Sendung von unserem Bett aus, auf das er sich ganz selbstverständlich mit den Schuhen gelegt hatte. Ich ignorierte ihn und fragte mich, wie es am Set dieser Soapproduktion aussah, wenn so wunderschön operierte Menschen auf noch wunderschöner operierte Menschen trafen.

Weniger attraktiv war die knallrote Tomate auf den Schultern meines Fastverlobten, der sich kurz darauf leise ins Zimmer schlich.

»Wo zum Teufel warst du?«, fauchte ich ihn an, wozu mich auch Lucia aus der Telenovela inspiriert hatte. Für ein Versöhnungsgespräch wären die Teletubbies das geeignetere Vorprogramm gewesen.

»Du hast mich vor die Tür gesetzt, schon vergessen?«, antwortete Felix beleidigt.

Uwe konnte sich zwischen den zwei parallel laufenden Telenovelas kaum entscheiden.

»Das ist einen halben Tag her, wir haben es nach elf.« Um ehrlich zu sein, hatte ich keinen Plan, wie spät es inzwischen war.

Uwe fand unsere reale Telenovela doch spannender und schaltete das TV-Gerät endlich ab. Aufmerksam verfolgte er unser Streitgespräch und mischte sich hin und wieder ein.

»Also welche ist denn deine Ex, die mit den braunen Haaren oder die Blonde ohne BH?«

War ja irgendwie auch klar, worauf Uwe wieder nur geachtet hatte.

»*Du* hörst auf, über Titten zu reden …«, dabei zeigte ich unhöflich auf Uwe, dann wieder auf Felix, »… und *du* erklärst mir, wo du dich die ganze Nacht rumgetrieben hast!« Schließlich hatte ich mir während meiner Partynacht hin und wieder ernsthafte Sorgen um ihn gemacht.

»Ich hab auf der Dachterrasse geschlafen. Und wenn du wissen willst, wo ich bin, darfst du mich eben nicht rausschmeißen.«

Wir befanden uns in einem Doof-selber-doof-Modus, und Uwes hirnlose Kommentare trugen nur wenig zur Klärung unseres Streits bei.

Ich reichte Felix meine Sonnencreme, damit er seinen fiesen Sonnenbrand, den er sich beim unfreiwilligen Sonnenbaden eingefangen hatte, einigermaßen pflegen konnte. Viel Hoffnung auf Wirkung machte ich mir da aber nicht.

Ich war froh, als ich mit Uwe vor Felix das Hotel verließ. So würde wenigstens kein weiterer Streit über die Höhe der Hotelbarrechnung entbrennen. Er war doch heute Morgen so ein Hitzkopf.

»Übrigens, Uwe, ich weiß das mit dem Antrag«, sagte ich, während wir durch die Fensterscheibe Felix beim Bezahlen der Zeche beobachteten.

»Öhm … welcher Antrag?«, fragte Uwe und guckte dabei so unschuldig wie ein frisch ertappter Dieb. »Warum sollte er dir einen Antrag machen, bist doch wohl schon unter der Haube.«

»Verarsch mich nicht!«, drohte ich ihm. »Und wenn wieder eine dumme Idee ihren Weg zu meinem Freund findet, redest du sie ihm aus. Verstanden?«

Eine Antwort blieb er mir schuldig, weil Felix aus dem Hotel nach draußen trat. Ich hätte schwören können, dass sein Kopf noch etwas roter war als zuvor.

30

Die Autofahrt nutzte ich für eine mentale Vorbereitung auf die bevorstehende Gegenüberstellung und Enttarnung Claudias. Das gelang mir aber nur mittelmäßig gut, weil Uwe wieder vorpubertäres Tittengequatsche von sich gab. Beschwerte ich mich, ließ er mich wissen, dass auch ich schöne Brüste hatte. Das wisse er, ohne jemals hingeschaut zu haben. Wer's glaubt, wird selig. Irgendwann setzten wir Uwe dann endlich ab.

Beim Eintreffen auf der Finca sah ich schon von Weitem Claudia auf der Terrasse stehen und uns zuwinken. Na klar, bei unserem letzten Aufeinandertreffen waren wir so etwas wie Verbündete im Kampf gegen den empfindlichen Magen gewesen.

»Da seid ihr ja endlich«, begrüßte sie uns aufgeregt und strahlte mich wie ein Honigkuchenpferd an. »Schau mal, was mir Stefan zum Geburtstag besorgt hat.«

Sie hielt ihr Kleid am Saum und machte einen übertriebenen Knicks. Ihr Kleid war nämlich mein Kleid.

Nun standen wir als doppeltes Lottchen beide im selben Kleid da, und sie ließ sich von Felix zu ihrem dämlichen Geburtstag drücken. Dabei schlang sie die Arme um seinen Hals und ließ sich von ihm tragen. Das war zu viel für meine letzte Sicherung, die mit einem lauten »Lass meinen Felix los!« rausflog.

Verwirrt glotzte sie mich an.

»Und zieh dir bitte mal einen verdammten BH an!« *Du Flitt-*

chen! Den zweiten Teil des Satzes dachte ich nur. Ich musste mir sofort etwas anderes anziehen. Es reichte vollkommen, dass ich mit dieser Kuh meinen Kerl teilte, aber auch noch das Kleid? Das ging zu weit. Beleidigt stampfte ich in die Finca und ließ Felix seiner verdutzten Ex den Wutausbruch erklären.

Im Innern der Finca sah es aus, als wäre ein Karnevalszug durchmarschiert. Auf der Ablage der Küche stapelten sich Klamotten. Der Boden war mit Krümeln, Legos und Sand – wo auch immer der herkam – übersät. Im Fernsehen lief, ohne dass jemand grade hinschaute, der eklige grüne Kerl aus Herr der Ringe, der immer »mein Schatz«, krächzte, was auf Spanisch »Mi tesooooroo« hieß.

Mir schien, als lockerte die sonst in Erziehungsfragen so strenge Claudia an ihrem Ehrentag sowohl das Fernsehverbot als auch die Süßigkeitenkontrolle für ihren Sohn.

Auf dem Esstisch stand eine für vier Personen überdimensionierte zweistöckige Schokoladentorte, an der sich Lenny unbemerkt bediente, und zwar ohne Besteck.

»Na, Lenny, schmeckt's?«, fragte ich den Kleinen im Vorbeigehen und sah mich vor, um nicht auf verschüttete Legosteine zu treten. Die Zeit, die Claudia beim Nichtanziehen eines BHs sparte, hätte sie zumindest ins Aufräumen investieren können.

»Lecka, Kuchen von meina Mama!«, rief er mir zu, brach ein Stück mit seinen Fingerchen aus der Torte und kam auf mich zugelaufen, um mich kosten zu lassen. Das Stück war beim Start etwa doppelt so groß gewesen.

»Danke, das ist aber lieb von dir, Lenny«, bedankte ich mich artig und erfüllte damit heute mal das Mindestmaß an guter Kinderstube. »Hast du den Kuchen gebacken?«

»Neeiiin«, kicherte Lenny los. »Meine Mama hat häppi Börstei.«

Lenny brachte mich zum Lachen. Wetten, dass der nicht so happy war, der Birthday!

»Oh, du meinst, sie hat Geburtstag. Dann probiere ich den Kuchen mal.«

Unter anderen Umständen hätte ich Claudias Torte dem Müll gestiftet, aber weil Lenny so unglaublich niedlich teilte, konnte ich nicht anders, als dieses geile Stück Schokotorte zu essen. Lenny marschierte zufrieden nach draußen. Bruno und Lenny waren heute meine persönlichen Helden.

Stefan schien offensichtlich auch zum ersten Mal von Claudias Vorleben mit Felix erfahren zu haben und äußerte es in einem riesigem Badaboom draußen auf der Terrasse.

Anstatt nun den Ärger für ihren sehr kreativen Umgang mit der Wahrheit zu schlucken, schlug Claudia hysterische Töne der Selbstverteidigung an. Das schockierte den sensiblen, überzuckerten Lenny so sehr, dass er uns mit einem schrillen Knabensolo alle auf die Terrasse lockte. Für den Lärm unterbrach selbst Anja ihren Matratzenhorchdienst.

»Was ist denn hier los?«, fragte sie entsetzt.

»Felix und Claudia hatten mal was miteinander«, erklärte Arne.

Anjas verschlafene Augen wurden schlagartig tellergroß, so unerwartet traf sie die Enthüllung des Tages.

»Vor zehn Jahren«, fügte Claudia kleinlaut hinzu, als sie mit Mann und Kind ins Haus marschierte und hoffentlich ihre Aufgabe als Mutter wahrnahm. Stefans Kopf hatte eine lebensbedrohliche dunkelrote Farbe angenommen, und seine Nasenflügel flatterten so sehr, dass er bestimmt abgehoben hätte, wenn seine Knochen nicht so schwer gewesen wären.

Anja presste Arne aus wie eine Valensina-Orange und fand dabei heraus, dass Arne schon vorher von Felix eingeweiht worden war. Arne war wirklich nicht zu trauen. Deshalb tat er mir auch nicht im Geringsten leid, als herauskam, dass auch sein edles Solidaritätsnichtrauchen eine Verarsche war und er sich heimlich immer noch einen wegschmökerte. Zwischen allen Pärchen herrschte nun dicke Luft. Und was macht man, wenn die Stimmung so richtig im Arsch ist? Richtig: einen gemeinsamen Ausflug!

31

Sich aus dem Weg gehen kann doch jeder, muss sich irgendein Spaßvogel gedacht haben, der die Weinprobe organisiert hatte, die wir alle gemeinsam Claudia und irgendwie auch uns selber zum Geburtstag geschenkt hatten.

Auch wenn ich mein mallorquinisches Zuhause nicht besonders liebte, hätte ich an diesem sonnigen Tag nach einer durchzechten Nacht, die ich nach wie vor für mich behielt, alles dafür gegeben, einfach am Pool zu liegen.

»Müssen wir denn mit?«, flüsterte ich Anja zu.

»Ja, und ob. Erstens ist es ein Geschenk, und zweitens kommen wir an einem Schuhoutlet vorbei.« Damit hatte sie mich schon, aber um mich weiter zu ködern, fügte sie noch hinzu: »Claudia meinte, da kann man richtig gute Schnapper machen.«

Was Claudia meint, interessiert mich einen Scheiß!, wollte ich eigentlich sagen, aber heraus kam: »Das kann ich mir natürlich nicht entgehen lassen.«

Tatsächlich konnte ich ziemlich gut ein Paar Sommersandalen gebrauchen, vor allem, nachdem ich mir gestern selber Sekt Nummer vierundzwanzig über den Fuß geschüttet hatte, als mich ein Gorilla von einem Kerl beim Tanzen angerempelt hatte. Zum anderen wollte ich verhindern, dass Claudia später mit tollen Sandalen wiederkam und ich mich vor Neid in Grund und Boden ärgerte. Also willigte ich halbherzig ein.

Bevor ich zu den anderen in den Wagen stieg, musste ich aber noch etwas Dringendes erledigen.

Unter dem Vorwand, noch einmal zur Toilette zu müssen, lief ich schnell ins obere Geschoss, wo sich die Schlafzimmer von Claudia und Stefan befanden. Mein Herz klopfte mir bis zum Hals, als ich Claudias Sachen nach einem kleinen Sprühfläschchen durchsuchte. Dort war nichts. Also ging ich ins Bad. Auch das Louis-Vuitton-Kosmetiktäschchen, dass ich Claudia zugeordnet hatte, entpuppte sich als Fehlgriff, denn es gehörte einem Mann. Und da ich in eine beträchtliche Menge Kondome griff, war es wohl Stefans Tasche, denn Arne konnte Anja schlecht ein zweites Mal schwängern.

Stefan, du schlimmer Finger, dachte ich und stellte ihn mir beim Kondomkauf vor, während ich eine Tasche durchwühlte, die mir irgendwie bekannt vorkam. Bingo! Darin befand sich das von Simone beschriebene rosa Pumpfläschchen. Ich schraubte den Deckel ab und kippte den Inhalt aus. Dann hörte ich plötzlich unten im Erdgeschoss Claudias Stimme.

Shit, shit, shit. Schnell füllte ich Wasser in das Fläschchen, verschraubte es und verzog mich in Lennys Zimmer, das dem Bad gleich gegenüberlag.

Hinter der verschlossenen Tür hörte ich das typische Flipflopgeräusch die Treppe heraufkommen. Ich traute mich kaum mehr zu atmen. Die Flipflops marschierten geradewegs auf Lennys Zimmer zu. Ich suchte etwas, wo ich mich verstecken konnte, und fand nichts Besseres als das Bett, unter das ich mich in Sekundenschnelle schlängelte. Allein für diese Geschmeidigkeit hatte sich der Zumbakurs doch schon gelohnt. Was sich aber gar nicht gelohnt hatte, war die komplette Aktion, denn die Flipflops bogen in Richtung Bad ab. Ich arbeitete mich unter dem Bett hervor, was deutlich schlechter ging, als drunter zu kommen. So viel also zum Thema Zumba. Außerdem hatte sich ein Spielzeugauto in meinen Haaren verfangen, das sich wohl schon vor mir unter dem Bett versteckt hatte. Ich brauchte eine geschätzte Ewigkeit, um das Plastikding wieder loszuwerden. Dann schnappte ich mir eins von Lennys Büchern, die er sorgfältig über den Boden seines großzügig geschnittenen Zimmers verteilt hatte, und stahl mich durch die Kinderzimmertür in den Flur. Genau in dem Moment bog Claudia um die Ecke.

»Was machst du denn hier oben?«, fragte sie mich.

Da ich aber noch ziemlich sauer auf sie war, hielt ich Lennys Buch von *Fridolin, dem Feuerwehrmann* hoch und antwortete knapp.

»Für die Fahrt.«

»Oh, danke! Daran hatte ich noch gar nicht gedacht.« Doch da war ich schon längst wieder unten und lachte mir ins Fäustchen, dass meine Haarsabotage gelungen war.

Da Felix die Hauptarschkarte gezogen hatte, wurde bestimmt, dass er die Truppe hin- und auch wieder zurückfahren musste.

Anderen beim Trinken zuzusehen, war meiner Ansicht nach eine gerechte Strafe. Die viel größere Strafe jedoch war für Felix die Geschwindigkeit der einheimischen Autofahrer. Auch wenn die Mallorquiner ihre Eselskarren vor Jahren gegen ein Automobil eingetauscht hatten, sahen sie es trotzdem nicht ein, schneller als mit dreißig über ihre schöne Insel zu gurken. Getreu dem Motto: Der Weg ist das Ziel. Felix unterdrückte, so gut er konnte, seine typischen Wutanfälle, und bis auf gelegentliche Seufzer war nichts von ihm zu hören.

Mallorca bei Sonnenschein war eine Augenweide. Landschaften, die ich durch den Regenvorhang der letzten Tage nicht gesehen hatte, strahlten in warmem Rot-Braun. Armeen von knarzigen Olivenbäumen säumten unseren Weg nach Binissalem, dem größten Weinanbaugebiet Mallorcas und Ziel unseres Ausflugs.

Angeregt von der Landschaft um uns herum, wachte Stefan aus seiner Lethargie auf.

»Was meint ihr, wie viele Kilo Oliven hängen wohl im Durchschnitt an einem Baum?«

Er und Claudia schienen sich wieder versöhnt zu haben, denn sie hatte ihren Kopf auf seine Schulter gelegt und ihre Arme um seinen Bauch geschlungen.

»Zweihundert!«, antwortete Arne als Erster und so selbstverständlich wie das Einmaleins.

»Was du nicht alles weißt«, murmelte Anja. Nach Arnes Raucherzwangsouting war die Stimmung bei den beiden auch ziemlich abgekühlt.

»Ich glaub, ich hab das mal bei Galileo gesehen«, erwiderte Arne, ein großer Fan von Wissenschaftssendungen.

»Nee, viel weniger«, räumte Felix ein. »Ich sage, so zwischen siebzig und achtzig Kilo.«

»Ich tippe auf zwanzig«, meinte Claudia.

»Zwanzig?«, riefen alle durcheinander. »Viel zu wenig!«

»Wie viele sind es denn, Stefan?«, wollte ich wissen.

»Bin ich Olivenbauer, oder woher soll ich das wissen?«, brummte Stefan, zückte sein iPhone und suchte nach der richtigen Antwort. Wegen der nicht ganz flächendeckenden Internetverbindung dauerte die Lösung des Rätsels einige Minuten. Bis dahin drehte sich alles um das Thema Oliven. Die Ablenkung nutzten Anja und ich für ein geflüstertes News-Update.

»Wie hast du das mit Felix und Claudia herausgefunden?«, fragte Anja.

»Zufall. Er hat sie im Kalender unter Snoopy gespeichert.«

»*Was?*«, lachte Anja. »Claudia ist Snoopy? Oh mein Gott.«

»Hmm …« Ich seufzte und nickte. Inzwischen konnte ich auch schon darüber lachen. Mir fiel wieder Simone ein, die mir erzählte, dass Claudia sogar schon versucht hatte, ihren niedlichen Spitznamen bei Stefan zu etablieren, in dem sie wochenlang nur noch Snoopy-Höschen trug.

»Meinst du, sie hat das Snoopy-Shirt von ihm?« Sie deutete dabei unauffällig auf Felix, der sich mit Arne angeregt über die beste Jahreszeit fürs Jauchen unterhielt.

So weit hatte ich noch gar nicht gedacht. Vielleicht hing sie ja so an ihrem Shirt, weil es sie an Felix erinnerte. Ich warf einen Blick nach hinten, wo Claudia und Stefan auf den Klappsitzen Platz genommen hatten und ihre Finger ineinander verkeilten, während Stefan die Hand, mit der er das iPhone hielt, weit vom Körper wegstreckte.

»Was 'ne Torte«, murmelte ich.

»Meinst du mich etwa damit?«, fauchte Claudia. Während ihre Taktik »Angriff ist die beste Verteidigung« war, empfand ich es als angemessene Bestrafung, sie vollständig zu ignorieren. Also antwortete ich gar nicht erst auf ihre Frage.

Unter nun erschwerteren Bedingungen setzten Anja und ich unser Gespräch fort, denn Claudia beugte sich ständig vor, um zu schauen, wie es Lenny ging, der aus Sicherheitsgründen neben uns auf der Sitzbank saß. Dabei versuchte sie immer wieder herauszufinden, was wir tuschelten.

»Ha, ich hab's!«, rief Stefan laut und meinte damit das Ergebnis der Olivenernte. »Also jeder gibt einen Tipp ab!«

»Ich bleibe bei zweihundert«, meinte Arne.

»Dreihundertzwanzig!«, rief Claudia aufgeregt.

»Fünfzehn«, gähnte Anja gelangweilt. Landwirtschaft war nicht ihr Ding.

»Fünfundsiebzig«, entschied sich Felix.

»Hundert Kilo«, riet ich.

»Und richtig lag …« Um die Spannung zu steigern, machte er eine kleine Pause. »Niemand! Die richtige Zahl lautet: circa fünfzig Kilo.«

Das Ergebnis wurde zur Kenntnis genommen, mehr nicht.

»Und jetzt für die Profis unter euch: Wie viele Kilo Oliven benötigt man für einen Liter Öl?«

Der Einzige, der sich als Profi angesprochen fühlte, war Arne, der voll auf Stefans heiterkeitsfördernde Ratespiele einstieg. Wir anderen mussten uns noch mehrere andere Fragen zu Oliven anhören, von der leichtesten bis zur schwersten Olivensorte und zu seltenen Olivenbaumformen. Direkt vor dem Moment, in dem wir eigentlich erfahren sollten, wie viele Meter der am weitesten gespuckte Olivenstein geflogen war, kamen wir am Weingut an, und das Quiz war zu Ende. Manchmal ist das Leben wirklich gemein.

32

Das Weingut lag in einem nur teilweise malerischen Industriegebiet von Binissalem im Herzen Mallorcas. Links von der Straße reihte sich Weinstock an Weinstock. Rechts stand eine Fabrikhalle neben der anderen. Ich hatte mir Felder mit Weinreben vorgestellt, die sich über unendliche Weiten ausdehnten, dementsprechend war ich ein wenig enttäuscht von dem Anblick.

Im Innern machte die Weinkellerei nicht so viel her, weil das gesamte Gebäude vor einigen Jahren renoviert worden war, um den Wein unter besten Bedingungen herzustellen, wie uns Maria erklärte. Maria führte durch die Weinprobe.

Sie war Mallorquinerin, sprach aber zehnmal so gut Deutsch wie die Leute im Nachmittagsprogramm bei RTL und SAT1 zusammen. Und damit wir einen Eins-zu-eins-Vergleich hatten, wurden wir mit einer Truppe, bestehend aus zwei älteren Pärchen aus Berlin, zusammengelegt.

Die waren »ziemlich jut druff, wa«. Stefan musterte mit seinem missfälligen Blick das muntere rotwangige vierköpfige Trüppchen.

»Wo wohnt ihr denn in Berlin? Ich hatte früher eine Agentur in Charlottenburg.«

»Nee, wir wohnen in Spandau, kennste? Aba die Else hiea, die arbeitet am Ku'damm in eenem Schuhladen.«

»Oh, am Ku'damm war ich neulich auch. Im KaDeWe hatten die Sale. Stellt euch vor, ich habe ein echtes Cavalli-Kleid für zweihundertfünfzig Euro bekommen. Ein echter Schnapper, oder?«, schnatterte Claudia drauflos.

Ich fragte mich in solchen Momenten, ob die wirklich so naiv war, wie sie tat, oder ob das gezielte Namedropping darauf hinweisen sollte, wie viel besser sie als der Rest der Menschheit war. Also sandte ich ihr einen Blick, der ihr unmissverständlich zu verstehen gab: Halt doch einfach mal den Rand. Sie antwortete mit einem empörtem Schulterzucken und einem Ich-kann-ja-wohl-sagen-was-ich-will-Blick. Ich nahm mir eins der Gläser Wein, die Maria mit viel Information verteilt hatte, und prostete Claudia zu.

Auf Felix, der jetzt mir gehört. Claudia prostete mir mit einem randvollen Rosé zu und exte ihn regelrecht weg. Wären die Hempelmannns die *von* Hempelmanns, dann wäre der Schluckspecht wahrscheinlich ihr Wappentier.

Ich schnappte mir das nächste Glas, offenbar war Maria schon zu den Rotweinen übergegangen, und versuchte es auch in einem Schluck hinunterzustürzen. Es gelang mir nur unter größter Überwindung, und ich hatte augenblicklich einen sitzen.

Claudia ging noch weiter und bewies, was für ein harter Knochen sie war, in dem sie das nur halb voll ausgeschenkte Rotweinglas, welcher Rebsorte auch immer, mit dem Rest des Rosés auffüllte und runterkippte. Die Frau hatte echte Trinkerqualitäten.

Wow! Daumen hoch!, gab ich ihr anerkennend zu verstehen.

Aber auf dein Kind kannst du gleich selber achtgeben. Dabei wies ich auf Lenny hin, der unter dem Tresen mit den weggeworfenen Korken spielte.

»Bah, Lenny, das ist pfui!«, schimpfte Claudia und zog Lenny an einem Arm unterm Tresen hervor. Der bedankte sich mit lautstarkem Knatschen und gab sich erst wieder zufrieden, als Maria ihm einige Quelys, original mallorquinische Cracker, zusteckte. Die Vorliebe für Knabberzeug musste Lenny von seinem Vater geerbt haben, denn Stefan warf sich einen Cracker nach dem anderen ein, nachdem er sie in ein Schälchen mit Olivenöl getunkt hatte.

Wir kamen zum Ende der Weinprobe, und eigentlich alle, die nicht minderjährig, schwanger oder Chauffeur waren, wankten nach draußen.

Puh, ich hätte wirklich mehr frühstücken sollen. Irgendwie erschien mir jetzt die Grundlage als nicht ausreichend. Ich war ganz aus dem Häuschen, als irgendein helles Köpfchen der Runde einen Großfamilienausflug zu einem nahe gelegenen McDonald's vorschlug.

Selbst im angetrunkenen Zustand ließ Claudia die Maske ihrer Scheinheiligkeit noch nicht fallen.

»Gibt es denn kein anderes Restaurant in der Nähe?«, fragte sie Stefan, der zum Glück den Kopf schüttelte und Felix nach Inca lotste, wo sich die nächste Fast-Food-Filiale befand.

Nun begann der interessantere Teil der Reise, den ich, um ehrlich zu sein, schon beinah vergessen hatte. Aber auf Anja war Verlass, und sie navigierte Felix schnurstracks zur Outlet-Mall des mallorquinischen Schuhherstellers Camper.

Arne jammerte, Stefan maulte, und Felix gab vor, Hunger zu haben. Es stand 3:3. Lenny zählten wir aus Gründen der Fairness nicht mit, weil er einfach zu bestechen war.

»Ich wollte nach Schuhen für Lenny schauen, und die sind hier bis zu fünfzig Prozent günstiger als in München.«

Gut aussehen und dabei sparen, das waren zwei Argumente, mit denen sie auch Stefan überzeugen konnte, also waren wir nun 4:2.

Felix und Arne blieben draußen. Wahrscheinlich wollte Arne wieder heimlich rauchen. Der Rest schwärmte im Laden in verschiedene Richtungen aus. Ich suchte in den Regalen der

Größe 38 nach Schuhen, und schon nach wenigen Sekunden stellten sich mir ein paar Sandalen in den Weg. Nicht ich fand diese Schuhe, sondern sie fanden mich! Es war Liebe auf den ersten Blick, auch wenn Anja und Claudia etwas anderes behaupteten. Aber die waren ja bloß neidisch, dass ich die wunderschönen grünen Sandalen zuerst entdeckt hatte. Sie hatten auf dem Zehentrenner eine aufwendig gearbeitete rote Lederblume. Die Lederblumen wiederholten sich an den beiden grünen Lederschnüren, die um die Wade gebunden wurden. Leider hatten die Schuhe neben dem stolzen Preis von 250 Euro einen Haken. Es gab sie nur noch in Größe 41. Irgendeine olle Kuh hatte die Schuhe falsch einsortiert.

»Nina, du schlappst ja aus den Sandalen raus«, ermahnte mich Anja bei meiner Anprobe.

»Ja, noch! Aber wenn ich jemanden finde, der mir die Schnüre etwas versetzt …«, dabei zeigte ich Anja die Stelle, die ich meinte, »… dann sitzt die Sohle schon viel fester am Fuß.«

»Es ändert ja trotzdem nichts daran, dass die zu groß sind«, stellte Claudia korrekt fest und versuchte, die Differenz zwischen 41 und 38 auszurechnen. Kein einfaches Unterfangen nach der Weinprobe.

»Weißt du, wie teuer solche Änderungen sind?«, fragte Anja und riss angesichts des Preisschilds die Augen auf.

»Qualität hat halt ihren Preis«, argumentierte ich. Langsam spürte ich vom übermäßigen Alkoholkonsum eine leichte Übersäuerung, was meiner Geduld und Argumentationsfreude nicht zugutekam. Aber noch wollte ich mich nicht zufriedengeben. Möglicherweise war meine Wahrnehmung von Ästhetik durch den Frühschoppen ein wenig getrübt.

»Du sagst doch selbst immer, dass man bei spanischen Marken grundsätzlich zwei Größen größer anprobieren muss.«

»Das gilt für Klamotten und nicht für Schuhe«, setzte Anja noch einmal an. »Und jetzt reicht es mir.«

Sie riss meine Tasche vom Anprobehocker und rannte damit einfach raus zu Arne und Felix. Ich war also quasi mittellos, hatte dafür aber schon eine Lösung: Ich sah für einen kurzen Moment darüber hinweg, dass Claudia die Exfreundin meines Freundes war.

»Claudia, haste mal zweihundertfünfzig Euro für mich?«

»Ach, sieh mal einer an, wer wieder freiwillig mit mir spricht. Man könnte ja fast meinen, dass bei Geld die Freundschaft anfängt.«

Also Freundschaft war so ein dehnbarer Begriff, und dank sozialer Netzwerke kann man ja mit völlig Fremden befreundet sein. Unter diesen Umständen war es mir egal, dass sie mich für eine Freundschaft mit Geld schmieren wollte. Also nickte ich eifrig.

»Gut, dann lass dir mal einen freundschaftlichen Rat geben«, lallte sie. »Die Sandalen sehen scheiße aus.«

Ohne Geld ließ sie mich im Laden stehen und verschwand mit Mann und Kind nach draußen.

Den Moment der Ruhe nutzte ich, um mich von den schönsten Sandalen der Welt zu verabschieden. Ich hätte wahrscheinlich noch den ganzen Nachmittag mit den Schuhen auf dem Schoß und dem Schwips im Kopf auf dem Hocker im Outlet verbracht, wenn Felix mich nicht irgendwann mit dem billigen Versprechen einer Portion Pommes rausgelockt hätte. Er hatte natürlich Erfolg.

33

Gibt's hier auch etwas mit frischem Gemüse?«, fragte Claudia, was zu einem riesigen Gelächter von Arne, Anja und mir führte.

»Sicher doch, die Tomate vom TS.«

»Das Ei vom Chefsalat.«

»Die Milch vom Capuccino.«

Doch Claudia gab sich mit unseren Ernährungstipps nicht zufrieden: »Ich meine ja nur. Nachdem Felix ihn schon mit Fritten und Ketchup vergiftet hat.«

»Die tut ja grade so, als wäre sie jahrelang nicht mehr hier gewesen«, sagte ich zwinkernd. Ich sprach mit Absicht in der dritten Person von Claudia, weil ich ja noch immer nicht mit ihr redete – von meiner Bettelaktion mal abgesehen.

»Da frage ich mich bloß, wer sich bei der Ankunft am Flughafen in Palma noch schnell ein Big-Mac-Menü reingezogen hat«, entlarvte ich sie mit Simones Entdeckung.

»Woher weißt du das?«, stammelte Claudia und schielte Hilfe suchend zu Stefan, anstatt meine Behauptung einfach zu dementieren.

Ich zuckte anstelle einer Antwort bloß mit der Schulter und ließ sie mit einem verdutzen Stefan zurück. Uiuiui, zwei Outings waren zu viel für einen Tag und eine Beziehung.

Ich stopfte einen Cheeseburger in mich hinein, den Felix bestellt hatte. Danach holte ich mir das Eis, das ich auch mit Bruno noch vor einigen Stunden auf dem Promenadenmäuerchen an der Platja de Palma gegessen hatte. Ich konnte mich sogar noch an den Geruch von Brunos Lederjacke erinnern. Mhmm!

Aber was sollte die Schwärmerei? Ich hatte ja meinen eigenen Mann. Allerdings einen, der grade mit seiner Ex Urlaub machte – na gut, unfreiwillig, aber immerhin – und der in diesem Moment einen alles andere als männlichen Eindruck machte. Denn als Lenny seine Happy-Meal-Box öffnete, fielen Felix beinahe die Augen aus dem Kopf.

»Das blaue Leuchtschwert. Die Waffe der Jedi«, flüsterte er und starrte das Spielzeug an, das Lenny jetzt zutage förderte. Felix hatte schon in Deutschland die Sammlung fast vollzählig gehabt, bloß dieses eine blaue Miniaturleuchtschwert von zehn Zentimetern Länge fehlte noch in seiner Sammlung, und das wurmte ihn. Auch wenn Felix schon sonst nicht den allervernünftigsten Eindruck hinterließ, beim Thema Star Wars tickte er vollständig aus. Ich wusste, dass es jetzt peinlich werden würde. Ein Duell Mann gegen Kind stand an.

»Lass es ihm«, flüsterte ich Felix zu.

»Du verstehst das nicht«, flüsterte er zurück. »Wenn ich das blaue Schwert habe, habe ich alles! Dann ist meine Mission komplett. Dann bin ich ein Jedi.«

»Und wenn du einem Kind das Spielzeug wegnimmst, bist du keinen Deut besser als Darth Vader«, versuchte ich, ihn mit seiner eigenen Sprache zu schlagen. Aber die dunkle Seite der Macht hatte Felix schon längst in ihren Bann gezogen.

»Lenny, das ist nichts für dich«, erklärte er im pädagogischen Armin-von-der-Sendung-mit-der-Maus-Tonfall. »Das ist aus einem Film, den du noch gar nicht sehen darfst.«

Lenny, der ja schon zumindest heute Morgen Herr-der-Ringe-Erfahrungen sammeln konnte, interessierte das herzlich wenig, und er war begeistert davon, dass sein Schwert leuchtete.

Felix wollte grade weiterdiskutieren, da fragte Claudia entrüstet: »Du willst ihm jetzt nicht echt das Spielzeug wegnehmen, oder?«

Auch wenn ich wusste, wie lange Felix schon nach diesem dämlichen Schwertchen gefahndet hatte und es nun unter diesen ungünstigen Umständen gefunden hatte, musste ich Claudia recht geben.

Also kaufte sich Felix, der ohnehin das Essen für alle übernommen hatte, noch ein Kindermenü. Das allerdings hätte er sich sparen können, denn Lenny hatte das letzte Modell bekommen und Felix erhielt ein pinkfarbenes Wackelkopfkätzchen.

Pink scheint sich extrem schlecht auf das Gemüt auszuwirken, denn nicht anders war Felix' Kurzschlussreaktion zu erklären.

Er schnappte sich Lennys Leuchtschwert und rannte damit raus ins Kinderparadies, das hier ein riesengroßes Kletterhaus aus buntem Plastik war. Es gab Röhren zum Hochklettern und Querkrabbeln und Kabinen, die Autos oder Flugzeugen ähnelten.

»Claudi, sag mir bitte, bitte, bitte, dass es ein Scherz war und du diesen Vollpfosten niemals an dich rangelassen hast«, bettelte Stefan Claudia an, als auch sie den Aufstieg in eine der drei Kabinen wagten, in die sich Felix verkrochen hatte.

»Hey, das nimmst du gefälligst zurück«, solidarisierte ich mich mit Felix, der in der Tat grade keine Heldentaten vollbrachte.

Inzwischen waren wir alle in dem Kletterhaus, das von den Temperaturen her mit jedem Treibhaus mithalten konnte und das bedenklich wackelte, als Stefan sich hineinzwängte. Ich hatte mich kaum gefragt, ob die Haftpflichtversicherung einen solchen Schaden wohl decken würde, da krachte das Haus mit einem lauten Knall in sich zusammen. Meine einzige Sorge galt dem kleinen Lenny, der direkt vor dem Gebilde gestanden hatte und mich jetzt mit großen Augen anstarrte.

»Es hat Bam gemacht!«, freute er sich.

»Aber ganz gewaltig hat es Bam gemacht, Süßer.« Ich nahm ihn an die Hand und folgte den anderen zum Auto. Keiner hatte offenbar vor, den Schaden seiner Versicherung zu melden. Bei einem privaten Spielplatzbetreiber hätte ich ein schlechteres Gewissen gehabt als bei einem Fast-Food-Riesen. Den Oberknüller brachte aber Felix, der nach erfolgreicher Flucht mit unserer Riesenkarre umkehrte und aus den Trümmern des Kletterhauses noch das Leuchtschwert herausfischte. Das er dann immerhin Lenny schenkte.

»Du hast sie echt nicht mehr alle«, stellte ich fest und war innerlich ganz aus dem Häuschen, wie süß er doch zu Lenny war.

Es hatte fast schon was Heldenhaftes, wenn man kurz vergaß, weshalb das Plastikhaus eigentlich eingestürzt war.

Felix fuhr auf die Autobahn Richtung Osten, und wir alle schnatterten wild durcheinander über unsere spektakuläre Flucht, als wären wir James Bond.

Als wir schließlich unsere Finca erreichten, erklärte sich Felix, von seinem Heldentum nun komplett gepackt, bereit, noch etwas mit Lenny zu spielen, während dessen Eltern ihren Rausch ausschliefen.

Ich war gerührt vom »neuen« fürsorglichen Felix, der einer sicheren Anzeige, wenn nicht sogar einer Festnahme wegen Vandalismus zum Trotz Lennys Spielzeug geborgen hatte.

»Spielt ihr nur, danach spielen wir«, raunte ich ihm zu. So unmoralisch und doppeldeutig mein Angebot klang, die Aussichten auf Sex standen angesichts des fehlenden Zimmerschlüssels nicht wirklich gut.

»Ziehst du dein sexy Kleid bitte wieder an?«, flüsterte er

mir zu. »Claudia kann dir nicht annähernd das Wasser reichen.«

Danke, genau das war es, was ich von ihm hatte hören wollen. Ich war besser als Claudia. Mich durchströmten Glücksgefühle, und ich wollte Felix gleich an Ort und Stelle dafür belohnen. Leider quengelte Lenny.

Seufzend ließ ich mich auf unserem Bett nieder. Ich hätte ein Königreich für eine Mütze Schlaf gegeben, aber daran war gar nicht zu denken, denn Claudia hatte, natürlich ohne zu fragen, die Waschmaschine in unserem Schlafklo angestellt.

Ich sah mich im Zimmer um und entdeckte die Reisetasche, die ich Felix vom Markt mitgebracht hatte. Als Überraschung packte ich die Klamotten aus seiner alten Tasche in die neue um, die allerdings noch ziemlich stark nach Leder stank. Also räumte ich alles wieder zurück, und dann dämmerte mir, woher ich Claudias Kulturtasche kannte. Es war eine Miniaturausgabe von Felix' Reisetasche.

Felix hing also an der Tasche, weil sie ihn an die Zeit mit Claudia erinnerte, und Gleiches galt auch für ihr Snoopy-Shirt. Das Tief nach dem vorhin noch euphorischen Hoch traf mich unerwartet und hart. Hob er sich die Tasche etwa als Trophäe auf? Jedenfalls konnte er sich die Aussicht auf eine heiße Liebesnacht in seine olle Reisetasche stecken und auf dem mallorquinischen Meeresgrund versenken. Aus Trotz zog ich das weiße Kleid, das er sich vorhin gewünscht hatte, aus und dafür meinen Doris-Day-Pyjama an.

Zum zweiten Mal an diesem langen, langen Tag schossen mir die Tränen in die Augen, und weil es diesmal keinen Bruno gab, der mich tröstete, kuschelte ich mich in Felix' Kissen und heulte mich darin aus.

Ich war einerseits so unendlich enttäuscht von Felix, anderseits fragte ich mich ernsthaft nach meinem Problem.

Als ob ich nichts von meinen Exfreunden aufgehoben hätte. Mein Fahrrad hatte Gregors Mutter gehört, bis sie sich ein neues kaufte und mir ihres vermachte. Meine Glücksbringerkette hatte ich noch von Sven, mit dem ich zu Abizeiten mal zusammen gewesen war. Bei der Erinnerung an die Sammelstücke meiner Verflossenen war ich eingeschlafen, bis ich merkte, wie mir kälter wurde. Ich schlug die Augen auf und erwischte Felix dabei, wie er mit zittrigen Händen meinen Kuschelpyjama aufknöpfte. Der hatte echt Nerven.

»Was machst du?«, fragte ich verschlafen. *Doofe Frage*, antwortete ich mir selber. Wonach sah es denn wohl aus?

»Ich ordne deine Brüste!« Bescheuerter konnte seine Antwort nicht sein.

Normalerweise hätte ich ihm für so eine Aktion die Rote Karte gezeigt. Aber statt irgendwelcher Argumente musste ich mir unfreiwillig die Getränke noch einmal durch den Kopf gehen lassen und hing wieder genau dort, wo ich vorgestern schon gewesen war, nämlich über der Kloschüssel.

»Das muss der Wein sein«, entschuldigte ich mich bei Felix für die entgangene Liebesnacht.

Er war etwas bedröppelt: »Wenigstens habe ich diesmal keinen Fisch vergammeln lassen.«

»Hä?« Ich verstand gar nichts, und dann ... *Moment!* War das etwa der Grund, warum ich bereits vor zwei Tagen die Keramik umarmt hatte?

»Was meinst du mit ›vergammeln lassen‹?«, wollte ich nun aber ganz genau wissen und nahm Felix ins Kreuzverhör.

»Du weißt doch selber, dass der ein bisschen gerochen hat«, druckste er herum.

»Ja, aber grade sagtest du, du hättest ihn vergammeln lassen. Das ist ein Unterschied.« Wie ein Fisch versuchte er sich jetzt aus meinem Fragennetz zu winden, hatte aber keine Chance.

»Ich habe ihn nicht vergammeln lassen«, erwiderte er. »Die Sonne hat ihn vergammeln lassen, als er auf dem Armaturenbrett lag!«

Ich ärgerte mich mehr darüber, dass er mich den Fisch hatte essen lassen, als dass er den Fisch im warmen Auto hatte schmoren lassen. Felix wies mich darauf hin, dass er den Fisch ja mit dem ganzen Salz hatte aus dem Verkehr ziehen wollen, ich ihn aber unbedingt hatte retten wollen.

So oder so war ich zu müde, um mich mit Felix zu streiten, und schlief ein. Ich träumte in dieser Nacht so real von Claudia, dass ich sie sogar riechen konnte.

34

Ich wurde davon wach, dass mich die Sonne an der Nase kitzelte. Nun war schon der vorletzte Urlaubstag angebrochen, und ich konnte nicht behaupten, mich besonders gut erholt zu haben. Ganz im Gegenteil, die Kräfte, die ich für den Jobstart in wenigen Wochen sammeln wollte, hatte mir dieser Urlaub komplett geraubt. Das war ein Urlaub, nach dem ich Urlaub brauchte. Am besten alleine. Dann war ich sicher vor dem Mann, der grade neben mir im Bett lag und leise vor sich hin schnarchte. Er wollte mir in diesem Urlaub einen Antrag machen, ich wollte ihm ein Geständnis machen. Nichts von all dem war passiert. Stattdessen fand ich heraus, dass Claudia Felix' Ex war. Anja war schwanger, und ich hatte mich heimlich in einen Türsteher verguckt. Einen so schrägen Urlaub würde ich mein Leben lang nicht vergessen.

Viel Zeit zum Sinnieren blieb mir nicht, denn ich musste mal ganz dringend. Ich hatte inzwischen eine clevere Methode entwickelt, wie ich pieseln konnte, ohne dass Felix etwas davon mitbekam. Das Zauberwort hieß Dusche.

Zugegeben, anfangs fand ich den Gedanken auch etwas eklig, als ich in einer von Anjas Zeitschriften las, das Cameron Diaz diese Methode anwandte, um Wasser zu sparen. Aber als ich das dritte Mal in Folge Felix wecken und aus dem Bett schmeißen musste, beschloss ich, einfach öfter zu duschen.

»Moin, darf ich zu dir rein?«, fragte Felix, als er ein bisschen notgeil den Duschvorhang beiseiteschob. Zum Glück hatte ich meinen Boxenstopp schon hinter mir und war dabei, mir das

Duschgel, mit dem ich mich verständlicherweise ganz dick eingeseift hatte, vom Körper zu spülen. Ich glaube, Schaum auf nackten Frauenkörpern macht Männer ungefähr genauso rattenscharf wie Motoröl, wenn man der Tante in Flashdance Glauben schenken darf.

»Bin schon fertig. Außerdem hab ich Schiss, dass Lenny reinplatzt. Sorry, Schatz!«, entschuldigte ich mich.

»Aber wir haben doch den Vorhang, damit sieht uns keiner«, versuchte Felix mich zu überzeugen.

»Morgen sind wir endlich wieder zu Hause, dann können wir die Tür abschließen und machen, was und wo wir es möchten, und ich hab da schon eine Idee.«

Natürlich hatte ich noch keinen Plan, an welchem ausgefallenen Ort wir's noch nicht gemacht hatten, aber fürs Erste ließ sich Felix abwimmeln.

Arne, der wirklich keine Gelegenheit ausließ, sein Traumauto zu fahren, hatte mit Anja ein Frühstück besorgt, das dem im Hotel gestern fast die Show stahl. Zum ersten Mal nach fünf eher bescheidenen Tagen frühstückten wir unter strahlendem Himmel auf unserer Terrasse.

»Ah, so fühlt sich ein richtiger Urlaub an«, begrüßte uns Stefan und setzte sich als Erster an den Tisch. Claudia schlurfte in der nicht mehr so reinweißen Leinenhose die Treppe hinunter. Ihr Haar hatte sie mit einem Halstuch zu einer Art Turban zurückgebunden, wodurch ihre Dumbo-Ohren schön freigelegt wurden.

»Morgen«, maulte sie schlecht gelaunt.

Huch, wo war denn die superduper Laune hin? Lag es etwa wirklich an dem Haarmittelchen, das ich durch Wasser ersetzt hatte?

»Morgen«, antwortete ich in bester Sonntagslaune. »Neuer Style?«, fügte ich unverschämt hinzu.

»Mhmm.« Mehr gab sie nicht von sich, dafür aber Stefan, der mangels Internetverbindung auf dem Gelände nicht an seinem iPhone oder iPad saß und sich, sehr zum Leidwesen seiner Frau, am Gespräch beteiligte.

»Claudia sah heute Morgen aus wie ein Küken, das aus dem Nest gefallen ist«, lästerte er. »Nicht wahr, meine Süße? Sie hat über Nacht ihre Haare gegen einen blonden Busch eingetauscht.«

Claudia stiegen die Tränen in die Augen. Das hatte sie nun wirklich nicht verdient. Ich konnte mein Werk gar nicht genießen.

Meine letzte Racheaktion lag zwölf Jahre zurück. Damals hatte ich mich bei meinem Sportlehrer für drei Jahre Anbrüllen und Herumscheuchen damit bedankt, dass ich seinen Fahrradsattel mit Schuhcreme angemalt hatte. Ich hatte herausgefunden, dass Herr Funke gleich bei mir um die Ecke wohnte, und war dann spätabends mit Papas stark deckender Schuhcreme hingeschlichen. Sein weißer Jogger war dadurch passé, und in der Folge trug er nur noch schwarze Jogger aus Fallschirmseide mit lila Ärmeln.

»Hat eine von euch vielleicht eine Kur oder eine Spülung dabei?«, holte mich Claudia aus meiner Erinnerung zurück. »Meine Haare sind vom Schwitzen total verfilzt.«

»Na klar, die liegt oben im Bad«, bot Anja an. »So schlimm kann es doch nicht sein.« Anja meinte es gut mit Claudia und wollte sich das Ganze ansehen, aber Claudia lehnte ab. Zu gerne hätte ich mir jetzt den Mob im Colosseum gewünscht, der einstimmig »ZEIGEN! ZEIGEN! ZEIGEN!« rief.

Noch bevor ich einen Blick auf mein Meisterstück werfen konnte, holte uns Uwe zu einem erneuten Schnorcheltrip ab. Ich glaubte an ein Déjà-vu, denn wie schon am Tag zuvor saß er wieder am Frühstückstisch und bediente sich an unserem

Essen. Inzwischen frühstückte ich schon öfter mit ihm als mit meinen Freunden.

»Sag mal, meinst du, wir könnten mal mitkommen, Arne und ich?«, presste Anja zwischen zusammengebissenen Zähnen hervor. »Ich halte es hier langsam nicht mehr aus.«

»Na klar, ich frag mal Felix, was er so geplant hat«, antwortete ich naiv. Leider sah das Felix ein wenig anders.

»Die ist doch schwanger, die darf dann gar nicht tauchen«, behauptete er.

»So 'n Quatsch! Natürlich darf sie schnorcheln. Wo hast du denn den Unsinn schon wieder her?«

»Außerdem fahren wir mit dem Boot raus. Anja kann noch nicht einmal Serpentinen vertragen.«

Ich packte unseren Kram zusammen, wobei eine Frage im Raum stand: »Übernachten wir eigentlich hier oder hast du wieder ein Entschuldigungshotel gebucht?«

Felix nahm mich in den Arm. Vermutlich tat es ihm leid, dass wir Arne und Anja nicht mitnehmen konnten.

»Kann sein, dass wir es ganz eventuell, vielleicht, möglicherweise hierhin zurückschaffen«, witzelte er.

Mir wäre lieber gewesen, ich hätte noch etwas mehr Zeit mit Anja verbringen können, bevor sich in ihrem Leben demnächst alles um Babys drehte.

Thematisch nicht weit entfernt war Uwe am Frühstückstisch, als er Anja zu ihrem Entsetzen zur Schwangerschaft gratulierte. Wenn Blicke töten könnten, wären Felix und Uwe auf der Stelle vom Stuhl gefallen. Nun musste sich Anja mit Fragen löchern lassen.

»Echt?«, fragte Claudia ungläubig. Für sie war es unfassbar, dass ihre Bussi-Bussi-Freundin ihr noch nichts gesagt hatte.

»Mhm«, gestand Anja leise. »Siebte Woche.«

Es war Stefan, der aussprach, was Claudia dachte: »Und das weiß dieser Touristenhampel früher als wir, deine Freunde?«

»Wir wollten das eigentlich erst in einem Monat bekannt geben«, sagte Anja ein wenig kleinlaut.

Jetzt machten ihr Claudia und Stefan ein schlechtes Gewissen, weil sie ihre frühe Schwangerschaft nicht mit jedem geteilt hatte. Wo war eigentlich Anjas Selbstbestimmung geblieben?

Das war der Urlaub der Zwangsoutings, erst Felix und Claudia, dann Stefan und Arne, jetzt Anja. Nur ich war bisher verschont geblieben, dabei hätte ich die größte Bombe zu bieten gehabt.

»Wann hast du Uwe eigentlich davon erzählt?«, wollte ich von Felix wissen, der ja an der Situation nicht ganz unschuldig war.

»Ähm ...« Weiter kam er nicht, weil Uwe sich für ihn ins Feuer warf.

»Das war im Auto!«

»Nein, da hat er das nicht gesagt.« So schnell konnten mir die beiden nichts vormachen.

»Bei Ullas Paella-Essen waren wir kurz draußen, dort hat er es mir erzählt.« Damit rettete Uwe Felix fürs Erste den Arsch, auch wenn ich nicht so recht glaubte, dass zwei Männer sich über schwangere Frauen unterhielten.

»Wir haben da den ganzen Tag mit Anja und Arne verbracht, und uns hat das gar keiner erzählt«, meckerte Stefan weiterhin.

Na, dann heul doch!, brüllte es in meinem Schädel, weil ich es nicht aushalten konnte, Anja nun mit den beiden degradierten besten Freunden zurückzulassen.

»Was ist ›schwanger‹?«, fragte Lenny, der die ganze Zeit aufmerksam zugehört hatte.

Felix überließ es netterweise Claudia und Stefan, ihren Sohn mal eben aufzuklären, und wir düsten davon.

35

Der zweite Schnorchelausflug war perfekt geplant. Wir legten bei Kaiserwetter am Hafen vom malerischen Küstenörtchen Porto Christo ab. Diesmal hatte Uwe die größere Jacht gegen eine kleine PS-Rakete eingetauscht. Die beschleunigte so schnell, dass mir fast ein lautes »Wuuuhuuuuu« entwichen wäre, aber ich konnte mich grade noch bremsen. Die Genugtuung, dass ich Spaß hatte, gönnte ich Uwe nicht.

Der wiederum hatte sich heute erstaunlich gut unter Kontrolle. Es fiel kein schweinischer Witz, auch nicht, als ich mein Top auszog und mich im Bikini auf dem Bootsheck sonnte. Die Farbe des Wassers wechselte von Dunkelblau zu Smaragdgrün. Man konnte vom Boot aus auf den Meeresgrund schauen.

»Hier ist sonst nie jemand«, sagte Uwe enttäuscht, als er eine andere Jacht in unserer eigentlich einsamen und verlassenen Bucht entdeckte.

Ganz beiläufig erwähnte er noch: »Das Schiff kenne ich irgendwie. Ich komme aber grade nicht drauf, wem das gehört.« Wäre er bloß schon etwas eher draufgekommen, uns wäre einiges erspart geblieben.

Die überdimensionale Luxusjacht maß an die vierzig Meter, und weil Uwe den Besitzer kannte, vermutete ich mindestens einen zwielichtigen Finanzjongleur, wenn nicht sogar schlimmer, hinterm Steuer. Ich entschied, um die Jacht und ihre Besatzung einen großen Bogen zu machen, da ich Uwes Bekanntschaften pauschal erst einmal für Kriminelle hielt. Und wer mit so einem Kahn auf dem Mittelmeer schipperte, der musste richtig Dreck am Stecken haben. Möglicherweise war der Eigner Drogenbaron oder Menschenschmuggler, vielleicht aber wurden auf der Jacht auch Waffengeschäfte abgewickelt. Alle Filmbösewichte besaßen eine Luxusjacht. Trotzdem wollte Felix unbedingt dicht bei der *Fortuna* schnorcheln, weil Uwe ihm einen besonderen Tauchplatz markiert hatte, irgendeinen schwarzen Felsen.

Wir kletterten vom Boot. Die Befürchtung, das Wasser könnte die gleiche Temperatur wie vorgestern haben, bewahrheitete sich zum Glück nicht. Natürlich war mir als Frostbeule auch hier das Wasser zu kalt, deshalb verschwendete ich keine Zeit damit, mich von Uwe belehren zu lassen, sondern startete sofort meine eigene Entdeckungstour und schwamm los. In der Ferne, bei einem breiten Felsen, entdeckte ich einen Meeresbewohner, der ziemliche Ähnlichkeiten mit einem Oktopus hatte. Aber lebten die nicht in viel tieferen Gewässern? Fasziniert von meiner Entdeckung schwamm ich dem seltsamen Tier hinterher. Meine Verfolgungsjagd beendete allerdings Felix, indem er mich am Fuß packte und hinter sich herzog. Ich versuchte, mich loszustrampeln, aber Felix zog noch fester an meinem Fuß, und mit jedem Ruck sanken wir tiefer, bis schließlich unsere Schnorchel mit Wasser vollliefen und wir zum Aushusten und Atemholen an die Wasseroberfläche mussten. Sollte es ihm immer noch um einen Heiratsantrag gehen, hatte Felix ganz offensichtlich eine reichlich abgedrehte Vorstellung von Romantik.

»Was soll das?«, schrie ich ihn wie von Sinnen an, wenn ich nicht fleißig Salzwasser ausrülpste. »Dahinten war ein Oktopus, den hätte ich mir gerne angeschaut.« Wenn er nicht grade in einen Seeigel getreten war, gab es ja wohl für Felix keinen Grund, mich so abzuschleppen.

Stattdessen antwortete er kleinlaut: »Da drüben ist es auch schön«, und zeigte in Richtung Gangsterjacht.

»Bestimmt«, antwortete ich, »aber das ist es später auch noch. Jetzt ist es erst mal hier schön.«

Pah, sollte er doch schon mal hinschwimmen und die Lage checken. Ich war hier noch nicht fertig. Ich tauchte ab und versuchte, die Spur des Kraken wiederzufinden. Stattdessen entdeckte ich einen bunten Fisch, dem es nichts ausmachte, dass ich neben ihm herschwamm. Es war erstaunlich, und ich hatte meinen Spaß daran, dem Fisch zu folgen. Er führte mich sogar zu seinem Zuhause, einem dunklen Felsen, der vom Meeresgrund aufragte. Leider schwammen keine Zauberpilze im Wasser, die mich wie bei Alice im Wunderland hätten schrumpfen können, um den kleinen Fisch zu besuchen.

Tschö, kleiner Freund. Es war mir eine Ehre. Ich winkte dem Fisch hinterher und bemerkte Felix inmitten einer Rangelei. Sein Radar für Ärger hatte ihn gradewegs in die Arme der Gangster getrieben, die sich unter Wasser mit ihm prügelten, einer davon nackt!

Na wartet, drei gegen einen! Was seid ihr denn für Kerle? In der Tat waren alle drei kräftiger gebaut als Felix, wobei der Nackte nicht ganz so aufgepumpt erschien wie die anderen beiden. Ich stürzte mich auf einen, der grade drauf und dran war, Felix mit dem Rücken an einen Felsen zu drücken, und riss mit aller Heftigkeit an seinen Haaren.

Ich weiß, es ist ein Klischee, dass Mädchen immer an den Haaren ziehen. Aber was soll ich sagen, entweder hatte ich hulkähnliche Kräfte, oder der Typ trug ein Toupet, denn plötzlich hatte ich ein Büschel Haare in der Hand. Parallel stieß ihm Felix sein Knie in die Eier, was aber aufgrund des großen Widerstands unter Wasser nicht ganz so energisch gewesen sein konnte.

Der Kerl packte mich und stieß mich weit von sich. Wir alle tauchten auf, und bevor sich der Typ wieder auf Felix stürzen konnte, attackierte ich ihn und drückte ihn unter Wasser. In was für eine Scheiße hatte Felix sich bloß diesmal wieder reingeritten? Hatte er vielleicht mitbekommen, wo die Gangster ihr Unterwasserversteck für Drogen, geheime Informationen oder nukleare Waffen hatten?

Immerhin war Uwe zur Stelle, wenn man ihn brauchte. Er steuerte unser kleines Motorboot auf uns zu und half uns hinein. Die anderen, die sich ebenfalls an Bord ziehen wollten, vertrieb er mit einem Paddel. Dann gab er dermaßen Gas, dass ich vom Bug ins Heck flog, was mir aber nichts ausmachte.

»Mit ihrer Riesenjacht kommen die hier lange nicht so schnell raus wie wir!«, freute sich Uwe. »Die haben ihren Kahn noch nicht mal angeworfen.«

Hauptsache, wir waren die finsteren Typen los. Ich klammerte mich an die Reling und merkte, wie ich am ganzen Leib zitterte. Es dauerte eine halbe Ewigkeit, bis ich meinen Körper wieder unter Kontrolle hatte.

»Was war denn da grade los?«, schrie ich Felix völlig panisch an. »Und was hast du da eigentlich in der Hand?«

Er brauchte es mir gar nicht zu erklären, denn es war ziemlich offensichtlich eine kaputte Badehose. Aber das machte keinen Sinn. Warum war der eine nackt und seine Badehose nun hier bei uns an Bord? War diese beknackte Badehose vielleicht der Grund für den Kampf gewesen?

Uwe kam Felix, der grade um eine plausible Erklärung rang, zuvor: »Weißt du eigentlich, mit wem du dich da eben gefetzt hast?«

Mir kam keiner der Typen bekannt vor, allerdings beschränkten sich meine Bösewichtkenntnisse auf den Paten, die Chefin aus »Der Teufel trägt Prada« und unseren Wohnungsvermieter. Enrique Iglesias, den Felix vorschlug, machte zwar verboten schlechte Musik, war aber kein Gangster. Höchstens auf dem zweiten Bildungsweg, schließlich hatte man lange nichts mehr von ihm gehört, und so ein Promileben musste sich ja auch finanzieren lassen.

Uwe zögerte die Antwort hinaus: »Mir ist eingefallen, wem die Jacht gehört. Ich wollte es dir vorhin sagen, aber dann bist du einfach abgetaucht.«

Es war nicht zum Aushalten. »Jetzt mach's nicht so spannend!«

»Tja, soweit ich weiß, gehört die Jacht dem König!«, erzählte Uwe.

Mein Herz blieb für mehrere Sekunden stehen. Ach du Heimatland! Es waren gar keine Gangster, es war der spanische Kronprinz gewesen, dessen Juwelen Felix freigelegt hatte, und dessen Gefolge. Scheiße, irgendwie waren mir jetzt die Gangster doch lieber.

»Von Mallorca? Das war doch Jürgen Drews«, meinte Felix verdutzt, der den Ernst der Lage nicht verstanden hatte.

»Von Spanien!«, erklärten Uwe und ich gleichzeitig, und der Mann, dessen Badehose Felix in der Hand hielt, war der Prinz!

»Der Prinz!«, stammelte ich entsetzt. »Du hast dem Prinzen …? Scheiße, das ist bestimmt Majestätsbeleidigung!«

»Wir kriegen ein Problem!«, sagte Uwe, als wenn wir nicht schon genügend Ärger am Hals hätten, und wies uns auf Motorengeräusche hin.

»Die Jacht!«, rief Felix voller Verzweiflung.

Obwohl Uwe aus der Kiste alles rausholte, hatten wir keine Chance. Der nackte Prinz und sein Bodyguard holten uns mit rasant schnellen Jetskiern ein und nahmen uns in die Zange, sodass wir stoppen mussten.

Anscheinend war dem Prinzen unsere Verfolgung wichtiger, als sich eine Hose überzuziehen, und so bestieg er in seinem Adamskostüm, leider ohne Feigenblatt, das Boot, in dem wir saßen. Aber er kam nicht alleine an Bord. Der Bodyguard, dem ich das Haarbüschel herausgerissen hatte, stierte mich so böse wie ein wild gewordener Ochse an.

Einerseits versuchte ich an des Prinzen Klöten vorbeizuschauen, andererseits wollte ich sehen, was passiert.

Uwe wiederum hob beim Sprechen ständig die Hände, als würde er alle Schuld weit von sich weisen.

So unrecht hatte er ja auch nicht. Es war schließlich Felix gewesen, der aus irgendeinem lächerlichen Grund, den er nicht nennen wollte, dem spanischen Kronprinzen die Hose zerfetzt hatte.

»Die wollen dich mitnehmen«, sagte Uwe zu Felix, nachdem er sich mit den Spaniern unterhalten hatte.

»Nix da! Entweder keiner oder alle!«, fauchte ich Uwe an. »Das fehlt noch, dass Felix als Fischfutter endet.«

Abwegig war mein Gedanke ja nicht.

Wie nicht anders zu erwarten war, hielt sich Uwes Loyalität zu Felix in Grenzen.

»Ich kann nicht mitkommen. Ich habe da was bei Interpol laufen. Nix Schlimmes, nur eine Verwechslung, als ich in Osteuropa gearbeitet habe«, presste er zwischen zusammengebissen Zähnen hervor. »Ich kann mich hier grade nicht zu weit aus dem Fenster lehnen.«

Ich tat überrascht, war es aber keineswegs. Dafür aber Felix, dessen Gesicht offen wie ein Buch war.

Die Fahrt in Uwes Bötchen endete nun, und zum Abschied drückte mich Uwe besonders lang und wisperte mir ins Ohr: »Er hat das alles nur für dich getan.«

Da ging mir ein Licht auf. Diese ganze Aktion musste irgendetwas mit dem Heiratsantrag zu tun haben.

36

Wir hatten die einmalige Gelegenheit, von der Wasserschutzpolizei nach Palma gebracht zu werden. Die griff normalerweise Drogenschmuggler oder Flüchtlinge auf. Hin und wieder vielleicht mal eine Wasserleiche. Aber noch nie hatten sie einen deutschen Volldeppen an Bord, der sich mit dem Prinzen anlegte, um seiner Freundin einen Antrag zu machen. Der schwerromantische Hintergrund dieser Bootsfahrt ging bei mir allerdings buchstäblich unter. Wenn der Start in unsere Ehe schon wie ein misslungener James-Bond-Abklatsch daherkam, wie sollte es dann weitergehen? Ich war mir gerade nicht so sicher, ob eine Fortsetzung folgen würde. Aber wir waren ja auch noch mitten im aktuellen Abenteuer.

Einer der Polizisten ließ mich nicht aus den Augen, und jetzt, wo der Prinz unter Deck gegangen war, um sich hoffentlich endlich was anzuziehen, wagte ich auch, den Blick zu heben. Das Tattoo an seinem Handgelenk, eine Lilie, schien in Spanien derzeit angesagt zu sein, denn Bruno trug das gleiche. Auch an der gleichen Stelle.

Aber was, wenn das Tattoo einen tieferen Sinn hatte? Vielleicht kannten Bruno und der Bulle von Palma sich ja. Möglicherweise konnte Bruno uns helfen? Zu blöd nur, dass ich seine Nummer abgewaschen und nicht eingespeichert hatte. Ich checkte meine Hand. Spätestens der Schnorcheltrip hatte alle Kugelschreiberreste vernichtet.

Ich begleitete Felix noch bis zum Polizeirevier und startete dann meine Rettungsaktion.

Mit den letzten fünf Euro in meinem Portemonnaie nahm ich den Linienbus von Palma zu Haralds Club am Platja de Palma, wo ja auch Bruno arbeitete.

Ich hätte nicht damit gerechnet, dass sich die Leute mittags schon in dem Beach Club drängelten. Ich sah es aber nicht ein, mich an der Schlange hinten anzustellen, und ging direkt nach vorne zum Türsteher.

»Hinten anstellen, ohne Ausnahme«, sagte er gelangweilt und pfiff einer gut dekolletierten Blondine hinterher.

»Ist Bruno da?«, fragte ich ohne Umwege. Äußerlich war ich von dem Rest in der Schlange auch nicht zu unterscheiden. Wobei die Ganzkörpersalzkruste bewies, dass ich schon mal zumindest im Meer baden war, anstatt es mit einem Sangria-Eimer im Blickfeld nur anzuschauen.

»Was willste von Bruno?«, nervte der Wichtigtuer.

»Ich weiß, du hast echt einen anstrengenden Tag«, schleimte ich, »aber ich möchte wirklich nicht rein. Ich muss nur ganz dringend Bruno sprechen.«

»Der ist nicht da.«

Da konnte man wohl nichts machen. Ich hatte zwar nicht Brunos Nummer, aber die von Harald noch im Portemonnaie. Also rief ich den an.

»Ja?«, fragte er gehetzt ohne ein Hallo.

»Hi Harald, ich bin's, Nina«, säuselte ich so liebreizend, wie ich nur konnte.

»Nina?« Kleine Pause. Im Hintergrund war Simones Husten zu hören. »Ach, *Nina!* Sag das doch gleich!«

»Hab ich ja!« War jetzt wirklich der richtige Zeitpunkt zum Klugscheißen? Eher nicht.

»Ninchen, wie isses?«, röhrte Simone. »Wir sitzen grade im Auto.«

»Beschissen!«, sagte ich und erzählte ihr alles. Ein Detail

hatte ich ausgelassen, daran erinnerte mich Simone: »Und ist es ein Felipe oder ein Felipino?«

»Simone, ich bitte dich!« Das fehlte mir grade noch. »So genau hab ich nicht hingesehen. Ich brauche eure Hilfe.«

»Ihr braucht einen guten Anwalt«, meldete sich Harald. Wer hatte eigentlich diese Konferenzschaltung auf vier Rädern erfunden?

»Harald, ich stehe vor deinem Beach Club. Kommt ihr zufälligerweise gleich her?«

In mir keimte die leise Hoffnung auf eine Mitfahrgelegenheit zur weit entlegenen Finca.

»Nä, wir treffen uns jetzt mit Freunden zum Lunch in Port Andratx«, entschuldigte sich Simone.

Mist!

»Warte einen Moment, ich lass dich von Bruno abholen«, versprach mir Harald.

Oje, ich hatte auf Harald und Simone spekuliert. Jetzt musste ich mit meinem Neuschwarm meinem Tollpatschfreund aus der Klemme helfen.

Als ich wenig später sah, wie Bruno sich dem Einlass näherte, bekam ich ein flaues Gefühl im Bauch und meine Knie gaben leicht nach.

»Nina! Was für eine Überraschung!« Er freute sich, mich zu sehen.

Puh, jetzt bloß nicht den armen Felix in der Knastzelle vergessen, während ich in Gedanken noch mal Eis schlecken ging.

Bruno winkte mich am Einlass durch, was der doofe Türsteher mit einem stummen Nicken zur Kenntnis nahm.

»Also, wie kann ich dir helfen?«, fragte Bruno ohne Umschweife. »Harald sagte, dein Freund sitzt im Knast?«

Also erzählte ich Bruno die ganze Geschichte und ließ dabei

auch nicht aus, dass der eine Polizeibeamte das gleiche Tattoo gehabt hatte.

»Wie kann man sich denn so tief in die Scheiße reiten?«, fragte er nach meiner Schilderung verblüfft.

Ich zuckte mit den Schultern. Felix zu verstehen, fiel mir selber nicht immer leicht, aber ich entschuldigte alles mit seinem missratenen Plan, mir einen Antrag machen zu wollen.

»Was für ein Idiot«, stöhnte Bruno. »Du weißt, dass du Besseres verdient hast?«, fragte er, und es klang wie eine Drohung.

»Hmm, manchmal ja!«

»Und du willst ihn ganz sicher zurück?«

»Auch wenn es bescheuert klingt, ja!«

»Also gut.« Er nahm sein Handy aus der Hosentasche. »Sag mal ganz genau, wie dein toller Hecht heißt.«

Ich nannte ihm Felix' Namen, und schon tippte Bruno eine Nummer in sein Handy.

»Eh, Pajero, que tal?« Bruno unterhielt sich in fließendem Spanisch mit hoffentlich jemandem, der uns helfen konnte. Ich las jedes Wort von seinen Lippen ab, verstand allerdings nur Bahnhof.

Ab und an lachte Bruno. Was hatte das alles zu bedeuten? Das Telefonat dauerte eine halbe Ewigkeit. Längst hätte ich auf der Finca sein können, um Felix' Papiere zu organisieren. Hatte ich vielleicht doch aufs falsche Pferd gesetzt?

»Sie brauchen seine Papiere. Er hat ja nicht mal einen Ausweis bei sich!«, erklärte mir Bruno, während er noch telefonierte.

»Die Papiere sind auf der Finca. Wir wollten ja nur schnorcheln.« Wenn wir jetzt losfuhren, würde ich es in einer Stunde wieder nach Palma schaffen. Die Strecke kannte ich inzwischen im Schlaf.

»Ich kann hier nicht weg«, meinte er leider. »Also schnapp dir ein Taxi und besorg dem Deppen schnell seinen Ausweis.«

»Ja, und dann?« Ich blieb hartnäckig.

»Und dann sehen wir weiter«, erwiderte Bruno. »Der Typ, der ihn festgenommen hat, ist mein Kumpel Miguel, also der mit dem Tattoo. Wir waren zusammen beim Militär, und danach haben wir einen Spaßorden gegründet und dieses Tattoo stechen lassen.«

»Und was bedeutet das für Felix?« Brunos Jugendsünden interessierten mich herzlich wenig.

»Ihr habt Glück, denn Miguels Onkel ist der Polizeichef von Mallorca. Er redet jetzt mit ihm.«

Mir fiel ein Stein vom Herzen. Ich umarmte Bruno und sog heimlich seinen Duft ein. Auch wenn er noch so gut roch, mir fehlte Felix grade so sehr, dass es schon wehtat. Er konnte noch so zielsicher von Fettnapf zu Fettnapf hüpfen, ich wusste tief in mir drin, dass ich immer alles tun würde, um ihn da wieder rauszuholen.

Mit zwei Euro fünfzig Bargeld in der Tasche schnappte ich mir ein Taxi und ließ mich zu unserem Ziegenstall bringen.

37

Hat mal einer von euch achtzig Euro fürs Taxi?«, fragte ich Claudia und Stefan, die es sich am Pool bequem gemacht hatten.

»Holla, die Waldfee«, kommentierte Stefan mein Betteln. »Du lässt es ja krachen.«

»Nicht ich, sondern Felix. Der sitzt nämlich im Knast. Also habt ihr jetzt Geld, das ihr mir leihen könnt, oder nicht?«

»Was?«, fragte Claudia entsetzt und schnappte sich sofort Stefans Geldbörse.

»Hey, kannst du mich wenigstens mal fragen?«, meckerte Stefan.

»Kannst du mal deine Schnauze halten?«, fragte ich ziemlich ungehalten. Der Typ hatte überhaupt kein Taktgefühl, und das musste ihm mal einer sagen. Das übernahm ich nach sechs gemeinsamen Tagen auf der Finca allzu gerne. Während ich Stefan die Leviten las und meinem Ärger freien Lauf ließ, bezahlte Claudia das Taxi für mich.

»Schnauze, Papa!«, wiederholte Lenny, der vergnügt im Pool planschte.

»Und was jetzt?«, fragte Claudia voller Tatendrang, als ich mit Felix' Ausweis wieder auf der Terrasse erschien. Sie wollte endlich der Langeweile auf der Finca entkommen.

»Wir müssen nach Palma zum Kommissariat.«

»Okidoki, aber du fährst das Ding.« Dabei zeigte sie auf den Landrover.

»Wo ist eigentlich Arne, wenn man ihn braucht?«, wollte ich

wissen, und erst da fiel mir auf, dass Anja und Arne schon die ganze Zeit fehlten.

»Arne hat sich zum Golfen abholen lassen, und Anja wollte ihn begleiten«, antwortete Stefan beleidigt. Bevor ich mir den Rest seiner Jammertour anhörte, schnappte ich mir den Schlüssel und setzte mich hinter das Lenkrad. Erst nach dem dritten Versuch bekam ich die Fahrertür richtig zu.

Oh Mann, Felix' Rettung konnte jetzt nicht an einer doofen Autofahrt scheitern. Aber so wäre es fast gekommen, wenn der bräsige Stefan sich nicht aus seinem Stuhl bequemt hätte, um mir mitzuteilen, dass sich das Zündschloss links befand. Ernsthaft, wer macht denn so was? Mit vollem Körpereinsatz trat ich die Kupplung durch, um einen Gang einzulegen.

»Nun erzähl mal, was Felix angestellt hat«, forderte Claudia mich auf, nachdem ich den Kampf mit dem Biest von einem Auto zwar nicht gewonnen hatte, aber immerhin wusste, wie ich damit umgehen musste.

»Felix wollte mir wohl einen Antrag machen«, fiel ich mit der Tür ins Haus, »und in der Bucht, in die Uwe uns zum Schnorcheln gebracht hat, lag die Jacht des Königs.«

»Was? Und ihr durftet dort ankern?«, fragte Claudia erstaunt.

»Ja, keine Ahnung, uns hat dort keiner verscheucht. Jedenfalls hat Felix sich ein kleines Unterwasserkämpfchen mit dem Prinzen geliefert, was dazu führte, dass seine Hose riss. Also die des Prinzen, nicht Felix'. Oh Gott, wäre bloß Felix' Badehose gerissen.«

»Aber warum sollte Felix sich ausgerechnet mit dem Prinzen prügeln?«, wunderte sich Claudia.

Ich verstand, worauf sie hinauswollte. Wenn es irgendwie ums Kräftemessen ging, hielt sich Felix gerne zurück. Nicht, weil er nicht gekonnt hätte. Ich denke, es war ihm einfach nur zu blöd.

»Ich weiß wirklich nicht, was Felix so sehr provoziert hat.«

Ich erzählte ihr, dass Felix dann abgeführt worden war und ich dank ihrer Schwägerin Simone, die ich neulich »flüchtig« in Palma getroffen hatte, nun jemanden gefunden hatte, der Felix möglicherweise aus der Tinte helfen konnte.

»War ja klar, dass das streunende Kätzchen jemanden kennt.« Claudia konnte kaum glauben, was sie da hörte. Bei aller Hilfsbereitschaft mochte ich Claudia nicht anvertrauen, dass Bruno ja eher *mein* Kontakt war, deshalb beließ ich es dabei. Plötzlich klingelte mein Handy.

»Mensch, Nina, wo bleibst du?« Es war Bruno, der ziemlich ungeduldig klang. »Der Kommissar möchte Siesta machen, und jede Sekunde, die du länger brauchst, macht seine Laune auch nicht grade besser.«

»Hat er gesagt, wie es Felix geht? Er wird doch nicht etwa gefoltert, oder?«, rief ich aufgeregt.

»Quatsch, und jetzt sieh zu, dass du dahin kommst, damit die Prinzessin ihren Prinzen befreien kann. Ach ja, und bezieht euch auf jeden Fall auf mich, Bruno Garcia Ramos.«

»Seit wann bist du denn Spanier?«, fragte ich verblüfft.

»Seit meiner Geburt«, lachte er, »aber nur halber. Beeil dich, sonst musst du am Ende mich heiraten.«

»Bruno, ich weiß nicht, wie ich dir danken soll! Danke!« Ich legte auf und trat das Gaspedal ohne Rücksicht auf Verluste durch.

Während der Fahrt gingen Claudia und ich alle Details noch einmal durch, da sie als einzige Spanischsprechende sozusagen Felix' Anwältin war.

Wir machten uns mit meiner Fahrweise und den riskanten Überholmanövern bei den restlichen Autofahrern nicht unbedingt beliebt, aber wir erreichten in Rekordzeit das Kommissariat in Palma.

38

Claudia und ich warfen noch einen letzten Blick in den Spiegel, um ein Mindestmaß an Seriosität zu erfüllen, was gar nicht so leicht war, denn bei uns beiden schaute im Nacken das Bikinibändchen raus, die Füße steckten in Flipflops, meine Haare waren starr vom Salzwasser, ihre standen in alle Richtungen ab wie nach einem Stromschlag.

»So holen wir aber auch keinen Hauptgewinn«, murmelte ich beim Aussteigen.

»Aber wir kriegen Felix! Das ist doch viel besser«, sagte sie entschlossen.

Wir kriegen Felix! Tickte die noch ganz sauber? War ihre Hilfsbereitschaft vielleicht gar nicht so selbstlos, wie sie tat, und wollte sie mir am Ende Felix ausspannen? Das fehlte mir im ganzen Beziehungshickhack zwischen Ed, Felix und Bruno noch, dass ich mich auch noch mit Claudia auseinandersetzen musste.

Ich musterte Claudia kurz. Ihr tolles Äußeres, von dem man am Flughafen und während der ersten Tage auf der Finca geblendet gewesen war, hatte ziemlich stark nachgelassen. Das lange, seidig blonde Haar war nun ein störrisches kleines Filzknäuel. Der Versuch, sich im Nacken einen Dutt zu basteln, schlug fehl. Links und rechts standen wirre Strähnchen ab.

Ihren Kleidungsstil, den ich anfangs noch als stilsicher bewundert hatte, fand ich inzwischen mehr als langweilig. Wie kam ein Mensch nur mit den Farben Beige und Weiß aus? Es sah irgendwie immer alles gleich aus. Vom Snoopy-Shirt natürlich mal abgesehen.

Immerhin war sie die Einzige, die ohne mit der Wimper zu zucken aufgesprungen war, um Felix aus der Patsche zu helfen. Ich war bereit, meinen Frieden mit Claudia zu machen. Ich empfand sie, nicht nur nach äußerlichen Aspekten beurteilt, nicht mehr als Konkurrentin.

»Kommst du endlich?«, fragte sie und hielt mir die Tür auf. Ich schien den Weg vom Parkplatz zum Gebäude ihrer Ansicht nach getrödelt zu haben.

»Hey, egal, wie es da oben für uns ausgeht, danke, dass du uns hilfst.«

Ich hatte beschlossen, über meinen blöden Schatten zu springen. Wenn man die Aufgabe vor sich hatte, seinen Freund aus der möglicherweise selbst verschuldeten Haft zu befreien, dann war das wohl angebracht.

»Ach, is' doch selbstverständlich. Ihr würdet doch dasselbe für mich tun.«

Wir wussten beide, dass das nicht stimmte. Dennoch nahm sie mich in den Arm und schob mich durch den Eingang.

Auch wenn ich kein Wort verstand, merkte ich bei Claudias Gespräch mit einer Polizeibeamtin, dass wir irgendwie schon erwartet wurden.

Jedenfalls konnte die Frau mit Felix' Ausweis sofort etwas anfangen und tippte seine Daten, laut auf die Tastatur hauend, in den Computer. Unbeholfen und bedacht darauf, keinen weiteren Fauxpas zu begehen, trauten wir uns nicht einmal, uns zu setzen, obwohl auch nach einigen Minuten keine Aufforderung der Polizistin kam. Wir standen wort- und reglos neben ihrem Schreibtisch, was mich sehr ans In-der-Ecke-Stehen aus meiner Schulzeit erinnerte. Wenn es dem Zweck diente, Felix freizukriegen, würde ich notfalls auch so lange hier stehen, bis ich

Wurzeln schlug. Claudias Entschlossenheit ging nicht ganz so weit.

»Signora, donde …«, war alles, was ich verstehen konnte. Es war natürlich nur eine Frage der Zeit, bis sich eine unserer Sextanerblasen meldete. Claudia bekam eine ziemlich lange Wegbeschreibung zur Toilette. Es klang fast so, als würde sich das einzige Klo im Präsidium irgendwo zwischen uns und der Finca befinden. Das Einzige, was ich ihrer komplizierten Beschreibung entnahm, war »Vale, Vale«. Musste Claudia also am Büro von einem gewissen Valentin vorbei?

Da die in Plauderlaune gekommene Polizistin mit mir allein nicht so viel anfangen konnte, griff sie zum Hörer ihres Telefons und tippte die Durchwahl 007 ein.

Oha, der Chef des Hauses hatte offenbar Humor. Vielleicht konnte er über Felix auch nur lachen. Ich meine, wer würde Felix Hecker als Bedrohung der nationalen Sicherheit ansehen? Der Typ konnte nicht einmal schwarzfahren.

»Señor Butxet! Estoy Carla.« Dabei veränderte sie ihren grade noch relativ harten Ton, und während sie telefonierte, spielte sie lächelnd mit ihren Haaren. Ich wusste nicht, worüber die beiden sich unterhielten, aber es schien nicht ausschließlich um den Alemano zu gehen, den sie in ihrer Folterkammer grade quälten. Wo blieb bloß Claudia? War das Teil des Plans, dass wir alle voneinander getrennt wurden? Vielleicht sah man uns als Mittäterinnen, als Felix' Gespielinnen. Jetzt bekam ich ernsthaft Schiss, und jede Sekunde, die verstrich und in der Claudia nicht ihren Krauskopf durch die Tür steckte, machte mich noch wahnsinniger.

Einerseits wollte ich wissen, wie es nun weiterging, anderseits hätte Carla noch eine Ewigkeit mit Señor Butxet weitertelefonieren können. Mich packten Fluchtgedanken, als sie auflegte und mich in einen anderen Raum bat.

»Wo führen Sie mich hin?«, fragte ich auf Deutsch, ohne jede Hoffnung auf eine Antwort. Aber diese Woche auf Mallorca hatte mir doch gezeigt, dass hier eigentlich jeder Deutsch sprach.

»Vale, hier warten«, verordnete Carla mir und schob mich in einen schmucklosen Raum. Ich schaute mich um, ob noch jemand kam, der Vale heißen konnte, aber da war niemand. Sie verzog sich wieder und schloss die Tür zu meiner Erleichterung nicht von außen ab.

Nachdem auch in Spanien das Rauchverbot in öffentlichen Räumen durchgesetzt worden war, hätte man den Raum mal streichen können. Die Wände waren total vergilbt. Zwei kleine, ebenfalls vergilbte Fenster waren die einzige Lichtquelle. Von Doppelverglasung nicht die Spur. Ich muss zugeben, dass Felix' Job hin und wieder auf mich abfärbte. Zumindest sah ich Gebäuden an, wenn eine energieeffiziente Renovierung anstand.

Ich hörte Schritte auf dem Flur. Würden sie mich jetzt auch abführen? Kam etwa Valentin, der Folterknecht, dem auch Claudia schon schutzlos ausgeliefert war? Die Tür flog auf, und eine fröhlich mit Carla schnatternde Claudia kam herein.

»Mensch, wo warst du bloß?«, fragte ich sie besorgt.

»Nur auf Toilette«, antwortete sie unbekümmert, denn sie war sich auch keiner Schuld bewusst.

Ich war erleichtert, dass der schreckliche Vale Claudia in Ruhe gelassen hatte, und konzentrierte mich wieder voll auf Felix.

»Ach Claudi, könntest du mir einen Gefallen tun und Felix nicht stecken, dass ich von seinem Antragsversuch weiß«, bat ich sie. Sie nickte stumm und übersetzte im Kopf vermutlich schon ihre Argumente ins Spanische.

Die Spannung war kaum noch zu ertragen, als sich die Tür öffnete und ein freundlicher älterer Herr den Raum betrat.

Er stellte sich uns beiden vor, und Claudia erklärte ohne Umwege, dass wir wegen Felix dort waren. Das zumindest konnte ich dem Gespräch entnehmen. Dann erwähnte sie noch Brunos Namen, und darüber schien sich der Kommissar sichtlich zu freuen.

»Er fragt, woher wir Bruno kennen«, übersetzte Claudia.

»Ich bin mit ihm befreundet«, gab ich leise zu. Ich war schon immer der Ansicht gewesen, man sollte der Konkurrenz so wenig Informationen wie nötig liefern.

»Solche Leute kennst du?«, sagte Claudia anerkennend.

Dann bat der freundliche Mann uns, einen Zettel auszufüllen, und verglich ihn mit einem anderen, den er schon beim Betreten in der Hand gehalten hatte.

Er schien zufrieden.

»Vale, vamos!«, sagte er und winkte uns hinaus. Nicht, ohne uns die Tür aufzuhalten. Alte Schule eben.

Wir wurden in Felix' Verhörraum geführt, wo er an einem Tisch vor einem Aufnahmegerät mit Mikrofon saß. Mein Herz machte einen Satz, als ich ihn sah. Seine Haare standen wild ab, irgendwie hatte er den Ansatz eines Dreitagebarts, was eigentlich nicht sein konnte, weil er sich heute Vormittag noch rasiert hatte. Optisch gefiel mir mein Gangsterfreund sehr gut.

»Nina«, flüsterte Felix sanft und kaum hörbar. Er schaute mich lange und intensiv mit seinem Ich-mach's-wieder-gut-Blick an. Ich nickte ihm zu und versuchte dabei so zuversichtlich wie möglich auszusehen. Fehlte nur noch, dass ich die Fäuste in die Luft streckte und laut Chakka brüllte, so sehr wollte ich ihm zeigen, dass ich fest davon überzeugt war, es zu schaffen. Bei unserem Blickkontakt war ihm entgangen, dass auch Claudia durch die Tür gehuscht kam.

»Claudia?«, fragte er sichtlich verwundert.

»Ich habe Claudia gebeten, mich zu begleiten«, erklärte ich

kurz. Dass ich in der kurzen Zeit keinen besseren Anwalt gefunden hatte, tat mir beinahe schon leid. Aber mit Brunos Kontakten dürfte das Verhör hoffentlich ein positives Ende nehmen.

Der Kommissar wies uns an, jeweils neben Felix Platz zu nehmen. Links saß mit Claudia seine Vergangenheit, rechts ich, also seine Gegenwart, und vor uns der Mann, der Felix' Zukunft in der Hand hatte. Ich erlaubte mir eine kurze Umarmung zur Begrüßung und legte dann seine Hand auf meinen Schoß, die ich dort ganz fest umklammerte.

Claudia und der Kommissar unterhielten sich angeregt, und wären die Umstände etwas anders gewesen, hätte man glauben können, da tobe grade ein fieser leidenschaftlicher Ehekrieg. Und immer wieder wurde dieser Vale erwähnt.

»Warum hast du dem Prinzen die Hose zerrissen?«, fragte Claudia an Felix gerichtet.

Felix erzählte uns eine ziemlich halb gare Geschichte, wonach eine Strömung ihn weggetragen und er sich in der Hosentasche der Badehose verfangen hatte. Peinlich berührt, den Quatsch nun auch noch wiedergeben zu müssen, übersetzte Claudia Felix' Version simultan.

Aber Felix war noch nicht fertig. Mit ausufernden Armbewegungen wollte er dem Kommissar wohl beweisen, wie stark er gegen die Strömung hatte ankämpfen müssen, nur haute er dabei leider mich fast vom Stuhl und Claudia auf die ohnehin schon nicht so glücklich aussehende Frisur.

»Es wird nicht besser, wenn du Frauen schlägst«, mahnte ich.

Claudia und der Polizist lieferten sich hitzige Wortgefechte, von denen Felix und ich nichts verstanden. Ich musste zugeben, dass mich Claudias Spanischkenntnisse beeindruckten. Sie schien sich nämlich mit fortlaufendem Gespräch immer mehr einzugrooven und ratterte die Worte ähnlich schnell wie der Kommissar herunter. Trotzdem hoffte ich, dass ihre Spanischübungsstunde endlich endete und wir gemeinsam mit Felix abziehen durften.

Stattdessen ging aber der Polizist und ließ uns ratlos zurück.

Claudia sah Felix an.

»Du brauchst sehr, sehr viel Glück«, sagte sie.

Oder vielleicht Verbindungen zum Polizeipräsidenten, dachte ich und hoffte auf Bruno.

Ob es tatsächlich an ihm lag, an Claudias tiefem Ausschnitt oder dem, was sie gesagt hatte – plötzlich, viel schneller, als ich angenommen hatte, durfte Felix gehen. Einfach so! Der Prinz hatte ihn wohl begnadigt. Also keine Anklage wegen Majestätsbeleidigung.

Mit einem lauten Klong fiel uns allen ein Stein vom Herzen, und wir verließen so schnell, wie wir nur konnten, das Gebäude, bevor es sich der Prinz noch einmal anders überlegte. Wir hatten es geschafft. Genau genommen hatte Claudia es geschafft. Ich hatte es bloß geschickt eingefädelt, also war sie die Heldin. Bei mir kroch schon wieder eine Eifersuchtswelle hoch, aber ich schüttelte sie erst mal ab und nahm Felix' Hand. Schließlich wollte er ja *mich* heiraten und nicht sie.

39

Mehr Glück als Verstand!«, bescheinigte ich Felix, als wir vor dem Polizeigebäude standen und uns aus einer langen Umarmung lösten. Ich schwor mir, mindestens für den Rest des Tages Felix nicht mehr loszulassen, so erleichtert war ich, ihn wieder bei mir zu haben.

Der Stress wich dem Hunger. Praktischerweise kannte Claudia eine hervorragende Tapasbar in der Nähe. Der Weg dorthin führte an der größten Markthalle Palmas, dem Mercat de l'Olivar, vorbei. Je nachdem, an welchem Eingang man vorbeikam, konnte es unglaublich berauschend nach Backwaren riechen oder entsetzlich nach Fisch stinken.

So viel Bescheidenheit bei der Restaurantauswahl hätte ich Claudia gar nicht zugetraut. Ich hatte mir trotz meines Hungers schon Sorgen gemacht, unpassend gekleidet zu sein, aber die Tapasbar, die sie ausgewählt hatte, erfüllte ganz unprätentiös ihren Zweck, nämlich uns am Leben zu halten.

Wir betraten den dunklen Raum, in dem sich links eine lange Theke befand und rechts ziemlich niedrige Tische mit Hockern standen, an denen wir Platz nahmen und dabei so aussahen, als würden wir bei Ikea Kindermöbel Probe sitzen.

Die umfangreiche Speisekarte, die auf eine Tafel gekritzelt war, ließen wir links liegen und bedienten uns an einer Vitrine, aus der man sich Tapas nehmen konnte, die mit Zahnstochern auf Baguettescheiben fixiert waren.

»Abgerechnet werden die Pinchos, also die Zahnstocher, später«, erklärte uns Claudia und verfiel erneut in ihr Pädagoginnenmuster. Das hob sich aber ziemlich schnell mit der Karaffe Rotwein auf, an der sie sich sehr großzügig bediente.

»Und, schmeckt es euch?«, fragte Claudia, während sie genüsslich an einem Brot mit Serranoschinken kaute.

»Alles bestens«, antwortete ich zufrieden und biss in meinen Muslito, eine Krebsfleischkrokette, die leider schon etwas zu kalt war.

»Sag mal, Claudi, wer ist eigentlich dieser Vale?« Ich hatte ernsthaft das Gefühl, etwas nicht mitbekommen zu haben.

»Hä?« Claudia starrte mich an. Dann lachte sie laut los.

»Vale heißt nichts anderes als okay«, war die banale Erklärung. Und ich hatte mir schon einen furchterregenden, knochenbrechenden Valentin vorgestellt. Peinlich berührt starrte ich auf unsere Teller.

Auf Felix' Teller fanden sich, wie nicht anders zu erwarten war, ganz unexperimentell Kartoffeltortillas und Schinken. Würde man von dem, was Felix aß, auf sein Verhalten schließen, man würde nicht darauf kommen, dass wir den Kerl grade noch aus dem spanischen Knast hatten befreien müssen. Beim Essen war er nicht so abenteuerlich wie bei seinen Aktionen. Immerhin hielt sich diese Konstante in seinem Leben.

»Boah, ich merke den Wein schon voll. Ihr auch?«, stöhnte ich, weil ich mich kaum noch aufrecht auf dem Kinderhocker halten konnte. Ich entschied, dass Felix heimfahren musste, und gab damit meine Verantwortung über unseren Geländewagen ab.

Was sich eine original Tapasbar schimpft, hat mindestens einen Fernseher über dem Tresen aufzuhängen und entweder Nachrichten, die von Topmodels vorgelesen werden, oder Fußballspiele zu übertragen. Ob diese Gemeinsamkeit wohl schuld daran ist, dass so viele spanische Fußballer mit Moderatorinnen zusammen sind? Heute wurde das Programm von nur einem Thema dominiert, auf das alle anwesenden Spanier wie gebannt starrten. Uns hätte auffallen können, wie unnormal leise die sonst eher im hohen Dezibelbereich kommunizierenden Spanier um uns herum plötzlich geworden waren. Doch wir hatten uns einfach zu sehr in die gute einfache Küche vertieft.

»Möchtest du noch ein Stück Tortilla?«, bot mir Felix das übrig gebliebene Stück auf seinem Teller an. Ich schüttelte den Kopf und blickte zum Fernseher. Der letzte Bissen blieb mir fast im Halse stecken, als ich einen alten Bekannten wiedersah.

Es war Uwe, der in einer Sondersendung, die live in unsere Tapasbar übertragen wurde, zu dem Zwischenfall mit dem Prinzen interviewt wurde.

»Er sagt, der Attentäter sei ein Passagier aus seinem Boot gewesen«, übersetzte Claudia.

Wir konnten die Augen nicht vom Bildschirm abwenden.

»Er sagt, er kann den Attentäter nicht nur beschreiben, er hat sogar ein Foto.«

Felix war doch kein Attentäter! Diese Übertreibung passte genau ins Bild, das ich von Uwe hatte.

»Was für ein Verräter!«, schimpfte ich. »Vermutlich wurde ihm ein Abendessen mit der Reporterin versprochen.«

»Bitte, bitte, kein Foto«, betete Felix. Claudia legte Geld auf den Tisch, und im selben Moment, als Felix' Foto im Fernsehen ausgestrahlt wurde, schob ich ihn zur Tür hinaus.

Mein Freund war grade zum Staatsfeind Nummer eins geworden, und das in dem Land, in dem wir uns grade aufhielten.

Wir flüchteten so schnell, wie es ging, immer in der Angst, dass Felix entdeckt wurde, um dann vom wütenden Mob selber auf einen Zahnstocher gespießt zu werden.

40

Meinetwegen hätte der Tag bei diesem Ereignisreichtum schon vorbei sein dürfen, leider war es aber erst später Nachmittag, als wir unsere Finca erreichten. Lenny, Stefan, Anja und Arne erwarteten eine detaillierte und umfangreiche Erklärung der Geschehnisse. Offenbar war keiner auf die Idee gekommen, mal den Fernseher einzuschalten.

In einer kurzen Version klärten wir die Daheimgeblieben über die Befreiung unseres Prinzen-Entblößers auf.

Ich übergab Felix in die Obhut Arnes, um endlich einmal duschen zu können.

»Was hat sich der Knallkopf eigentlich dabei gedacht?«, fragte Anja und zog den Duschvorhang zur Seite.

»Kannst du wenigstens mal anklopfen?«, zischte ich sie an. Langsam ging mir diese Selbstverständlichkeit, mit der die anderen in unser Zimmer spazierten, unheimlich gegen den Strich.

»Entschuldige mal«, gab Anja zurück, »ich kann ja nichts dafür, dass ihr euch dieses Topzimmer unter den Nagel gerissen habt. Das hätte ich auch gerne gehabt!«

»Schon klar! Kannst du jetzt wegen deines überdimensionalen Schwangerschaftsbauchs keine Treppen mehr steigen?«

Anja fasste sich automatisch auf die nicht vorhandene Wölbung. »Nein, das dauert leider noch einen Moment. Aber mir ist trotzdem ständig schlecht. Und da ist ein Schlafzimmer mit Klo ja wohl ein Traum!«

Ich dachte kurz darüber nach, ob darin eventuell eine Marktlücke steckte. Urlaub für Schwangere – ein ganzes Hotel, in dem die Zimmer aussahen wie dieses und in dem es keine Sachen zu essen gab, die Schwangere nicht vertragen, dafür aber rund um die Uhr haufenweise Leckereien für eventuelle Heißhungerattacken. Und in jeder Minibar kein Alkohol, dafür überteuerte Gläschen Gurken und Nutella. Ich nahm mir fest vor, darüber zu Hause noch mal nachzudenken, denn jetzt hakte Anja wieder nach.

»Also was war da los?«, fragte sie.

»Ich glaube, das hängt alles mit dem Antrag zusammen.«

»Was willst du denn antworten, wenn er dir die Frage aller Fragen stellt?«

Unter Anjas Blicken schlüpfte ich in meine trockenen Klamotten.

»Das weiß ich noch nicht«, gestand ich ihr. »Eigentlich sollte ich eine Versicherung gegen Felix' Heiratsantragsversuche abschließen. Wer weiß, was noch alles passiert.«

Anja kicherte.

»Irgendwie war das nix mit diesem Urlaub, was?«, meinte sie und fläzte sich auf unser Bett.

»Da sagst du was«, bestätigte ich. »Allein der Zufall, mit der Ex im Urlaub auf einer gemeinsamen Finca zu landen, ist schon ziemlich unglücklich.«

»Jetzt habt ihr euch auch gar nicht erholt, oder?« Anja hatte ein schlechtes Gewissen. Sie hatte die Hälfte der Reise einfach verschlafen, wurde nicht dazu genötigt, minderwertigen Alkohol als Essensersatz zu sich zu nehmen und hatte einige Tage am Pool ausspannen können, während ich mir beim Schnorcheln hatte auf den Kopf kotzen lassen müssen. Andererseits, wäre ich auf der Finca geblieben, was wäre mir alles entgangen. Mir kamen Bilder in den Kopf, die mit der serpentinenreichen Strecke auf dem Weg zu Sa Calobra und der atemberaubenden Schlucht in Torrent de Pareis nur anfingen. Da war noch Ullas

Strandrestaurant in der kleinen verlassenen Bucht. Das Designhotel, das Felix für die Verlobungsnacht gebucht hatte. Meine Partynacht mit den beiden Dragqueens Amanda und Morena. Das Eis zum Frühstück mit Bruno an der Promenadenmauer. Der kleine Fisch, dem ich beim Schnorcheln gefolgt war. Und wir hatten einen waschechten Prinzen gesehen. Um ehrlich zu sein, an all diese Erlebnisse würde ich mich mein ganzes Leben lang zurückerinnern. Klar hätte ich gerne hin und wieder mit meiner besten Freundin auf der Finca eine ruhige Kugel geschoben, mit Gazpacho aus dem Tetrapak, aber dann hätte ich alleine mit Anja verreisen müssen.

Mit Felix würde es zumindest niemals langweilig werden.

Unseren letzten gemeinsamen Urlaubsabend verbrachten wir bei angenehmen Temperaturen auf der Terrasse. Zur Feier des Tages holte Stefan seinen teuren Kräuterschnaps heraus. Ich glaube ja eher, dass er möglichst alle Beweise dieser Reise vernichten wollte und deshalb den scheußlichen Hierbas generös mit uns teilte.

Mir reichte schon ein kleines Gläschen, um zu wissen, dass ich mir diese Art von Kopfschmerzen am nächsten Tag lieber ersparen wollte. Allerdings wirkte das Tröpfchen Alkohol, das sich mit dem Rotwein aus der Tapasbar warm in meinem Bauch vereinte, so entspannend auf mich, dass ich für einen kurzen Moment meine Augen schloss und einnickte. Na gut, der kurze Moment waren in Wirklichkeit ein paar Stunden, die ich mit dem Kopf auf dem Tisch geschlafen habe. Ich träumte von Felix und Claudia, die sich in den Arm nahmen und vertraut miteinander flüsterten. Es dauerte ein Weilchen, bis ich verstand, dass mein Traum kein Produkt meines Sekundenschlafs war, sondern sich direkt vor mir tatsächlich abspielte.

Die hatten vielleicht Nerven!

»Was macht ihr da?« Ich konnte es nicht glauben, dass die sich nicht einmal mehr die Mühe machten, ihre Zuneigung zueinander vor mir zu verbergen. Noch bitterer war es für mich, weil ich mir trotz oder genau wegen der kleinen Flirterei mit Bruno sicher war, dass ich Felix wollte und sonst niemand anders.

»Nichts!«, wiegelte Claudia ab. Was hätte sie in so einer Situation auch sonst sagen sollen. Die Sache war klar wie Kloßbrühe. Wie blind konnte ich bitte sein? Aber ich war nicht nur blind, ich war auch gelähmt. Zumindest klebte mein Kopf, den ich für mein Nickerchen auf den Tisch gelegt hatte, fest.

»Ich glaube euch kein Wort und würde euch wirklich gerne irgendwas antun, aber meine Haare kleben am Tisch fest.«

Claudia grinste ihr Besserwissergrinsen und klärte mich auf: »Das ist der Hierbas, der klebt wie Sau.«

Ich musste beim Schlafen die Flasche umgestoßen haben, oder aber Claudia hatte herausgefunden, dass ich ihr Haarwundermittel weggeschüttet hatte und zahlte es mir heim, indem sie meine Haare, während ich schlief, mit dem Kräuterlikör übergossen hatte.

»Und jetzt?«, fragte Felix, der sich um Schadensbegrenzung bemühte und froh war, dass meine Haare grade vom eigentlichen Thema ablenkten.

»Wir schneiden die Haare einfach ab!«, war Claudias ebenso simpler wie genialer Plan, wenn man jemandem seine Haare neidet. »Die wachsen ja wieder nach.«

Mein lautstarker Protest führte wenigstens dazu, dass Claudia sich vor Lachen beinahe in die Hose machte, während sie das Zeug auf dem Tisch mit Wasser einweichte. Vorsichtig löste ich meine Haare von der Tischplatte. Felix lachte ebenfalls, rührte aber keinen Finger. Der hatte es auch nicht nötig. Ich hatte ihn ja lediglich aus 'm Knast geholt. Andererseits, wer weiß, was wieder schiefgegangen wäre, wenn er geholfen *hätte*.

»Sehr witzig, ihr zwei Komiker! Warum habt ihr euch

eigentlich getrennt?«, schimpfte ich. Wahrscheinlich steckten beide unter einer Decke und hatten mir das angetan.

Ich wollte Felix grade drohen, da machte er eine simple Feststellung: »Weil wir Platz machen mussten für Bessere«, sagte er eher beiläufig, traf damit den Kern und brachte meine Zweifel endgültig zum Schmelzen. »Auch wenn wir die damals noch nicht kannten.«

Genau das hatte ich doch die ganze Zeit hören wollen. Dass ich besser war als Claudia. Manchmal ticken wir Menschen erstaunlich einfach. Letztendlich wollte man bloß toller sein als die Ex. Auch wenn man eine halbe Flasche grünen Anisschnaps im Haar hatte.

»Bier soll ja gut für die Haare sein. Warum nicht auch Hierbas?«, lachte Claudia, die bestimmt schon darüber nachdachte, ihrer Vogelscheuchenmatte heute Nacht eine Fünf-Minuten-Hierbas-Kur zu gönnen.

Konnte die nicht einfach verschwinden? So nett ich sie heute Nachmittag bei der Befreiungsaktion gefunden hatte, so entsetzlich nervte sie mich grade.

Möglicherweise reagierte das Universum auf meinen Hilferuf, denn Claudia verabschiedete sich mit den Worten: »Ich hab Felix nur etwas gegeben, aber das soll er dir selbst erzählen.« Dann verschwand sie in Richtung ihres Zimmers, wo ihr sauertöpfischer Ehemann bestimmt schon mit aufgestelltem Pyjamakragen auf sie wartete. Doch an der Tür drehte sie sich um und sagte mit einem verräterischen Grinsen in Felix Richtung: »Und fragen will er dich auch was.«

Oje, jetzt war es also so weit. Kein Schnorcheltrip in türkisem Wasser und kein Sonnenaufgang am Strand würden das Ambiente für den Antrag sein, sondern eine chaotische Terrasse und in Hierbas marinierte Haare. Ich stellte mich so naiv, wie ich konnte: »Was wolltest du mich fragen?«

Es wäre auch nicht mein Felix gewesen, wenn er jetzt auf die Knie gegangen wäre, um mir feierlich einen Ring zu präsentieren. Nein, stattdessen holte er wahnsinnig weit aus und fasste für mich die Geschehnisse der letzten Tage zusammen, die ich am eigenen Leib hatte erfahren müssen. Als er dann in seiner Schilderung endlich in der Jetztzeit angekommen war und mir berichtete, dass der Kronprinz seinen beziehungsweise meinen Ring eingesteckt hatte, unterbrach ich ihn.

»Das alles, nur um mir einen Heiratsantrag zu machen?«

»Ja«, antwortete er verschüchtert.

»Ist dir klar, wie verrückt das ist?«, fragte ich lieber nach. Nicht, dass es in Felix' Erinnerung womöglich anders abgelaufen war. Manchmal neigt man ja zu dramatisieren, und andere fanden es dann gar nicht so schlimm.

Er nickte und bejahte.

»Ich kann doch niemand heiraten, der so bescheuert ist«, antwortete ich, um ihn noch etwas zu grillen. »Aber wenn ich Nein sage, machst du mir dann noch mal einen Antrag?«

»Na, und ob!« Das klang für mich wie eine Drohung. »Ich hab da schon eine Spitzenidee.«

Oh Gott, bitte nicht! Ich sah bereits einen peinlichen Youtube-Clip vor mir, in dem Felix und irgendwelche Leute unter Anleitung von Kai, Mr LoverLover, Pflaume einen Antragsflashmob tanzten.

»Okay, ich nehme lieber den ersten Antrag an.« In dem Moment fiel mir allerdings etwas auf: Ich hatte ja noch gar keinen Antrag bekommen! »Den du mir aber noch gar nicht gemacht hast«, fügte ich schnell hinzu.

Und tatsächlich, für wenige Sekunden wurde es feierlich. Felix ging in die Knie, nahm eine Schatulle aus der Tasche und seine Stimme klang ganz zittrig, als er fragte:

»Nina, willst du mich heiraten?«

Statt einer Antwort gab ich ihm einen ganz langen Kuss. Er nahm meine Hand und steckte mir den Ring an den rechten Zeigefinger. Ich betrachtete ihn eine halbe Ewigkeit im Kerzenschein. Es war ein wunderschöner, schmaler, schlichter Ring mit einem eingefassten Diamanten.

»Geschmack hast du«, lobte ich. »Der war doch bestimmt sündhaft teuer«, versuchte ich die Wahrheit aus ihm herauszulocken.

Felix zuckte nur lässig mit einer Schulter.

»Und wenn ich nicht Ja gesagt hätte?«

»Du hast dir ja den Antrag fast schon selber gestellt«, meinte er selbstbewusst. »Da musste ich mir ums Ja keine Sorgen mehr machen.«

Ich buffte ihn in die Seite, und dann standen wir noch ein Weilchen eng umschlugen draußen und genossen unseren letzten sommerlichen Urlaubsabend.

Immer wieder bestaunte ich meinen neuen Ring. Irgendwie war es doch ganz cool, verlobt zu sein.

Leider nehmen Mücken und Fliegen wenig Rücksicht auf Verliebte und Frischverlobte, wenn süßer, klebriger Hierbas im Spiel ist, und schon bald umschwirrten die kleinen Biester meinen Kopf.

»Oh Mist, ich muss leider duschen«, entschuldigte ich mich bei Felix. Ich hatte eigentlich nicht die geringste Lust, mich jetzt auch nur eine Sekunde von ihm zu trennen.

»Macht nichts. Ich komm mit und pass auf, dass du das gründlich machst.«

Wir rückten sämtliche Möbel vor unsere nicht abschließbare Zimmertür und hatten endlich die Zweisamkeit, die wir seit einer Woche vermissten.

41

Felix, so einen Ring hätte ich dir nicht zugetraut!«, staunte Anja am nächsten Morgen, als ich ihr stolz meinen Verlobungsring unter die Nase hielt.

»Sondern?«, fragte Felix eine Spur zu selbstbewusst.

»Na, eher so die Kategorie Kaugummiautomat«, lachte Anja, und Arne stimmte laut mit ein.

»Und wann wird geheiratet?«, mischte sich Stefan ein, der nun auch meinen Ring begutachtete.

Ich betete, dass der Ring besser war als Claudias. Hoffentlich!

»Na, wenn ich den Antrag erst einmal verdaut habe«, scherzte ich. »Was ungefähr in zehn Jahren der Fall sein dürfte.«

Wer wusste denn schon, wann ich meinen aktuellen Ehemann finden würde. Mit dem Thema Ed musste ich mich wohl oder übel sehr bald auseinandersetzen. Ich hatte bloß gehofft, an so einem schönen Tag keinen Gedanken daran verschwenden zu müssen.

»Quatsch, das dauert doch nicht zehn Jahre«, hakte Felix nach. »Spätestens nächstes Jahr wird der Ziegenstall hier richtig rausgeputzt, und dann heiraten wir. Mallorca ist voll meine Insel! Und unsere Kinder taufen wir auch hier im Ziegenstall, und zwar alle auf den Namen Felipe.«

Okay, am Anfang hatte ich ihm noch geglaubt, aber jetzt wusste ich, dass Felix freiwillig nie wieder einen Fuß auf Mallorca setzen würde.

»Wir sind auf jeden Fall dabei!«, rief Claudia, die das nicht verstanden hatte, ganz aufgeregt und erklärte Lenny, dass wir beide vorhatten zu heiraten.

»Kriegst du dann ein Baby?«, fragte mich Lenny.

»Mal sehen«, erwiderte ich und strich ihm über den Kopf. Das Thema Kinder hatten Felix und ich nie ernsthaft besprochen. »Vorher bekommt die Anja aber ein Baby, mit dem du spielen kannst.« *Souverän abgelenkt*, dachte ich.

»Ich weiß, wo Babys rauskommen!« Lenny blieb hartnäckig, und ich wurde rot. Mein Hilfe suchender Blick zu seiner Mutter blieb unerwidert.

Nur Arne und Felix grinsten debil, weil sie wieder in ihrem vorpubertären Lieblingszustand waren.

»Ach, das weißt du schon?«

»Ja. Aus der Kita.«

Wann fingen die heutzutage mit der Aufklärung an?

»Das hat mir die Lina gesagt«, fuhr er fort. »Das Baby kommt aus der Scheibe raus. Da!«, und zeigte dabei zielsicher auf meine Muschi.

»So, so, aus der Scheibe. Du kennst dich ja aus, kleiner Mann«, lobte ich ihn und hoffte, das Thema würde endlich ein Ende finden.

»Ja, und ich kenne die Scheibe von Lena, von Sofia und von ... ähm ... Sara.«

»Toll, Lenny.«

»Und die von Mama, aber die hat manschmal Haare dran und manschmal nicht.« Das war dann endlich auch für Claudia der Moment einzugreifen. Mit knallrotem Kopf schnappte sie sich ihren Sohn und verschwand mit ihm unter dem Vorwand, noch packen zu müssen, ins Haus.

»In welcher Einrichtung ist euer Kind, wenn ich fragen darf?«, meldete sich Anja zu Wort und machte vermutlich gedanklich eine No-go-Kitaliste.

»Ja, das frage ich mich allerdings auch«, gab Stefan zum Besten. »Claudia wollte ihn ja unbedingt in so einen Waldkindergarten stecken. Ich war für einen Kindergarten mit bilingualem Zweig, um ihm die besten Möglichkeiten zu bieten.«

Wir ließen es nicht so weit kommen, dass Stefan sich bei uns über die pädagogischen Ausrichtungen der verschiedenen Kindertagesstätten in München auskotzen konnte.

»Möchte noch jemand etwas vom Resterührei, sonst tu ich das jetzt weg«, unterbrach ihn Arne, der schon fleißig den Tisch abräumte.

Das Resterührei bestand aus allem, was der Kühlschrank so hergab, und hatte etwa einen Wert von dreißig Euro, wenn man den Iberico-Schinken, den Biomanchego und die Chorizo zusammenrechnete. Daher pulten wir die kostbaren Stückchen direkt aus der Pfanne, was Stefan eher unpassend fand, uns aber ziemlich egal war.

Felix und ich setzten noch einen drauf, weil wir ständig verliebt knutschten, was Stefan wirklich zur Weißglut brachte.

»Nehmt euch ein Zimmer, Leute, das kann man nicht mehr mitansehen!«, schimpfte er im Vorbeigehen, als ich das restliche Geschirr spülte und Felix alles abtrocknete. Beide einarmig, weil wir darauf bestanden, Händchen zu halten.

»Ja, gerne. Übernimmst du dann den Abwasch für uns?«, fragte ich dreist.

»So weit kommt's noch!«, zischte er und stapfte erwartungsgemäß nach oben.

»Schade! Grade jetzt, wo mir unser Wohnklo so gut gefällt, müssen wir es wieder verlassen«, zwinkerte Felix mir zu, und wir machten einfach weiter einen auf Turteltauben.

Tatsächlich waren wir dann auch die Einzigen, die noch nicht gepackt hatten. Wann denn auch?

Also verzogen wir uns auf unser Zimmer, das mir im Nachhinein wirklich nicht mehr so schlimm vorkam. Theatralisch stopfte Felix seine alte Reisetasche in den Mülleimer, was auch höchste Zeit war, denn die Tasche hatte fürchterlich zu stinken begonnen. Der Geruch erinnerte stark an meine Schwimmtasche, wenn ich tagelang vergessen hatte, den Inhalt auf die Wäscheleine zu hängen.

»Viel besser müffelt die hier aber auch nicht«, stellte Felix fest, als er die neue Tasche öffnete.

»Jetzt mach mal keinen Rückzieher«, beharrte ich. »Die alte Tasche gehört ab sofort der Vergangenheit an.« Ohne es auszusprechen verstand Felix sofort, dass ich wusste, dass seine Tasche etwas mit Claudia zu tun hatte. Ohne weitere Diskussion stopfte er seine Klamotten in die neue.

»Ich fühl mich richtig erwachsen mit der Tasche«, murmelte Felix nachdenklich, nachdem er sie in den Flur gestellt hatte, wo alle ihr Gepäck lagerten.

»Man könnte auch sagen: ein Mann von Welt!«, versuchte ich ihn darüber hinwegzutrösten, dass er eins seiner letzten Relikte aus früheren Zeiten hier auf Mallorca hatte entsorgen müssen.

42

Auf dem Weg zum Flughafen stellte sich bei mir ein unangenehmes Gefühl ein, das ich wegen der Ereignisse der letzten Tage schon völlig verdrängt hatte: meine Flugangst!

Mir war übel, es kribbelte ganz unangenehm in meinen Füßen, und mein Gesicht war gradezu starr vor Angst.

Ein Blick genügte, und Felix erriet, dass es schon wieder so weit war.

»Du hast ja ganz kalte, schwitzige Hände«, bemerkte er.

»Brauchst du noch eine Tablette?«, fragte Claudia, die sofort anfing, in ihrer Tasche zu kramen. »Ich kenn das. Ich hatte sogar schon ein Flugangstseminar, was aber nur bedingt geholfen hat.«

»Und was hat dir geholfen, deine Angst zu überwinden?«, fragte ich voller Hoffnung auf eine Möglichkeit der Besserung.

»Na, was wohl?!«, antwortete Stefan und zog einen Piccolosekt aus Claudias Tasche.

»Wenn es mir doch hilft!«, fuhr sie ihn an. Dann schraubte sie das Fläschchen mit dem Schmunzelwasser auf, nahm einen großen Schluck und bot auch mir die Flasche an.

»Du, danke. Das ist ganz lieb gemeint, aber ich glaub, ich krieg grade wirklich nichts runter.«

»Es hilft aber. Also jetzt hab dich nicht so, und trink einen Schluck zur Entspannung.«

»Und trink für mich einen mit!«, rief Anja vom Beifahrersitz. Daran, nicht mehr mittrinken zu dürfen, musste sie sich erst mal gewöhnen.

Ich nahm einen beherzten Schluck aus der Miniflasche und stellte erst dann fest, dass der Sekt überhaupt nicht richtig gekühlt war. Mir war danach, laut »Bäh!« zu rufen, aber inzwischen hatte auch ich meinen Frieden mit Claudia gemacht.

»Nina, wann fängst du eigentlich in deinem neuen Job an?«, wollte Arne wissen. Jetzt am Ende der Reise schienen die Themen, die zu kurz gekommen waren, noch einmal aufgearbeitet zu werden.

»In drei Wochen.« Ich hatte mich in dem Urlaub vor allem vom letzten Job entspannen und Energie für den beruflichen Neustart tanken wollen. Aber es war ja nun mal alles anders gekommen. Daher war ich froh, noch zwei Wochen zu Hause verbringen zu können. Da hatte ich endlich Zeit, mich um meine Vergangenheit und meine Zukunft zu kümmern.

»Ja, irgendwann verdient Nina die Brötchen zu Hause, und ich werde Hausmann und Privatier!«, tönte Felix und verschränkte die Hände hinterm Kopf.

»Ja, ja, träum weiter«, neckte ich ihn.

Während der restlichen gemeinsamen zwanzig Minuten im Auto drehte sich wieder alles um meinen Job und die Karrieremöglichkeiten, die sich mir boten. Das half mir, meine Flugangst zu vergessen, weil ich nun der Mittelpunkt des Gesprächs wurde.

Am Flughafen würde sich gleich allerdings eine noch bessere Möglichkeit finden, mich abzulenken. Vor dem Terminal stand ein kleiner Hotelshuttle, am Steuer selbstverständlich wieder der Pseudo-Ed, der mich schon seit Tagen verfolgte. Allmählich war ich mir nicht mal mehr sicher, ob ich ihn wirklich sah oder tatsächlich nur fantasierte. Ich ging einfach mit den anderen ins Gebäude.

»Habt 'nen guten Flug, ihr drei«, sagte Felix zu Anja und herzte sie.

»Ja, beim nächsten Mal machen wir zu fünft Urlaub«, erwiderte Arne.

»Aber bitte nicht wieder auf Mallorca. So schnell muss ich nicht noch mal herkommen«, gestand ich den anderen, was alle ähnlich sahen, auch wenn die Insel natürlich nichts dafür konnte.

Claudia drückte mich fest an sich.

»Ich bin froh, dass ich dich kennenlernen durfte«, sagte sie so, als würde sie sich ein Tränchen verdrücken, und wurde dabei ganz emotional. Mit ihrer intensiven Umarmung hatte ich nicht gerechnet, und so fiel es mir schwer, die richtigen Worte zu finden.

»Ähm ... ja ... es ist schön mit euch gewesen ...«, antwortete ich etwas unbeholfen. Wieso fällt einem im richtigen Moment nie das Passende ein?

»Kinners, wir müssen!«, drängte Chefaufseher Stefan, der mir im Gegensatz zu seiner Frau nur die Hand gereicht hatte. Von Lenny bekam ich noch ein Küsschen, und dann bewegte sich der Münchner Tross zum Abfluggate.

Unser Flug sollte erst in zwei Stunden gehen, daher teilte ich mir meine Bummelzeit am Flughafen sehr gut ein. Zwanzig Minuten Parfums testen. Eventuell eine neue Wimperntusche anschaffen. Dann Kaffeepause. Danach noch eine Shoppingrunde und vielleicht eine Zeitschrift kaufen. So würden wir die Zeit bis zu unserem Abflug schon noch gut rumbekommen. Das war zumindest mein Plan, bevor wir im Duty-free-Shop sowohl Renner als auch meinen anderen drei neuen Kollegen in die Arme liefen. Leider taten mir nur Nummer eins bis Nummer drei den Gefallen, sich abzuwenden und zu hoffen, ich hätte sie nicht gesehen. Herr Renner begrüßte mich fast schon euphorisch.

»Frau Spielmann! So langsam habe ich das Gefühl, dass sie mir nachlaufen.«

Felix stand irritiert neben dieser Szene und schaute mich erwartungsvoll an.

»Nein, das ist Zufall«, sagte ich und deutete mit einem Nicken auf Felix. »Und das ist ... ähm ... das ist ... ähm ... Felix ...«

»... Ninas Verlobter«, vervollständigte Felix die Vorstellung.

»Ihr Verlobter?«, staunte Renner. »Ich dachte, der Mann gestern beim Hotelfrühstück war ihr Ehemann?«

»Wie? Was?«, fragte nun Felix.

»Nein, das war ... das war ... ein ... Uwe ...«, stammelte ich.

»Das war nicht ihr Mann?«, verhörte mich Renner.

»Nein.«

»Aber Sie haben doch im Personalbogen angegeben, dass Sie verheiratet sind?«

»Ja.«

»Sind Sie nicht?«

»Doch!«

»Was?«, fragte nun Felix.

»Ja«, murmelte ich kleinlaut.

»Aber nicht mit Felix?«, hakte Renner nach.

»Nein.«

»Mit Uwe?«

»Nein, mit Ed.«

»Was?«, wiederholte Felix, diesmal deutlich lauter.

»Ich bin verheiratet«, gestand ich. »Mit einem Brasilianer.«

Das reichte Felix. Er sah mich kurz mit einer herzzerreißenden Mischung aus Unglauben und Enttäuschung an, taumelte ein paar Schritte rückwärts, drehte sich dann um und verschwand im Gewimmel der Duty-free-Schnäppchenjäger. Damit war er weg.

Ich stand aber immer noch Renner gegenüber.

»Ist 'ne doofe Geschichte«, sagte ich ihm. »Aber nichts Schlimmes, Ehrenwort!«

»Das Privatleben meiner Mitarbeiter geht mich nichts an«, sagte Renner kühl, dann verabschiedete er sich in Richtung Gate. Die Firma flog Lufthansa, während wir auch den Rückflug mit Air Berlin gebucht hatten.

Der Boden unter meinen Füßen wankte. Ich musste mich an einem Regal mit teurem Lipgloss festkrallen, wobei einige der Stifte herausfielen und über den Boden kullerten. Meine Vergangenheit hatte mich soeben eingeholt. Ich sollte erleichtert sein, dass mir jemand die Entscheidung über den richtigen Moment der Beichte abgenommen hatte. Mit einer Lebensbeichte ist es wohl wie mit dem Kinderkriegen. Es gibt nie den richtigen Moment, deshalb muss man es einfach machen. Ich hatte so viele Momente und Gelegenheiten verstreichen lassen. Nun trug ich Felix' Verlobungsring am Finger, und er musste feststellen, dass ich auch nur eine Lügnerin war.

»Felix!«

»Kann ich Ihnen behilflich sein?«, fragte mich eine Dutyfree-Tante in akzentfreiem Deutsch.

»Ja. Wissen Sie, wo mein Mann hin ist?« Ich geriet in Panik.

Mir schossen die Tränen ins Gesicht. Ich hatte Felix jahrelang etwas vorgemacht. Was war ich eigentlich für ein Mensch?

»Das tut mir leid, da kann ich Ihnen leider nicht weiterhelfen.« Die Verkäuferin ließ sich nicht abwimmeln. »Wir haben diesen Monat eine Aktion, wenn Sie zwei Düfte von Dior kaufen, bekommen Sie …«

Weiter kam sie nicht, auch wenn es sicherlich ein ganz verlockendes Angebot war, das sie mir da andrehen wollte. Ich war entsetzt, wie wenig Taktgefühl die Menschen heutzutage besaßen. Ich starrte sie an.

»Er hat das Portemonnaie«, log ich. Und plötzlich war es der Verkäuferin auch wichtig, dass ich Felix wiederfand.

Heulend lief ich über den Flughafen.

»Felix? Feeeeelix!«, rief ich, aber er blieb wie vom Erdboden verschluckt. Ich stellte mich wie eine Voyeurin vor die Herrentoiletten und versuchte jedes Mal, wenn sich die Tür öffnete, einen Blick ins Innere zu erhaschen, doch dort war er nicht.

Ich ließ ihn sogar ausrufen, aber als er dreißig Minuten nach der Durchsage immer noch nicht am Schalter eintraf, war mir klar, dass er mich nicht sehen wollte.

Hatte er denn kein Interesse zu wissen, wie es dazu kam, dass ich verheiratet war? Ich beschloss, ihm eine SMS zu schreiben, in der ich ihm alles erklären wollte.

Felix, wo bist du? Es tut mir so furchtbar leid, dass du es so erfahren musstest. Es war eine Scheinehe, die ich mit einem Kerl aus Brasilien eingegangen bin, damit er hier abgesichert ist. Ich habe nie die richtige Gelegenheit gefunden, es dir zu gestehen, was so dumm von mir war. Es ist alles schon so lange her, und ich wünschte, ich hätte mit dir drüber gesprochen. Bitte gib mir wenigstens eine Chance, dir noch einmal alles zu erklären. Ich liebe dich, Nina!

Mehr konnte ich jetzt auch nicht mehr machen. Ich begab mich zum Abfluggate. Wenn es eine Chance gab, Felix zu finden, dann wohl dort.

Ich postierte mich wie ein Wachhund am Eingang, damit er sich nicht an mir vorbeimogeln konnte, und stieg erst ein, als mich das Bodenpersonal trotz meines großen Protests quasi in den Flieger hineinzwang.

»Herr Felix Hecker wird sofort zum Abfluggate B20 gebeten. Herr Felix Hecker, bitte finden Sie sich umgehend am Abfluggate B20 ein«, war das Letzte, was ich hörte, bevor ich den langen dunklen Gang zum Flieger allein hinunterging.

In der Maschine hatten schon alle ihren Platz eingenommen, und ein Flugbegleiter mit Justin-Bieber-Frisur schickte mich etwas pampig zu meinem Platz.

»Hören Sie, der, den Sie ausrufen, der gehört zu mir.«

»Und wo steckt er jetzt?«, fragte Justin Bieber ungeduldig.

»Das ist es ja, ich hab ihn verloren. Er war plötzlich einfach weg.« Und wieder liefen mir die Tränen übers Gesicht.

»Ach Mädchen, wir finden ihn schon wieder«, sagte der Flugbegleiter zuversichtlich und drückte mich. »Hier ist fast noch keiner verloren gegangen.«

Eine Ewigkeit war inzwischen vergangen, und von Felix war noch keine Spur zu sehen.

»Hier ist Björn Heinrichsen, und ich bin Ihr Flugkapitän auf dem Flug von Palma nach Köln. Der Abflug verzögert sich noch etwas, weil uns ein Fluggast verloren gegangen ist. Wir bitten um Ihr Verständnis.«

Ein Raunen ging durch die Reihen, und allmählich machten die anderen Fluggäste ihrem Unmut über die Situation Luft.

»Der gehört zu ihr da!«, rief eine Oma eine Reihe hinter mir ihren Kegelfreundinnen zu.

»Er wird sicherlich gleich kommen, es tut mir leid«, entschuldigte ich mich bei wildfremden Leuten.

»Hier ist noch einmal Kapitän Heinrichsen. Wir warten noch zwanzig Minuten. Wenn der Fluggast bis dahin nicht eintrifft, müssen wir aus Sicherheitsgründen das Gepäck wieder ausladen.«

Die Unruhe im Flieger nahm zu. Mehr und mehr wurde ich zum Ziel von Anfeindungen. Dann tauchte Felix endlich auf, allerdings nur, um sich gleich auf die Bordtoilette zu verdrücken.

Als er dort Minuten später immer noch nicht wieder herauskam, überkam die Flugbegleiterin, die direkt daneben stand, Panik.

»Hören Sie, Sie können da nicht drinbleiben«, sagte sie und klopfte gleichzeitig an die Tür. Doch Felix rührte sich nicht.

»Könnten Sie vielleicht mit Ihrem Bekannten sprechen?«, bat mich der Flugbegleiter. »Wenn er auf der Toilette bleibt, können wir nicht starten.«

»Ich werde mit meinem Verlobten sprechen«, erklärte ich. Leise klopfte ich an die Tür.

»Felix, komm bitte raus«, sagte ich gedämpft, denn die Passagiere rund um die Bordtoilette hatten riesige Ohren bekommen. »Der Flieger kann so nicht starten.«

Um mich herum diskutierten Passagiere, Flugbegleiter und inzwischen auch der Kapitän und die Kopilotin. Ich versuchte, den Lärm auszublenden, und drückte mein Ohr an der Toilettentür platt, um wenigstens einen Mucks von Felix zu hören.

»Sind Sie sich sicher, dass er nicht grade ein Geschäft verrichtet?«, fragte mich der Kapitän. »Ich muss jetzt die Tür öffnen lassen, um sicherzugehen, dass ihm da drin nichts zugestoßen ist.«

»Felix, die machen gleich die Tür auf. Komm doch bitte einfach raus.«

Und tatsächlich wirkte die Drohung. Das Lichtsignal über der Toilette sprang von Rot auf Grün.

In dem Moment machte eine attraktive Stewardess eine Durchsage.

»Sehr geehrte Fluggäste, die Störung ist soeben behoben worden.« Dabei sprach sie sonderbar nasal. »Wir werden in Kürze starten.«

»Ja, wird auch mal Zeit«, meckerte eine junge Mutter in der ersten Reihe, deren Baby ungefähr die letzte Stunde durchgebrüllt und unsere Nerven noch zusätzlich strapaziert hatte. *Viel Spaß, Anja*, dachte ich mir.

»So, und jetzt erklären Sie mir bitte, weshalb ich Sie nicht von der Polizei abholen lassen sollte«, sagte der Kapitän und baute sich mit verschränkten Armen vor Felix auf.

Im Flieger wurde es mucksmäuschenstill. Selbst das Baby wollte anscheinend hören, was Felix zu sagen hatte. Ich hoffte, er würde die Kurzversion wählen, aber weit gefehlt. Er war so wütend auf mich, dass er der blonden Flugbegleiterin sogar das Bordmikro aus der Hand riss und mich schön über die Lautsprecher disste.

43

Und was ist jetzt mit euch?«, fragt die Talkmasterin im Körper eines Flugbegleiters noch mal.

»Das klärt mal auf dem Flug, wir müssen jetzt los«, schafft Kapitän Heinrichsen Fakten. Nachdem die Flugbegleiterin und ich nun vor etwa zweihundertfünfzig Leute ein Zwangsouting zu Scheinehe und Schwangerschaft gehabt haben, entscheidet der Pilot, Felix nicht für die Verzögerung zu bestrafen. Die einzige Strafe besteht darin, dass er den Flug neben mir verbringen muss, weil die Maschine komplett ausgebucht ist.

Langsam rollen wir los. Ich versuche noch einmal, Felix zur Vernunft zu bringen.

»Felix, das war lange, bevor du und ich uns kennengelernt haben, und außerdem war da nichts, ich schwöre es dir!«, flehe ich ihn an. »Ich habe Ed seit Jahren schon nicht mehr gesehen. Der Typ ist wie vom Erdboden verschluckt.«

»Hm ... ja, ja«, murmelt Felix.

»Ich schwöre es dir bei allem, was mir heilig ist. Ich suche ihn schon seit Jahren, damit wir uns scheiden lassen können, aber er ist weg!«

»Und warum nimmst du meinen Antrag an, wenn du überhaupt nicht heiraten darfst, du Bigamistin!«, schreit Felix.

»Weil ich deine Frau sein will. Ich bereue diesen Fehler, den ich vor zehn Jahren gemacht habe, so sehr.«

»Sag mir genau, wer er ist, wie er aussieht und wo er wohnt. Dem werde ich so die Fresse polieren.« Felix ist immer noch außer sich.

»Ich habe keine Ahnung, wo Ed ist! In Brasilien, was weiß ich?«, gebe ich genervt zurück.

Eine junge Frau auf dem Sitz vor uns dreht sich zu uns um. Noch ein Gaffer mehr oder weniger ist mir jetzt auch egal, ich gehe sowieso fest davon aus, von der Polizei abgeholt zu werden, wenn wir in Köln ankommen. Wenn wir denn ankommen, denn noch rollt unser Flieger im Schneckentempo übers Vorfeld.

»Ähm ... Entschuldigung, wenn ich mich einmische«, sagt das junge Mädel, »aber ich kenne zufälligerweise einen Ed, der aus Brasilien kommt.«

»Wie schön für dich«, giftet Felix sie an. »Dann könnt ihr beide einen Ed-Fanclub gründen.«

»Na ja, was ich sagen wollte, ist, dass mir deine Geschichte ziemlich bekannt vorkommt, und zwar andersherum. Ed hat sie mir erzählt. Wir arbeiten zusammen als Animateure im Clubhotel Platja Brasil in Cala d'Or. Er hat mich eben hier zum Flughafen gebracht.«

Mir fällt buchstäblich die Kinnlade runter. Es dauert eine Weile, bis ich realisiere, was das Schneckchen da sagt.

Pseudo-Ed ist wirklich Ed! Und Ed ist auf der Insel, die ich grade im Begriff bin zu verlassen.

»HALT! ANHALTEN! Wir können nicht losfliegen!«, rufe ich laut.

Ich schnalle mich ab und renne nach vorne zum Cockpit. Die Flugbegleiterin, die mich ohnehin schon auf dem Kieker hat, stürzt sich auf mich.

»Wir fliegen jetzt nach Köln. Mir reicht es mit euch Knallköpfen«, schnauzt sie.

»Bitte, Sie verstehen nicht. Die Lösung meines Problems ist auf Mallorca. Ich muss aussteigen und das in Ordnung bringen. Bitte, bitte!«, bettle ich, doch da ist es schon zu spät. Ziemlich unsanft schubst mich die Frau auf einen Sitz, der eigentlich nur für die Crew vorgesehen ist.

»Setzen und anschnallen!«, befiehlt sie mir, und ich gehorche. Kaum eine Sekunde später hebt der Flieger auch schon ab.

Ob es daran liegt, dass ich auf dem Sitz quasi Ehrenflugbegleiterin bin? Ich habe tatsächlich nicht die geringste Angst! Noch vor einer Woche ist das ganz anders gewesen. Aber das mit der Ablenkung scheint tatsächlich zu funktionieren, denn auch in der Luft spüre ich nichts mehr von meiner Phobie. Mein Kopf scheint begriffen zu haben, dass ich grade deutlich Wichtigeres zu tun habe.

In dem Moment, als der Kapitän die Anschnallzeichen ausschaltet, springe ich auf und setze mich wieder neben Felix.

»Du?«, frage ich zuckersüß. »Ich glaube, wir müssen noch mal …«

»Ich weiß«, antwortet er und schaut aus dem Fenster auf die kleiner werdende Insel. Dann nickt er und gibt mir einen Kuss.

ENDE

Danksagung

Ohne Eure und Ihre Hilfe würde es dieses Buch nicht geben:

Liebe Bettina Steinhage und lieber Jo Weber, Sie haben mir geholfen, aus meinen Ideen eine Geschichte zu formen.

Lieber Marko Jacob, ohne Ihren Enthusiasmus und Ihren Glauben an mich wäre dieses Buch gar nicht entstanden.

Liebe Mallorquiner-Crew, Euer monumentaler Dienstwagen und Eure Insiderkenntnisse haben mich buchstäblich vorangebracht.

Liebe Freunde und Familie, ich habe mich reichlich an Euren Geschichten bedient. Deshalb gilt Euch mein besonderer Dank. Bitte hört nie auf zu erzählen! Wie Ihr seht, erzähle ich ja nie alles – das würde mir keiner glauben …

Meine lieben Jungs, Ihr macht Sachen … mit mir mit! Ich danke Euch für so vieles, aber das kann ich Euch ja auch zu Hause sagen.

Jetzt anmelden!
VOM
LESER ZUM
SCHRIFTSTELLER!
WEITERE INFORMATIONEN UNTER:
www.bastei-luebbe-academy.de
BASTEI LÜBBE ACADEMY
www.bastei-luebbe-academy.de